全悪

警視庁追跡捜査係

第一章　再起動

1

警視庁捜査一課追跡捜査係の仕事は、「凍りついてしまった」事件を再捜査することである。

その実態は様々だ。発生から五年ぐらい、まったく捜査が進展しない事件に突っこむこともあるし、三十年も前の発生で、当時の捜査担当者が全員退職してしまった事件に取り組むこともある。

沖田《おきた》大輝《だいき》の感覚では、扱う事件は古ければ古いほどいい。新しい事件——例えば五年前の事件だと、まだ特捜本部が稼働していて、発生当初よりもだいぶ人数が削《けず》られながらも、刑事たちが捜査を続けている。そこへいきなり自分たちが入っていって再捜査を始めると、今までの仕事全《すべ》てを否定されたような気分になるらしい。ただし、刑事たちの記憶は鮮明だし、物証も最新の手法で分析されているから、担当者がプライドを捨てて協力してくれれば、解決に至る可能性は高い。

一方、古い事件では、担当者が既に退職していたりするので、当時の捜査状況を調べるだけでも難儀することがあるものの、こちらの動きに文句をつける人が少ないからのびのびやれる。

今回は……沖田は、係長の水木《みずき》京佳《きょうか》の顔色を窺《うかが》った。例によってやる気満々。彼女が、追跡捜査係で大きな手柄《てがら》を立てて、早く本流の部署に異動し、出世したいと思っているのは間違いない。野心の大きな年下の女性上司——つき合い方が難しい相手だが、これまでは何とか折り合いをつけてやってきた。

しかし、あまりにも入れこまれると面倒臭い。

沖田は、向かいに座る同僚《どうりょう》の西川大和《にしかわやまと》に視線を送った。まったく関心がない様子で、丁《てい》寧《ねい》に眼鏡《めがね》を拭《ぬぐ》っている。最近、老眼がひどくなってきたとぼやくことが多く、二種類の眼鏡を使い分けているが、今磨《みが》いているのは、近眼用か老眼用か。

「じゃあ西川さん、これでお願いできるわね」

「分かりました」西川がゆっくりと眼鏡をかけた。「ただ、難しいと思いますよ」

「どうして」京佳がむっとした口調で言った。

「いわゆる、ミソがついた事件ですから。そういう事件の再捜査は、例外なく難しい。当時の担当者に話を聴いても、はっきりしないことが多いんです。自分のミスが表に出ないように、無意識のうちに記憶を改竄《かいざん》する人もいますしね」

「そんなことまである？」京佳が目を細める。

「確かにそういうの、ありますねえ」沖田は西川に同調した。「人間なんて勝手な生き物ですから、自分を守るためには何でもやるんですよ。特に警察官はその傾向が強い。ミスしないように教育されているから、ミスが怖くて仕方がないんですよ」

「それは分かるけど……」京佳は納得していない様子だった。「ミスはミス。ミスがあったら、修正しなければならない。それはどんな社会でも同じでしょう」

「しかし、警察はミスに不寛容なんでねえ」沖田は耳を引っ張った。「民間の会社なら、ミスしても利益が吹っ飛ぶぐらいだ。でも、警察のミスは人命に関《かか》わりますからね。百億円の利益と一人の命を天秤《てんびん》にかけても、命の方が重い」

西川が怪訝《けげん》そうな視線を向けてきた。上手《うま》いこと言ったつもりかもしれないが、大したことはない、と馬鹿にしているような様子。

「まあ」沖田は咳払《せきばら》いした。「仕事ですから、ちゃんとやりますよ」

「お願いしますね」

それで下命は終了。沖田は席を立って、追跡捜査係の片隅《かたすみ》にある打ち合わせスペースに入った。西川が作った場所で、ファイルキャビネットを壁にして、半個室のようになっている。そこにテーブルと椅子《いす》四脚、持ちこんでいた。沖田にとっては打ち合わせスペースなのだが、西川は「資料庫」と呼んでいる。実際、ここにいる時間は西川の方が長いだろう。デジタル化されていない昔の資料を読みこんでは、未解決事件のヒントを探している。老眼がひどくなるのも当然だ。

沖田は西川に目配せした。西川がかすかにうなずく。沖田は椅子に腰かけ、両足をテーブルの下に投げ出して、頭の後ろで手を組んだ。考えているふり——本当は、ファイルキャビネットの中から「富田《とみた》事件」の資料を取り出して精査すべきだろうが、その気になれない。

すぐに西川が入って来たので、沖田は「係長は？」と小声で訊《たず》ねた。

「一課長に報告しに行った」

「早速やらせていただきます、みてえな？」沖田は吐き捨てた。「張り切られると困るんだよな。解決するかどうか、保証はないんだから」

「まあまあ……自分で指示してきたんだから、張り切るのも当然だろう」

「自分で捜査するわけでもないのに、困ったもんだよ」沖田は肩をすくめた。

「で？　どうする？」西川がようやく腰を下ろす。

「資料の洗い直しはお前がやってくれよ」

「そっちは？」

「動くさ。まず、犯人に会いに行くか」

「犯人じゃない。元容疑者だ」西川が訂正《ていせい》した。「そもそも、警察に会ってくれると思うか？　嫌ってると思うけど」

「だけど、当時の捜査状況を知るのは第一歩じゃねえか。ミスの原因が分かれば、ヒントになるかもしれない」

「そうだな……俺《おれ》は遠慮《えんりょ》しておくよ。林《はやし》を連れて行ってくれ」

「女性を使って懐柔《かいじゅう》しようってのか？」

「女性が、じゃなくて彼女のキャラの問題だ」

「まあ、そうだな」

林麻衣《まい》は追跡捜査係の後輩、女性刑事で、ここでの仕事にも慣れ、いい戦力になっている。人当たりが柔らかいので、緊張した場所では絶妙のクッション役になってくれる。世の中には、警察に反発する人も少なくないが、麻衣のような人間がいると、多少は場の空気が和《なご》むものだ。沖田の感覚では、強面《こわもて》で相手を追い詰めるタイプよりも、麻衣のような人間の方が、よほど警察官に向いている――つまり、沖田自身よりも。

「彼女主導で話を聴いてくれ」西川が頼みこんだ。「ほら、異動の話があるだろう？　この辺で手柄を立ててもらって、箔《はく》をつけさせたい」

「まだここへ来て二年だけど、異動の話、本当かね」沖田は首を捻《ひね》った。

「二年いれば、十分異動の対象になるさ。特に若いうちは」

「分かった。一緒に連れていくけど……お前、どう思うよ？　俺は、勝算は薄いと思うけど」

「まあな」辛《つら》そうな口調で言って、西川が顎《あご》を掻《か》いた。「あの事件を思い出したよ。杉並《すぎなみ》中央署の殺し」

「嫌なこと、言うなよ」

その事件では、容疑者は裁判で無罪が確定していた。それから十年経《た》って、容疑者から「実は私がやりました」という手紙が届き……裁判で確定した事件では、同じ容疑者を二度捜査することはできないという「一事不再理の原則」のせいで捜査は難航して、最後は嫌な形で着地した。沖田も不快な記憶として胸に抱いている。

「共通点はあるんだよな。無罪判決が出たということが」西川が指摘した。

「そもそも、無罪判決が出るなんて、捜査陣の怠慢《たいまん》だけどな。しかも二件とも殺し——そういう重大事件で無罪になるなんて、考えられない」

「色々あるだろう。捜査が常に完璧《かんぺき》とは限らない。人間だからミスもするさ」

「警察にミスは許されないんだけどな……ただし俺は、ミスはしないけどな」

「は?」西川が甲高《かんだか》い声を上げた。「じゃあ、俺が知ってるお前は別人か?」

「ほざけ」沖田は喉《のど》の奥で笑った。「じゃあ、取り敢《あ》えず概要だけ頭に叩《たた》きこんで、それから会うべき相手に会いに行くよ」

「あの件なら、セクションBの二段目だ」ファイルキャビネットの壁は三方にあり、それぞれ「A、B、C」と名づけられている。

「よく覚えてるな」沖田は本気で感心した。こういうことで、西川の記憶が間違っていたケースは一度もない。

「何度か、資料に目を通したことがあるよ」

「だったら、お前に聴いた方が早いんだけど」

「断る」西川が素っ気なく言った。「俺は資料の精査に入るよ。お前はまず、当時の新聞記事を読んでおけ。自分で読むのが、一番早く頭に入る」

「ケチな奴《やつ》だな」沖田は舌打ちした。

「効率的にやりたいだけだ」結局西川が立ち上がり、ファイルキャビネットから大量の資料を持ってきた。警察の資料というと、段ボール箱に突っこんで乱雑に保管、というイメージがあるのだが、追跡捜査係に関してはそれはない。西川がきっちり資料を整理、保管しているからだ。

西川が大量のファイルフォルダを抱えてきて、テーブルに積み重ねる。崩れそうになるのを、沖田は慌てて手を伸ばして押さえた。背表紙を見ると「供述調書」「報告書」「一般メモ」などのタイトルが貼《は》ってある。この中で曲者《くせもの》は「一般メモ」だ。刑事たちのメモをそのままコピーして保管してあるもので、正式な報告が上がる前の、貴重な生の資料である。報告する際は、少し内容を「柔らかく」したりすることがあるが、メモは生々しく、ここから事件解決のヒントを得られたこともあった。ただし、判別不能なぐらいの悪筆もあり、解読するだけで時間を食ってしまうことも珍《めずら》しくない。

「記事は、東日《とうにち》さんが一番詳しいぞ」西川が「新聞・雑誌記事」と書かれたファイルフォルダを渡した。

「新聞で読むのは情けねえ限りだなあ」文句を言いながら、沖田はフォルダを広げた。

「概要を頭に入れるには、新聞記事が一番早いよ」

「まあな」

事件の発生・捜査を伝える記事は、それほど大きくなかった。この事件が発生したのは、もう三十年近く前の一九九七年。その頃《ころ》でも既に、事件記事の扱いは小さくなっていたのだ。社会面で事件が記事の花形だったのは、昭和三十年代、四十年代までだった、と先輩から聞いたことがある。

刑事というのも勝手な人種で、捜査の内幕を書かれると「妨害《ぼうがい》だ」と憤《いきどお》る。かといって扱いが小さいと、「無視するのか」と怒り出す。要は、自分たちが担当した事件の捜査を、当たり障《さわ》りなく、しかし扱いだけは大きくして欲しいということだ。記者側から見れば「何を勝手なことを」だろう。

西川は「詳しい」と言ったものの、東日でも発生当初の記事は社会面でベタ記事で、二十行ほどしかない。人一人の命が失われた事件を伝える記事としては、さすがに小さ過ぎる。

発生は、一九九七年九月九日。新宿《しんじゅく》区の路上で、三十五歳の会社員・富田幸樹《こうき》が襲われて死亡したもので、現場での目撃証言などから、顔見知りの野澤力《のざわつとむ》がすぐに捜査線上に上がった。野澤は、富田とは仕事でも私生活上でもつき合いがあり、トラブルがあったことが確認され、様々な状況証拠から、事件発生の一週間後に逮捕された。しかし決定的な物証がなく、一審では有罪になったものの、高裁、最高裁では逆転で無罪判決が出て、確定した。情けない話だが、無罪判決が出た時の方が記事の扱いは大きかった——警察のミスを揶揄《やゆ》するように。

「ひでえ事件だな」一通り記事を読み終え、沖田は漏《も》らした。

「ひどい捜査、だろう」西川が訂正する。「捜査にミスがあったから、こういう失敗になった」

そう、無罪判決は、警察・検察にとっては大きな失点だ。アメリカでは、証拠や自供が曖昧《あいまい》でも強引に起訴して、裁判で事実関係を争うことが多い。それ故無罪判決が出ることも少なくないのだが、日本では確実に有罪判決が期待できるような事件だけを起訴している、という指摘もある。実際に日本では、有罪率が異様に高いというデータがあるのだ。

ただし「有罪が期待できないから起訴しない」というのは、主に経済事案や汚職などだ。違法な献金《けんきん》などで追及された政治家が起訴されないのは、裁判で負けた時に検察側が叩かれるのを恐れているから——と、まことしやかに言われている。逆に、起訴できなくても、スキャンダルまみれになれば、その政治家は実質的に息の根を止められるから、「社会的制裁」は果《は》たされたとする考えもある。

一方、殺しや窃盗《せっとう》など、普通の人が被害者になる事件では、「有罪が危ういから起訴しない」ということはまずない。警察は徹底して捜査し、逮捕《たいほ》する時にはもう、有罪までが一直線に見えている場合がほとんどだ。日本の警察はそれだけ捜査能力を鍛《きた》えてきたし、過去にひどい冤罪《えんざい》事件を何度も起こした反省もある。

それだけに、こういう凶悪事件での無罪判決は、警察にとって大きなショックである。

「非公式な話だけど」西川が遠慮がちに切り出した。

「何だ？」

「当時、特捜の中でも、意見が割れていたらしい。最終的には一課長の判断で逮捕が決まったそうだけど、疑念を呈する人もいた」

「だけど、積極的に『待った』をかけたわけじゃないだろう？　だから逮捕した。あの特捜には、ガンさんみたいな人がいなかったんだろうな」

捜査一課の名物刑事・岩倉剛《いわくらごう》は、別名「待ったのガンさん」と呼ばれている。事件に関する異様な記憶力が彼の武器なのだが、その記憶力はまた、事件の隠れた側面に光を当てることが珍しくない。他の刑事が気づかない問題点を見つけて、捜査全体の動きに「待った」をかけることもしばしばなのだ。それで、おかしな方向へ動き出していた捜査が修正されて無事に着地した事も、一度や二度ではない。

「ガンさんタイプは、もともと警察には少ないよ」西川が指摘した。「警察官は号令一下、一斉に同じ方を向いて動くように教育されてるし」

「そもそもガンさんみたいな度胸は、俺にはないな」

「確かにお前には度胸はない。あるのは図々《ずうずう》しさだけだ」

「ほざけ」沖田は新聞記事の入ったファイルフォルダを持って立ち上がった。

「林に読ませる。頭に入ったところで、出かけるよ。ところで、野澤さんの現住所は分かるのか？」

「いや」

「データはないのか？」沖田は目を見開いた。

「ないよ。無罪判決で警察と縁が切れた人だぞ？　いつまでも追い回していたら、逆におかしいだろうが」

「しょうがねえな」住所は調べようがあるだろう。免許証を追跡するか、当時の弁護士に確認するか。しかし、弁護士も当てになるだろうか。何しろ、無罪が確定したのは二十年も前である。その後、野澤は警察に対して損害賠償《ばいしょう》を求める裁判を起こしているが、それもとうに判決が出ている。弁護士との関係も、ずいぶん前に切れてしまったのではないだろうか。

野澤の住所と連絡先を割り出すことが最初の仕事になる。これは……麻衣に任せようか。少しでも手柄を立てさせて、プラスイメージをつけたい。

住所を割り出すぐらいで、どれだけプラスになるかは分からないが。

翌日の昼過ぎ、沖田と麻衣は多摩《たま》市にいた。住所は結局、免許証から割れたのだった。事件に巻きこまれた怒濤《どとう》の人生でも、免許は更新し続けていたらしい。

「何か、不思議なところですね」緩《ゆる》い坂道を歩きながら、麻衣が言った。

「そうか？」

「昭和のままって感じです」

「確かにな」

多摩市——野澤の自宅の最寄駅は、京王《けいおう》線と小田急《おだきゅう》線が停《と》まる永山《ながやま》駅である。二つの路線が使えるから交通アクセスはいいのだが、駅を出ると、結構不便な感じ……この辺は、鉄道の路線は谷底を走っており、住宅街へ向かうには坂を登っていくしかない。

「戸建の家も団地も、古い感じですよね」麻衣が小声で言った。「あと、昔のアパートも結構残ってますし」

「都心部だったら、今はタワマンがどかん、って建ってるのが普通だけどな」

この辺りは、大規模な団地を中心に発達してきた場所だ。しかし大がかりな都市開発が行われたのはもう数十年も前で、確かに現在では、すっかり古くなった感じがしないでもない。今はタワマンなどが林立して持て囃《はや》されている臨海《りんかい》地区も、数十年後にはやはり寂《さび》しく古びた町になるのだろうか。

「ええと……はい、ここです」スマートフォンの地図アプリを見ていた麻衣が立ち止まった。

二階建てのアパート。外壁は爽《さわ》やかな青色だが、何度か塗《ぬ》り替えられたものかもしれない。建物自体は古く、昭和の終わりか平成の頭頃に建てられたもの、と沖田は印象を抱いた。

郵便受けを確認する。免許証の住所はここの「一〇二号室」になっており、住民票でも確認したのだが、郵便受けに名前はない。先入観かもしれないが、世間から身を隠して生きているような感じがする。

　野澤は六十一歳。無罪判決が確定した時には四十一歳で、それから二十年間、どうやって生きてきたのだろう。警察を相手にした損害賠償請求訴訟《そしょう》には勝訴して、一億円近くを手にしたはずだが、その金で優雅に暮らしてきた――わけではあるまい。家も、こういう小さな賃貸《ちんたい》アパートだし。

「行きますか?」麻衣が腕時計を見る。

「この時間にいるかどうか……働いているかどうかも分からないけどな」

「待ちます?」

「それにしても、ノックはしないと」

　インタフォンを鳴らす――いや、押したが音はしない。壊れているのかもしれない。仕方なく、沖田はドアをノックした。反応なし。二人は顔を見合わせた。不在……六十一歳でも働いている人は珍しくないし、今日は平日である。野澤が職を得て、平日はフルタイムで働いていてもおかしくはない。

「待ちますか?」

「そうだな」沖田は腕時計を見た。午後一時。午前中、市役所などで書類の確認を続けていたので、まだ昼飯も食べていない。

「取り敢えず飯を食べてから出直そうか。しかし、時間の無駄になりそうだな」

「ですね。夕方か夜まで待つ……夕方になってから、改めて来てもいいですけど、今から警視庁に戻って仕事をしても……中途半端ですよね」

「まあ、待ちだな」沖田は一人うなずいた。時間は無駄になりそうだが。

「近所の聞き込みでもしてみます？　どんな生活をしているか、割り出せるかもしれません」

「それは俺も考えたんだけど、今の段階ではやめておいた方がいいな。野澤さんは容疑者じゃない。俺たちには、調べる権利はないんだから。近所で警察が聞き込みしているなんて噂《うわさ》が広まったら、野澤さんがやりにくくなるかもしれない」

「……厄介《やっかい》な事件ですね。今、捜査はどうなってるんですか？」

「新宿中央署に、形だけの捜査本部が残っている。本部の捜査一課の連中はもういなくて、所轄《しょかつ》で細々《ほそぼそ》と捜査しているだけで、実質的には開店休業状態だと思う」

「そうですよね」麻衣が同意してうなずく。「四半世紀以上前の事件を再捜査——うちだって大変です」

時効が撤廃《てっぱい》されたために、こういうことになっているわけだ。無罪判決が出て、一人の人間が放免《ほうめん》されても、捜査が終わるわけではない。真犯人を探して、捜査は再開されるのだ。昔なら、殺人事件でも時効があり、どこかで捜査は打ち切られていた。しかし今は、時効がなくなったが故に、警察は犯人を挙《あ》げるまで永遠に捜査を続けなければならない……そして新宿中央署の刑事たちは、先輩のミスを背負《せお》って、出口のない暗闇《くらやみ》の中を歩いていることになる。

　そういう状況だからこそ、追跡捜査係が出ていく意味はあるのだが、新宿中央署の刑事たちはどう考えるだろう。沖田は珍しく申し訳ない気持ちになったが、すぐに切り替えた。追跡捜査係は、警察の「中」に向けて仕事をしているわけではない。あくまで被害者、そして被害者遺族の無念を晴らすために動いているのだ。

「ま、とにかく飯にしようぜ」

「この辺、あまりお店がないんですよね。駅の方へ戻りながら探しますか」

「そうするか」結局駅で食べることになるかもしれない――駅に直結したショッピングセンターの中に、チェーン店は何軒かあった。

　踵《きびす》を返して、駅の方へ歩き始める。帰りは下りなので楽――だが、戻って来る時にはまた登りに耐《た》えねばならないわけだ。本当に無駄足……刑事の仕事は九割が無駄だが、今日はじわじわダメージが来そうだ。

「沖田さん」

　麻衣に声をかけられ、はっと顔を上げる。十メートルほど先から、こちらへ向かってくる男に気づいた。上り坂のせいか、むこうは顔を上げて、一歩一歩を踏《ふ》み締めるように歩いている。

　その顔――。

「野澤さん……ですね」麻衣が言ったが、自信なげだった。

「そのようだ」

沖田は、野澤の顔を頭に叩きこんでいた。しかしそれは、二十年以上前の写真である。二十年経てば——四十代から六十代にかけて、人の顔は大きく変わる。大袈裟《おおげさ》に言えば、野澤の顔は半分ほどに細くなってしまったようだった。逮捕時は、いかにも食べ過ぎ、呑《の》み過ぎで太っていた感じなのだが、二十年以上の辛い歳月は、彼から贅肉《ぜいにく》を削り取ったようだ。

生気も。

「声、かけますよね」麻衣が遠慮がちに確認した。

「ああ」

沖田はゆっくり歩き出し、野澤との距離が詰まった。五メートル……そこで麻衣がすっと前に出て、野澤とすれ違う。すれ違ったところで踵を返し、後ろについた。前後で挟みこむ格好になり、野澤は逃げにくくなる。追いこんでいるわけではないのだが。

「野澤さん」沖田は声をかけた。

野澤の目の焦点が合う。その瞬間、目を見開き、逆に唇《くちびる》をきつく引き結んだ。今にも逃げ出しそう……実際、一瞬振り向いた。そこに麻衣がいるのに気づき、慌ててまた沖田を見る。何も言わなくても、こちらが警察官だと気づいたのだろう。逮捕された経験のある人間は、自然と警察の気配に気づくようになる。しかしここでは、しっかり名乗って、信頼関係を築かないと。

「警察です。警視庁捜査一課追跡捜査係の沖田と言います」

「追跡……」

「一九九七年に発生した新宿の事件の件で、お話を伺《うかが》いたいと思って来ました。約束なしですみませんが」

「俺は、何も……」

「野澤さんがどうだという話ではないんです。よかったら、少しだけ時間をいただけませんか？　我々が何をしようとしているのか、説明させて下さい」

「俺を逮捕するのか？」野澤の顔が急に暗くなる。

「違います。野澤さんには何の疑いもかかっていません」

「じゃあ、どうして？」

「あの事件を再捜査して、真犯人を探し出します。そのために、野澤さんに協力してもらいたいんです」

「俺は……そんなことができるのか？」野澤は全く信じていない様子だった。

「絶対に犯人に辿《たど》り着ける保証はありません。しかし私たちは、これまで何度も、未解決の事件を捜査して結果を出してきました。チャンスをもらえませんか？」

「まあ……そういうことなら」野澤が同意した。

「家に伺っていいですか？」

「いや、それはちょっと」野澤が躊躇《ためら》う。

「駅の方まで出ますか？　お茶でも飲みながら話してもいいですよ」

「駅は遠いから……近くでお茶が飲める店がある。そこでどうですか?」

「もちろん、大丈夫です」

ほっとして、沖田はさらに野澤に歩み寄った。野澤がまた緊張するのを感じる。

「そんなに緊張されなくても大丈夫ですよ」一事不再理について説明しようと思ったが、かなりややこしく、話が長くなる。

「いや」野澤が力無く首を横に振った。

四半世紀も前のことでも、未《いま》だに彼の心に暗い影を落としている。いや、そもそも警察と関わってしまった記憶は、何年経っても消せるものではあるまい。

彼の一生は、その記憶との戦いになるのだろう。

2

目の前で、若手の牛尾《うしお》拓也《たくや》が、辛そうに目を瞬《しばた》かせる。若いのにだらしない——いや、書類と必死に向き合う作業のきつさは、年齢には関係ないか。西川にとっては日常であり、一番楽な仕事なのだが、目が疲れるのは間違いない。

「ちょっと休憩《きゅうけい》するか?」

「オス」

牛尾が自席に戻って、ペットボトルのお茶を持ってきた。一気にごくごくと飲み、ほとんど空にしてしまう。西川は、いつも持ってきているポットから、妻の美也子《みやこ》のコーヒーを注いだ。もう午後も半《なか》ばなのだが、香りはまったく抜けていない。ポットが優秀なせいもあるのだが、美也子が淹《い》れるコーヒーがそもそも美味《うま》いのだ。あまりにもコーヒーに凝《こ》り過ぎて、今は静岡《しずおか》の実家を改装して喫茶店《きっさてん》にするという「夢」が「目標」になりつつある。そのために最近は、修業として週に三回、喫茶店でアルバイトをしているほどだ。沖田の恋人、響子《きょうこ》もこの計画に乗り気で、資金を出して共同経営者になる、などと言い出している。西川としては、これまで苦労をかけた分、妻には歳《とし》を取ってからは自由にやって欲しいとも思うが、自分はどうする、という問題が浮上してくる。妻と一緒に静岡へ行って喫茶店を手伝うのか、一人東京に残るのか。そもそも警察も定年が延びて、西川や沖田は六十五歳まで働けるから、仕事を辞めるのはまだまだ先だ。そうなると、美也子は自分を東京に置いて静岡へ行ってしまうかもしれない。

そういう日が来ることを考えると少しだけ不安だったが、今それを心配しても仕方がない。美也子との夫婦仲は良好で、何でも話し合えている。本気で静岡移住、喫茶店オープンということになったら、ちゃんと相談してもらえるだろう。いつの間にか置き去りにされなければ、それでいい。

「疑われても仕方ない状況だったんですね」牛尾がぽつりと言った。

「ああ。状況証拠だけ見れば、かなり濃厚だったと言っていい」

「友だち同士での金の貸し借りは、トラブルの元ですよね」

「そりゃそうだけど……」あまりにも深刻そうな牛尾の声に、西川は思わず彼の顔をまじまじと見た。深刻な声に見合った、深刻な表情だった。「何だよ、お前、何か友だち関係のトラブルでも抱えてるのか？」

「いや、親父《おやじ》なんですけど……俺が小学生の頃に、親父が金を貸していた友だちが飛んだんですよ」

「額は？」

「百万だったと思います」

「友だちに金を貸して、そのまま逃げられたわけか」

「ええ。小学校時代からの地元の友だちで、その頃やっていた喫茶店の経営が上手くいかなくて、どうしても百万円が必要だと……ここで百万円がないと店を手放さなくちゃいけなくなるって、泣きついてきたそうです。それで金を都合して、渡した翌日に消えました」

「最初から飛ぶつもりで金を借りたんだろうな」西川はうなずいた。

「そうなんですよ。でも、親父もお人よしじゃないですから、地元の警察に、窃盗か横領で捜査できないかって相談してました。その捜査は難しかったみたいですけど、どうしても金を取り戻すって、相手の親族を相手に民事訴訟を起こしましたからね」

「結果は？」

「百万、取り戻しました。でも裁判費用が想定外にかかって、結果的に大赤字だったそうです」

「あれか……？　君の親父さんは金持ちなのか？　百万なんて、簡単には融通《ゆうづう》できないだろう」勤《つと》め人である西川の感覚では、ちょっと考えられない行動だ。沖田が「百万貸してくれ」と言ってきたらどうするか。銀行の預金額を考え、躊躇《ちゅうちょ》するだろう。その百万円があれば、美也子の実家を改装して喫茶店をオープンできる……。

「金持ちではないですけど、商売を……地元で飲食店を何軒かやってます」

「そういう人を金持ちって言うんじゃないか？　実業家だよな」

「まあ……いつも汲々《きゅうきゅう》としてますけどね。飲食店なんて、どこも自転車操業だと思いますよ。よく百万も貸したなって、今になると思います」

「そうか。しかし、親父さんが地元でそんなに手広く商売をやってると、将来は君が跡を継《つ》がなくちゃいけなくなるんじゃないか？」

「あ、いや、それは姉貴が」牛尾が何故《なぜ》か渋《しぶ》い表情を浮かべた。「姉貴、猛烈型なんですよ。ドラマなんかで、父親が娘に『お前が男だったら』なんて言うシーン、よくあるでしょう？　男なら安心して家業を継がせたのに、みたいな。でも姉貴は、最初から家を継ぐ気でバリバリやってましたから。大学も経営学部で……卒業してすぐに父親の会社を手伝うようになったんですけど、今はもう完全に仕切ってますよ。結婚相手が仕事に熱心じゃないと分かったら、速攻離婚したぐらいですからね。怠《なま》け者はうちにはいらない、とか言って」

「それは――なかなか強烈だな」第三者の西川としては、苦笑するしかなかった。

「それはともかく、話ができそうな人がいます」

「誰《だれ》だ?」

「皆川道隆《みながわみちたか》さん」

「小石川《こいしかわ》署長?」

「そうです。当時、捜査一課で若手刑事でした」

「ああ……そうか」不意に嫌な想《おも》い出が蘇《よみがえ》る。西川がまだ捜査一課の駆け出し刑事だった頃、中堅の刑事だった皆川にどやしつけられたことがある。大した問題ではなく、挨拶《あいさつ》がなっていないとか、因縁《いんねん》のようなことで……そもそも同じ係の所属でもなかった。考えてみればあれは、富田事件発生から数年後、裁判の行方《ゆくえ》が怪しくなっていた時期ではないだろうか。捜査を担当した刑事がカリカリして、気に食わない若手に当たり散らしてもおかしくはない。

しかし富田事件の失策は、皆川に必ずしも悪い影響を与えたわけではなかったようだ――署長にまで登り詰めたのだから。警視庁には百二もの警察署があるが、採用される警察官の人数も多いから、署長は極めて狭き門だ。早めに昇任試験に合格し、そこそこ手柄を上げつつ、不祥事に巻きこまれないように気をつける。上司と部下に気を遣い、同期とも仲良くしながら出世の階段を上がる――西川にはとても無理だ。難しい事件の捜査をしている方が、よほど気が楽である。

「君、話を聞いてくるか？」

「何でですか？」牛尾が怪訝そうな表情を浮かべる。

「皆川さんには、昔どやされたことがあってさ。ちょっと苦手なんだ」

「そういうの、どやした方は覚えてないいんですよね。普通に行けばいいんじゃないですか？」

「おう……そうだな」牛尾は意外とメンタルが強いのかもしれない。あるいは鈍《にぶ》いだけなのか。まあ、まずは電話をかけてみよう。それで蹴《け》られたら……仕方がない。その際は別の方法を考えるだけだ。それこそ係長の京佳に御出座願うとか。

彼女も、あれこれ指示するだけではなく、追跡捜査係の仕事を身を以《もっ》て体験すべきではないだろうか。

こちらが彼女を戦力とみなすかどうかは別問題だが。


京佳の力を借りるまでもなかった。

皆川はウェルカムの姿勢で、「今日の午後ならいつでも会える」とあっさり言った。そう言われれば、躊躇う理由はない。西川は牛尾を連れて、小石川署に向かった。二月。春日《かすが》通りを吹き抜ける風は強く冷たい。西川は歩きながら、マフラーを巻き直した。東京メトロ丸《まる》ノ内《うち》線の後楽園《こうらくえん》駅から署までは、歩いて十分ほど。署自体は、気をつけていないと見過ごしてしまいそうな地味な庁舎である。六階建てだがコンパクトな建物で、結構年季が入っている。

署長室を訪ねると、皆川は上機嫌《じょうきげん》で出迎えてくれた。制服姿に違和感がある……刑事は、所轄で当直勤務に就《つ》いているのでもない限り、制服を着ることはない。しかし署長となると、勤務中は基本制服だ。もしかしたら初めて見る、皆川の制服姿かもしれない。

「いやあ、久しぶりじゃないか」顔がすっかり丸くなった皆川は、上機嫌だった。いかにも、古馴染《ふるなじ》みが訪ねて来たのが嬉《うれ》しい、という感じ。「追跡捜査係ではご活躍で……色々話は聞いてるよ」

「悪い噂じゃないんですか？　悪口もよく言われますけど」西川はコートを脱《ぬ》いだ。署長室は暖房が強烈に効《き》いており、ここを出る頃には汗だくになってしまうかもしれない。西川はすかさず牛尾を紹介した。「うちの若手の牛尾です」

「牛尾拓也です」

「柔道か？」

「——はい」

「耳、だいぶやってるな」皆川が自分の耳を触る。

「彼は三段ですよ。追跡捜査係では貴重な武闘派なんですが、うちにいても力を発揮する機会がなくて」西川は言った。

「なんだったら、うちの署に来るか？　所轄では、本部とはまた違う緊張感をもって仕事ができる」

「ありがとうございます。でもまだ、追跡捜査係で修業中です」

牛尾がさらりと答える。これは上手い逃げ方――相手がどういう人間なのか把握《はあく》できていない場合、社交辞令であっても、話を合わせてはいけない。後になって「あの件は」と持ち出されて、狼狽《ろうばい》してしまうこともある。

「まあまあ、座って」言って、皆川がデスクの受話器を取り上げる。お茶を三つ頼んで、署長席の前にあるソファに座った。それを見届けて、西川たちも向かいのソファに座る。

「いやいや、しかし何年ぶりだ？　いや、何十年ぶりか？」

「二十年はお会いしてないですね」西川は話を合わせた。どやされた件は……こちらからは持ち出さないようにしよう。親しい仲なら笑い話にできるのだが、皆川とはそういう関係ではない。今その話題が出ると、この場が緊張してしまうかもしれない。向こうが話さない限り、何も言わないようにした方がいいだろう。

「それじゃあ、俺もジジイになるわけだ」

「俺だって、もう五十ですよ」

「そうか、そうか。お前も立派なオッサンだな」

「それは間違いありません」

そこで、ドアをノックする音が響く。皆川が「おう」と声を上げると、ドアが開いて、若い男性警官が顔を覗《のぞ》かせた。

「お茶、お持ちしました」

西川と牛尾の前に「入ってくれ」

「失礼します」

男性警官が危なっかしい手つきでお盆を持ち、署長室に入って来た。西川と牛尾の前にお茶を置き、最後に皆川。皆川は腕組みしたまま、その様子を凝視《ぎょうし》していた。

「よし、八十五点だ。緊張しないように気をつけろ。緊張してると、相手にも失礼だ」お茶が出ると、皆川が低い声で言ってうなずいた。男性警官がほっとした表情になり、また「失礼します」と言って深々と頭を下げ、署長室を出て行った。

「何だか、ずいぶん厳しく躾《しつ》けてますね」その昔に怒鳴《どな》られたことを思い出す。要は、礼儀に厳しい人、というだけかもしれない。

「こういうのは、基本の基本だからさ。お茶もちゃんと出せない人間は、どこへ行っても上手くやれない」

「さすがですね」

「いろんな若い奴を見てきたけど、やっぱり礼儀がなってない人間は成功しないんだよな。俺の下にいる間に、ちゃんと教育してやるよ」

「署長の仕事も大変ですね」

「まあまあ……お茶でも飲んで」

「いただきます」

警察署で出るお茶というと、出涸《でが》らしのぬるいもの、というイメージがあるのだが、このお茶は香り高く、熱かった。

「それで——嫌な話なんだろう？」皆川は切り出した。

「皆川さんには申し訳ないんですが、うちで富田事件を洗い直すことになりまして」

「それは……そういうのが追跡捜査係の仕事なのは分かってるけど、言われる方はきついな」

「申し訳ありません」西川が頭を下げると、隣に座る牛尾も慌ててそれに倣《なら》った。「嫌な仕事であることは承知していますけど、これも公務なので」

「まあ……実際、事件は迷宮入りしてるからな。こんな展開があるのも驚きだが。正直、新宿中央署の連中が可哀想《かわいそう》だ」

「実質的には、捜査は動いていないと思います」

「ただ、歴代署長はかならず引き継ぎをして、永遠に捜査することになる——決まりでは」

「そういう事件を一件でも少なくするために、追跡捜査係は仕事をしています」

「お前にはこういう仕事が向いてると思うよ。昔から、書類読みは上手かったからな」

「普通の対人捜査が苦手なだけですよ」

「書類読みができない刑事も、役に立たないぞ。俺は、お前は捜査二課に行くべきだと思ってたけどな」

実際、そういう話もあった。捜査二課においては、書類読みの能力は重宝される。企業の取り引き記録、銀行の金の出し入れ——そういうところから犯罪の糸口を探していくためには、様々な書類と数字を分析して、裏の意味を読み解かねばならない。実際、三十歳を過ぎた時に「捜査二課へ行かないか」と打診《だしん》を受けたことがあった。捜査一課から二課への異動は異例だが、二課で必要とされているのは嬉しかった——しかし西川は、結果的にその打診を断った。自分はやはり、捜査一課で殺人事件を追いたい。その後で、発足《ほっそく》したばかりの追跡捜査係で仕事をするようになり、今ではここでの仕事が天職だと感じている。

「昔は、自分の道をなかなか決められませんでした——皆川さん、富田事件では中核メンバーで捜査を担当していたんですよね？　逮捕前の野澤さんにも事情聴取されている」

「ああ。よくそんなことまで調べたな」

「記録をひっくり返しました……どんな印象でした？」

「金、金だね」

「普通のサラリーマンでしたよね」

「株をやってた」

「株ぐらいは……副業というわけでもないでしょう」

「毎年、かなりの利益を上げてたみたいだぜ。正確な額までは摑《つか》めなかったけど、株だけで平均的なサラリーマンの収入を上回っていたらしい」

「それはすごい」西川は素直に驚いた。

「ああ。少々自慢げに話してたな。適当に金を儲《もう》けたら、さっさと仕事を辞めて、田舎《いなか》に帰りたいと言ってた。奴は福岡《ふくおか》の生まれなんだけど、地元大好き人間でさ。高校を卒業して東京に出てきてからも、ずっと地元の友だちとの関係をつないでいた。たっぷり金を稼《かせ》いだら、福岡でカフェでも経営しながらのんびり暮らしたいと言っていた」

「その頃、まだ三十代ですよね？　三十代で、そんな引退願望を持つようなことがあるんでしょうか」

「地元が好きな人間だったら、ありじゃねえか？　俺は自然な話だと思ったけどね」

「それで、株で儲けた人間が友だちに金を貸した——金銭トラブルは、常に事件の原因になりますよね」

「実際、揉《も》めていた」皆川がうなずく。

「そもそも、家族のトラブルを解決するために金を貸して欲しいという話でしたよね」

「ああ。富田さんの実家は小さな町工場をやっていたんだが、経営が傾いて、危なくなっていた。銀行も貸し渋りして、厳しい状況だったんだな。それで、友人である野澤に泣きついた」

「それでも、一千万なんて金、簡単に貸すもんですかね」

「野澤の金銭感覚は、我々と違うみたいだな。友だちのためなら、一千万ぐらいは何でもない——そんな風に言ったわけじゃないけど、ニュアンスは感じた」

「自分なら簡単に出せると？」

「それに近い」認める皆川の表情は渋い。友だちに金を貸すのは友情、あるいは義侠心《ぎきょうしん》のようなものだろうが、あまりにも簡単に金を出す態度は、普通の公務員には理解しがたい。友だちに百万円を持ち逃げされた牛尾の父親も、同じような感覚の持ち主だったのだろうか？　額はまったく違うとはいえ。

「あまり印象はよくなかったようですね」

「まあねえ」皆川が認めた。「金があることを自慢する人間は……好きになるのは難しいよな？」

「分かります。それで、金を貸したことによるトラブルは、具体的にはどんな感じだったんですか」

「富田さんが金を返さなかった。書面で、半年で返す約束を交わ《か》していたんだが、富田さんがそれを反故《ほご》にしたんだ。反故にしたというか、あれこれ言い訳して金を返さなかった。そもそも、実家の町工場が金に困っているというのも嘘《うそ》だった――それは俺たちも確認したよ」

「町工場というのは……東京の会社ですか？」

「そう。大田区《おおた》。『富田ジャイロ』って知ってるか？」

「いえ……」

「精密機器の製造技術では、日本トップレベルらしい。規模は小さいが、取引先はＪＡＸＡから自動車メーカー各社まで幅広い。経営もしっかりしていて、経営危機なんてどこの話だっていう感じだったよ」

「そういう実態、野澤は知らなかったんですかね？　友だちでしょう」

「表に出ない実態は苦しい……なんて打ち明けられたら、むしろ信じちまうんじゃないか？　金を貸すにしても、素人《しろうと》なんだから、経営状態までは詳しく調べないだろう」

「でしょうね」

「野澤も人がいいんだけど、富田さんも正直言って……かなり尖《とが》った人だった」

「そうなんですか？　普通の会社員では？」ＩＴ系企業に勤めていた、と西川は把握していた。

「会社の仕事とは関係なく、裏でクラブ経営をやろうとしていたらしい」

「それは見逃しました。当時の資料はくまなく読みこんだんですが」

「正規の報告書には書かなかった話だ。裏が取れなかったんだよ」

「実際のところはどうだったんですか？」

「複数の証言はあった。ただし、金の動きや不動産の契約までは確認できなかったんだ。計画はあったけど、まだ具体化してなかったんじゃないかと思う」

「でも、野澤さんに金銭援助を求めた。借金の実態は、そういうことですか」

「――と、当時の特捜本部では読んでいた。証明はできなかったけどな。ただ、富田さんが野澤に嘘をついていたのは間違いない」

「実際に、二人の間では、金を返す返さないで諍《いさか》いがあったわけですよね」

「そう」皆川が一瞬目を閉じた。それで記憶がはっきりしたようで、目を閉じたまま話し出す。「野澤が富田さんに金を貸したのは、一九九六年の十月。半年後には返すという約束は守られないまま、翌年の夏前には二人の間のトラブルは深刻になっていった。二人はそれまで呑み歩いたり、一緒に風俗に行くような仲だったそうだが、その頃になると、借金の話以外で会わなくなっていたそうだ。緊張関係はマックスだっただろうな」

富田が殺されたのは、一九九七年の九月。金の貸し借りが発生してから、ほぼ一年後の犯行ということになる。野澤にすれば、返済の約束期限を過ぎてから半年も、グズグズと渋り続けた富田に対して、我慢の限界がきた、ということだろうか。

これで動機については埋まる。あとは、野澤を実行犯と断定する物証だ。西川の感覚では少し弱いのだが、おそらく特捜本部は、まず動機面で容疑者を特定することに成功し、そこに物理的な証拠を肉づけしていったのだろう。あまり褒《ほ》められたやり方ではないが、実際にはよく行われている。大抵の事件では、動機を持った人間が犯人であるからだ。

「防犯カメラの映像が決め手の一つになったとか」

「そうなんだ。当時は最新の捜査という感じだったよ。現場が新築マンションの前で……新築だから、防犯関係が充実しているのが売りだったんだ。当時の最新鋭の防犯カメラが設置されていて、野澤と富田さんが言い争いながら歩いている様子が映っていた。殺害現場は、そのマンションから五十メートルほどしか離れていないし、防犯カメラに二人が映ったのは、犯行時刻の十分前ぐらいと見られている」

「あの辺、住宅地ですよね」新宿駅周辺というと繁華街の印象しかないが、新宿中央署の近くは、マンションなどが建ち並ぶ住宅街だ。殺された富田の住むマンションも、この地区にあった。野澤も、富田の家の近くで会っていたことは認めていたのだが。

「ああ。野澤は、富田さんの家に行くこともあったらしい。実際に、それほど親しい間柄だったんだよ。だからこそ、金の問題が生じると揉めやすいんだろうけどな」

「ええ」

「最初に事情聴取した時に、野澤の態度がおかしかったんだ。富田さんとの関係を聞いたら否定してね。こっちはもう、金の貸し借りで揉めていることも摑んでいたんだ。その情報を出したら急に『揉め事は表に出したくなかった』って言い出してな。いかにも言い訳っぽい感じだろう？」

「否定できませんね」

「その後も殺しに関しては否定を続けたんだが、供述の矛盾《むじゅん》が次々に出てきてね。犯行当日のアリバイも、最初に主張していたのが崩れて、その後は証言が曖昧になった」

「出張していたという話でしたよね？」それは西川も調書で確認していた。「でも、勤務先に確認すると、そんな出張はなかった。では何をしていたかと追及しても答えない」

「そうだった。結局、その日の行動を説明できなくて、それも逮捕の決め手になったんだ」

「ところが公判で、その夜には女性と一緒にいたと主張し始めて、それが認められた」

野澤と富田が一緒にいるところが防犯カメラに映ったのは、九月九日の午後十一時三十二分。近所の人が悲鳴を聞き、現場を見て遺体を確認したのがその三十分後——日付が変わった頃だ。特捜本部では、防犯カメラに映ってから三十分の間に野澤が犯行に及んだと見ていたが、公判になって野澤は急に証言を覆《くつがえ》し「女性と会っていた」と話したのだ。九月九日に富田と会ったことは認めたものの、別れて、すぐに女性が住む家に向かった、と。

この女性は、事件当時、夫と別居して一人暮らしをしていたが、まだ婚姻《こんいん》関係にあった。離婚調停が不利になるかもしれないと考えた野澤は、この女性との関係を警察に話さなかった。しかしその後離婚が成立したため、弁護士と相談して法廷《ほうてい》で情報を出すことにした——この女性が証言し、アリバイが成立して、無罪判決につながったのだ。

「署長の感触として、どうだったんですか？」

「野澤はとにかく、証言の嘘や矛盾が多い人間でね。信用するのは難しかった。会社でも評判が悪かったしな。株で儲けてることを仄《ほの》めかして自慢してるのに、とにかくケチだったらしい。自慢するぐらいなら、たまには奢《おご》れよって考えるのが、人の気持ちってもんじゃないか？　黙ってりゃいいのに」

「分かります」西川は苦笑しながらうなずいた。「本当に、黙っていればバレないのに、何で余計なことを言ったんですかね」

「お調子者だったんだよ。トークが上手い……だから会社でも上手くやっていたらしいんだけど、成績は段々落ちてきていてね。株に力を入れるようになって、本業が疎《おろそ》かになったんだろう」

「裁判では、事実関係というより、捜査の甘さが認定された感じでした」

皆川の表情が一気に引き締まる。それまでの愛想《あいそ》の良さは、一瞬で消え失《う》せた。

「俺たちの捜査ミスをあげつらいに来たのか？」

「結果的にそうなるかもしれませんけど、そもそもそういう意図《いと》で来たわけではありません。我々の仕事は真相の解明で、誰かの責任を問うことではありませんから」

「結果的にそうなる——俺たちを貶《おとし》めようとしているなら、この件には協力できない」

「まず、当時の捜査状況を知るのが第一歩ですよ」

「あの特捜に参加していた刑事も、大部分が辞めている。俺のようにまだ現役《げんえき》の人間の方が少数派だ。ＯＢになっても責められるのはきついぞ。どうせ、当時の刑事たちに話を聴きに行くんだろう？」

「必要とあらば」

「寝た子を起こす必要があるのか？　四半世紀以上前の事件じゃないか」

「時効がない以上、捜査するのは警察の義務です」

「それはお題目だろう」皆川が嘲笑《あざわら》った。「古い事件をひっくり返すのがどれほど大変かは、俺もある程度は分かっているつもりだ」

「うちはそれが専門です。これまでにも古い事件を解決しています」

皆川は頑《かたく》なになってしまい、その後は西川の質問に対して生返事をしたり、「分からない」「覚えていない」を連発するだけだった。この会見は失敗だったか……昔の先輩が相手とあって、西川の方にも遠慮がある。戻って、他に話を聞ける人間がいないかどうか、確認しよう。

一通り質問を終えて、西川は隣に座る牛尾に目配せした。牛尾が軽くうなずき、身を乗り出す。

「当時なんですが、野澤さん以外に容疑者はいなかったんですか？」

「いない」皆川が即座に断じた。「野澤がすぐに捜査線上に浮かんで、容疑を固めるのに全力疾走《しっそう》だったからな」

誰も「待った」をかける人間がいなかったわけだ。捜査が失敗する、典型的なパターンである。

「では、第二の容疑者はいなかったということで……」

「当時の資料は全部見たんだろう？」皆川が嫌そうな口調で言った。「だったら、それぐらい分かってるはずだよな？」

「資料に残らない情報もあります。そういうのは、当時の担当者の方に思い出してもらうしかないんですよ」

しっかり言うようになったものだ、と頼もしく思う。しかし皆川は、まったく反応しなかった。

3

乞田川《こつたがわ》沿い、住宅地の中に突然現れるカフェ……いかにも郊外の店らしく、前が広い駐車場になっており、半分ほどが埋《う》まっている。客が多いと話がしにくいのだが、と沖田は心配になった。

しかし沖田たちが店に入るのと入れ替わるように、客が二組、立て続けに出て行った。これで店の中は急に静かになり、落ち着いて話ができる雰囲気《ふんいき》になった。

それにしても凝《こ》った店だ。屋根はゆったりと孤を描く複雑な造りで、実際の高さ以上に広い印象を演出している。奥の隅には、手すりがついたロフトがある。あそこも客席なのだろうか。インテリアもログハウス風のウッディなものだった。しかし「山小屋風」というわけでもない。

野澤はこの店が馴染みというわけではないようで、店員と挨拶を交わすこともなかった。午後一時過ぎ、昼飯がまだで腹も減っている。ナポリタンやピラフなど、喫茶店メニューのランチもあるが、昼飯を食べながらではろくに話もできまい。それでも沖田は、一応聞いてみた。

「何でしたら、食事しながらでも……」

「いや、済んでるから」野澤が不機嫌そうに言った。

落ち着かない男だ、というのが、正面からじっくり見た印象だった。座っていてもしきりに体を動かし、沖田たちと目を合わせようとしない。小柄で痩《や》せており、服のサイズが合っていない。六十一歳という年齢にしては老《お》いが激しく、首には細かい皺《しわ》が寄っている。左手首には古びた時計……ベルトがゆるゆるで、手を動かす度《たび》に時計が動き、時にはテーブルに当たってしまう。ベルトの長さは、時計店で簡単に調整できるのだが、そうするだけの余裕もないのだろうか。ただし時計はロレックスだった。金を持っていた時代の名残りかもしれない。

三人ともコーヒーを頼む。店員が立ち去るのを待って、沖田は切り出した。

「まず、安心していただきたいんですが、我々が野澤さんを調べることはありません」

「しかし——」

「法律でそう決まっています」

「ああ、一事不再理ね」野澤がうなずく。長い刑事裁判、それに続く民事訴訟で、法律にもある程度詳しくなったのかもしれない。

「ただし、あの事件に関してはまだ未解決のままです。殺人事件に関しては時効がありませんから、解決しない限り、警察には捜査する義務があります。実際、今も新宿中央署の同僚《どうりよう》たちが苦労しています」

実際にはまともな捜査はできていないはずだ。何しろ富田事件の特捜は、野澤の逮捕・起訴で解散している。無罪判決が確定したことで再捜査が始まったのだが、捜査が数年間中断した結果、資料もかなり散逸してしまったようだ。いきなり「明日から再捜査を始める」と指示された新宿中央署員の困惑は簡単に想像できる。

「私には、今更何も言えませんよ。酷《ひど》い目に遭《あ》っただけで、事件には何も関係していないんだから」

「分かります。でも、当時の様子を教えていただければ、ヒントになるかもしれません」

「いきなりだからね。私は、富田さんが殺されたことも知らなかった。それで警察がいきなり来て……本当に怖かったですよ。あとで弁護士に聞かされたけど、警察っていうのは容疑者に情報を最低限しか渡さないで、不安にさせるそうですね。そうやって心理的に追いこんで自供させる」

「残念ですが、そういうやり方はあります。私も、あまり褒められたものではないと思っています」

「だけど、一般的でしょう？」

「確かにそうです」容疑者との駆け引きのテクニックは多数ある。情報を開示しないのは、一番一般的なやり方だが、そういうのはこれから減っていくだろう。昔から「騙《だま》しだ」と批判を浴びているのだ。「当時、アリバイについて否定も肯定《こうてい》もしなかった事情は分かっています。話しにくいことですよね」

「そりゃそうでしょう」怒ったように野澤が言った。「まあ……俺が悪いんだけどね。不倫なんて、褒められたもんじゃないから」

「向こうも、よく裁判で証言してくれましたね」

「俺はずっと黙ってるつもりだったんだ」野澤が拳《こぶし》を握った。「でも、裁判になって、追い詰められてる感じがして……『やってない』っていう証明は難しいですよ」

「それはよく言われます」うなずいて沖田は同意した。

そこでコーヒーが運ばれてきたので、会話は一時中断した。野澤はブラックのまま、コーヒーを急いで飲む。そう言えば、コートも脱いでいない……できるだけ早く、ここから離脱したいと願っているようだった。

「――裁判でこの情報を出すことになったきっかけは何だったんですか？」

「弁護士。最初から、勝つ見こみはあるって言ってたんだ。俺はもう、諦《あきら》めの心境でいたんだけど、彼は違った。警察の捜査が甘いことを見抜いていたんだね。それで熱心に話されると、こっちもつい……彼女のことを打ち明けた」

「その証言がきっかけになってアリバイが成立して、警察の捜査の問題点が次々に出てきたんですね」

「ああ」

「その女性は？」

「無罪が確定した時には、会ってお礼を言ったんだけど……」

「その後は……」

「さあ、今はどうしてるかね」野澤が首を横に振り、コーヒーカップを口元に持って行った。「お礼を言った時に、ひどく冷たい態度でね。とにかくもう、俺に会うつもりはない、連絡しないで欲しいときつく言われた。当たり前だよな。俺とつき合ってたから、裁判に引っ張り出されたわけで、その件が会社にばれて、居辛《いづら》くなってやめちまったんだ」

「その後はずっとお一人で？」

「ああ」

「ちょっと意外でした」

「何が」

「刑事事件で無罪が確定した後、あなたは警察に対して損害賠償請求を起こして、その裁判でも勝っています。かなり高額の賠償金を得たはずですよね？　それが……」

「あんなボロアパートに住んでるのは何故かって？」野澤が皮肉っぽく言った。「そりゃあ、賠償金はもらった。だけど、それだけで一生遊んで暮らしていけるほどの額じゃない。正直俺には借金もあった」

「そうなんですか？」

「家のローンとかね。独身なのに、調子に乗ってマンションを買った。働けないのに、そのローンだけは引かれていく——株で稼いだ金もあったけど、どんどん目減りしていったから」

「マンションはどうしたんですか？」

「手放さざるを得なかった。ローンの関係が色々面倒でね。それで、実際にはマイナスだよ。今だったら、中古マンションの価格が高騰《こうとう》してるから、儲かったかもしれない。ただ、俺がマンションを手放した二〇〇五年は、不動産市場はそんなに活況じゃなくてね。下手《へた》な買い方、下手な売り方でしたよ」

「無罪が確定してからは、株はやってないんですか？　株では相当儲かっていたと聞いていますよ」

「正直、ビギナーズラックっていうのもあったかもしれない。裁判で自由を奪われて、取り引きに触れていない間に勘も鈍ったからね。一応、やってはみたんだけど、全然駄目で……大損するのも時間の問題だと思って手を引いたんだ。それに、そもそも原資が減っていて、大勝負もできなかった」

「ご実家は……」

「まさか」嘲笑うように声を出して、野澤が否定した。「逮捕された時点で、実家なんか知らんぷりだよ。弁護士を通じて連絡したんだけど、家族からは『こっちには関係ない』っていう返事がきたからね。いきなりそれはないんじゃないか？　だから、無罪が確定してからは、俺の方からは連絡を取らなかった。向こうからも連絡はないけど。完全に絶縁ですよ」

「ご両親はご健在ですか？」

「いや、この五年で二人とも死んだ。実家は、兄貴二人が何とかしてるんだろう。俺には相続の話も来なかったけど、そんなものはどうでもいい。親の遺産になんか頼れない」

「出身地は……福岡でしたよね」

「ああ」

「ご実家と連絡を取らなくて、向こうの事情が分かるんですか？」

「一人だけ、ずっと繋《つな》がってる友だちがいてね。小学校から高校まで同級生だった男だ。そいつは地元で就職して、今でも働いてるよ。その男とだけは連絡を取り合っていた。向こうも俺が逮捕されたことを気にしていて、無罪判決が出た後は、わざわざ東京まで会いに来てくれたんだけどな……実家と上手く行っていないことも知っていて、仲直りしろって言ってくれたんだけど、それは無理だった。その後もそいつは、地元の情報を入れてくれてはいた。俺としてはもう、ほとんど関心ないけどね」

「その方のお名前は？」

「それは言いたくない」野澤が急に頑なになった。「今もつながっている、数少ない人間なんだ。名前を教えたら、あんたらは話を聴きに行くでしょう。そういうことで煩《わずら》わせたくないんだ」

「ご迷惑をおかけすることはありませんよ」麻衣が急に、柔らかい声で割って入った。

「そもそも、話を伺うかどうかも分かりません。あなたのことを調べているわけではありませんから」

「だけど、こうやって――」

「当時の状況をはっきりさせたいだけです。それには、どうしても野澤さんに話を聴かないといけません。野澤さんしか知らないこともたくさんあるでしょう」

「今さら喋《しゃべ》ることもないけどな」

「でも、事件は解決していません。真犯人が捕まらない限り、犠牲《ぎせい》になった富田さんは浮かばれません」

「それは分かるけどさ……」野澤は不満そうだった。

「ご迷惑はおかけしません」

麻衣が頭を下げると、野澤が少しだけ態度を和らげた。

「まあ、そう言うなら。ただ、そいつには本当に迷惑をかけないで欲しい」

「野澤さんから連絡先を聞いたとは言いません」

「そう?」

「お約束します」

野澤は結局、その友人の名前を教えてくれた。斎田《さいた》裕司《ゆうじ》。電話番号も。住所は今は分からない——しかし、携帯の番号があれば、とっかかりにはなる。

「ありがとうございます」麻衣が頭を下げた。

麻衣とのコンビネーションは悪くない、と沖田は独《ひと》りごちた。俺が常に速球を投げこみ、麻衣が時々変化球を投じて、相手のペースを微妙に変える。

「警察ってのは、相変わらず強引なんだね」

「いえいえ……でも、真犯人が分かれば、野澤さんの名誉も完全に回復されるんじゃないですか？」

「正直言って、もう蒸し返されたくない。俺はもう、死ぬのを待ってるだけだから」

「どこか具合でも悪いんですか」沖田は訊ねた。

「まあ……三年前にね。手術を受けた」

「どういう――」

「詳しいことは言いたくないけど、要するに悪性の出来物だ」

がんか。自分の病気のことを積極的に話したがる人間もいるが、秘密主義の人間もいる。野澤は後者だろう。

「今も具合が悪いんですか」

「百パーセントじゃないな。定期検査のストレスも相当なものだ。それに、手術とその後の治療《ちりよう》で、残っていた金も吐き出しちまったから。今は何とかたまに働いて、カツカツでやってますよ。やっぱり、保険は入ってないと駄目だね」

「ええ……今、お仕事は？」

「警備の仕事をやってるけど、フルタイムじゃない。体がきつくてね。だから長続きしないんだ。今のところも、ローテーションが守れないなら身を引いてくれって言ってる。冷たいけど、俺が責任者でも同じように考えるだろうな。俺はもう、社会的責任も果たせないんだよ。それもこれも……」

野澤が溜息《ためいき》をついた。口にしなかった言葉は簡単に想像できる。「警察のせいで」だ。

「お体、きついですか？」

「まあ、辛《かろ》うじてやってる感じかな。再発したらもう駄目だろうけど。俺もすっかりジイさんになったよ」

「老《ふ》けこむお歳じゃないでしょう」

「ずっと拘置所《こうちしょ》暮らしで、長い裁判を戦って、その後に手術と治療……普通の人の半分ぐらいしか体力がないね。まあ、俺はもう諦めたよ。このまま静かに消えていきたい。あのアパートで遺体で見つかったら、大家に申し訳ないけど」

「今、連絡を取ったり、普段から会うような人はいないんですか？」

「いない。斎田はたまに電話やメールをくれるけど、直接会うことはないしな。こっちにいた知り合いとは、全員切れた。あんな事件に巻きこまれたら、つき合おうなんて気になる奴はいないよ。無罪になっても関係ない」

「大変だったと思います」

「あんたらが犯人を捜すのは、仕事だからしょうがないと思う。だけど、俺にはもう関わらないでくれよ。何の情報もないし、警察に対しては……」

「警察に嫌悪感《けんおかん》があるのは分かります」沖田はすかさず言った。「でも、真犯人が分かれば、野澤さんにもいい影響があるかもしれません」

「俺の名前がまた取り沙汰《ざた》されたら、この先、もっと暮らしにくくなるだろうな。六十を超えた、いつ死ぬか分からない人間を雇《やと》ってくれるところなんか、まずない。百まで生きるとは言わないけど、もう少しは……そのためには働かないといけないんだ。あの事件に関して、俺の名前が出たら、面倒なことになる」

「警察としては、あなたの名前を出すようなことはしません」

「真犯人逮捕、なんていうニュースが流れたら、ネットで俺の名前が出るよ。スマホを持ってる限り、そういう情報は分かる。自分の名前をネットで見たくないね」

「見なければ済む話では……」

「そういうことじゃない！　俺は人生を一度失ったんだ。二度失ったらどうなる？　もう、人間とは言えないだろう」

「昔に戻りたいと思いますか？」麻衣が唐突に聴いた。

「それは……まあ、あんなことがなかったらって、毎日一回は考えるよ」野澤が目を瞑《つぶ》り、すぐに薄く開く。「俺は社会に出てすぐに、バブルの真ん中に飛びこんだんだ。不動産の会社にいたから、土地がどんどん値上がりして、億ションがバンバン売れていくのを見ていた。そういう金がどこから出てくるのか、客に聞くと、やっぱり株なんだよな。それと、土地転がし。そういうリッチな客とつき合ううちに、俺も……と考えるのは自然だろう？　バブルが弾《はじ》けて、会社の業績は下がったけど、株価が下がったのは、俺のようなサラリーマンにとってはチャンスだった。少ない元手で、取り引きを始められたから」

「それでいきなり大儲けした——富田さんに大金を貸すぐらいに」

「泡銭《あぶくぜに》だったんだ」野澤が皮肉に言って、人差し指を立てた。「一本貸しても大したことはない。こっちはまたすぐに、それぐらいの利益は出せると思っていたし、富田が家のことを言い出した時には、何とか助けてやろうと思ったんだよ。そもそもそれが嘘だったんだけどな」

「本当の目的は、クラブ経営だった」

「奴は、大学生の頃からディスコやクラブに入り浸《びた》ってて、いつか自分の店を持ちたいって、いつも言ってた。ジョークというかサービスで話してるのかと思ってたけど、結果的には本気だったんだね。それならそれで、正直に話してくれれば、俺も乗ったかもしれない。そういうビジネスに興味がないわけじゃなかったから」

「そもそも、富田さんとはどこで知り合ったんですか？」

「新宿のキャバクラ。俺、そういうところには縁がなかったんだけど、株で金が入るようになってから、はまっちまってね。他に金を使う場所を思いつかなかっただけだけど……高級マンションを買うほどは儲かってなかったし、車には興味なかったし。風俗で、女の子たちに金をばら撒《ま》くぐらいしか思いつかなかった。まあ、金を使えばモテるわけで、それは気持ちよかったけどね。そういうキャバクラ通いを始めた頃に、たまたま富田と一緒になって、話が合って。それからはつるんで酒を呑んだり、キャバクラ通いをしたりね。あいつの会社も好調だったんですよ。インターネットが普及して、猫も杓子《しゃくし》もパソコン、の時代だったからね。あいつの会社は元々オフィスコンピューターを扱っていたけど、個人用のパソコンの販売も始めて、大儲けしてた。あの頃、秋葉原《あきはばら》に専門店を二軒持ってたんじゃないかな。景気のいい話しか聞かなかった。遊び方も豪快というか、札束に物を言わせて女の子を口説《くど》くやり方だよ。今考えると下品だね」

「そんなに儲かっていて、実家の危機に援助できない——というのも変な話じゃないですか」沖田は指摘した。

「会社は儲かっていても、一千万を自由にできるほどじゃない——サラリーマンだからね。奴は副業をやってるわけじゃなかったし、泣きつかれたら、どうしてもね……完全に騙された。俺もお人よしだったんだ」

「結局その一千万円は、クラブの開業資金になっていて——でも実際には遊興費で消えた。だから半年の約束が過ぎても金は返せなかった。あなたが富田さんとトラブルになっていたのは間違いないですね」

「ああ。要するに金を返せ、返せないの話だよ。よくあるでしょう？　ただし俺は、そんなに切羽《せっぱ》詰まっていたわけじゃなかった。貸した金を返してもらえないのは困るけど、その一千万円がないと、明日からの暮らしに困るようなことはなかったから」

「株は好調だったんですね」

「あの頃は、マイナスはまったくなかったね。最初はビギナーズラックだと思ってたけど、俺には株の才能があるって考え始めてた。本当にそうかどうかは、結局分からなかったけどね」野澤がコーヒーをぐっと飲んだ。カップ越しに、沖田の顔を睨《にら》む。「何だか、取り調べを受けてるみたいなんだけど」

「いえ、教えて欲しいことがあるだけです」

「それが取り調べでは？」

「知りたいのは、あなたのことではありません。富田さんのことです。あなたは富田さんと親しかった。親友と言ってもいい関係ですか？」

「何をもって親友と言うかは分からないけど、あの頃一番よく会ってたのはあの人だね。あんな金のトラブルがなかったら、どうなっていたか……」

「富田さん、他に何かトラブルは抱えていませんでしたか？　それこそ金銭関係とか、仕事の関係とか」

「それは……ねえ」野澤がカップをソーサーに戻した。「正直、金に困っているなんて思わなかった。飯を食ってもキャバクラに行っても、いつも割り勘だったんだけど、あの人は金払いがよかったよ。女の子にはいつもチップをあげてた。こっちはそんなに遊び慣れてなかったから、そういうのが決まりなのかと思って真似《まね》してたけど……ついてくれた女の子に毎回一万円渡すのは、結構きつかったね」

「一万円ですか」日本にも昔から、心づけの文化はあった。今でも、高級な料亭では店員にチップを渡したりするし、風俗店で女性に余計に金を払うこともあるだろう。毎回さらりと一万円を渡す富田の姿は、野澤には「粋《いき》」に見えたのかもしれない。二人は同い年、事件が起きた年には三十四歳だったが、生まれ育ちはかなり違う。東京の下町で、子どもの頃からいくらでも遊びの材料があった富田と、福岡とは言っても大分《おおいた》県との境に近い田舎町で高校時代までを過ごした野澤とでは、遊びのベースが違うのだろう。

「まあ、金遣いの荒さには驚いたけど、一緒に遊んでいて楽しい人だったのは間違いない。あんな形で、二度と会えなくなるとは思っていなかったけど」

「そんなに金遣いが荒い人なら、誰かと金銭トラブルがあってもおかしくないんじゃないですか？　そもそも、無許可で金融業をやっていたという話ですよね」

「ああ」どこか惚《とぼ》けたように言って野澤がうなずいた。「一緒にやらないかって誘われたこともあるよ。ただ、さすがにそんなヤバい話は……闇の闇金って分かる？」

「店も出さないで、マンツーマンで金の貸し借りをする。今は、ダークウェブで接触するのが主流みたいですね」

「俺らの頃――九〇年代半ばから後半は、まだネットでそういう商売ができる環境じゃなかった。口コミで客を紹介してもらって金を貸すって感じだったんじゃないかな。実際俺も、そういう仕事をしている人間を何人か知っていた。泡銭を儲けて不動産に投資したりするんだけど、そういう人間に限って、よく喋るんだよな」

「ああ……分かります」沖田は薄い笑みを浮かべてうなずいた。「だいたい、ろくでもない結果になりますよね」

「マル暴に嗅《か》ぎつけられて、締め上げられた人間が何人もいた。結果、マル暴の傘下《さんか》に入って、上納金を払うようになって、むしろ汲々になってしまったりね。ヤクザを舐《な》めると痛い目に遭うわけだよ」

「奴は、そういうことはなかったと思う。実態は知らないけど、こぢんまりとやっていると言ってたからな。だいたい、悩んだり困ったりっていう姿は全然見せなかった。感情が表に出やすい人だから、何かあれば俺にも分かったと思う」

「それが分かるぐらいの仲――やっぱり親友、ですか」

「さあ」野澤が首を捻った。「今考えると、何て言ったらいいのかな……遊び仲間だったのは間違いない。でも、結構本音も喋ってた。三十代半ばで、お互いに独身で、遊び好きで――馬鹿みたいな関係だけど、一緒にいて一番気が楽な相手だったのは間違いない」

「亡くなったと聞いた時には、どう思いました？」

「どうもこうも」野澤が力無く首を振った。「そう聞かされた直後に逮捕すると言われて、何が何だか分からなかった。警察っていうのは、相手を混乱させて本音を喋らせる作戦でもあるのか？」

「富田さんも？」

　ある。

　しかし沖田は、それを認めることができなかった。

　駅直結のショッピングセンターにあるうどん屋で、遅い昼食を摂《と》った。胃はからっぽのはずなのに、いざうどんを前にすると、急に食欲が失せてしまう。麻衣は美味《うま》そうに食べていたが……沖田もむきになって、必死でうどんを啜《すす》った。

「何でそんなに嫌そうに食べるんですか」紙ナプキンで口を叩きながら、麻衣が不思議そうに訊ねる。

「いや……冤罪《えんざい》は怖いなと思ってさ」

「それはそうですけど」何を今更、とでも言いたげだった。

「野澤さんって、金が第一という価値観で生きてたんじゃないかな。バブル期に不動産の仕事なんかしてたら、どうしてもそんな感じになるんだろう」

「ええ」

「そういうのは、別に悪いことじゃない。犯罪に手を染めなければ、拝金主義も一つの考え方だから。仕事や株でたっぷり稼いで、それで遊ぶ——社会に金を還元しているわけで、悪いことじゃない。そういう暮らしを、警察が奪ってしまったんだ」

「そうじゃなければ、今頃は幸せな老後に向かって一直線ですか？」

「かもな」

「でも、病気は避けられません。それに」麻衣が声を低くした。「逮捕前に不倫関係にあったわけでしょう？　そういうのも、トラブルの元じゃないですか」

「否定はできねえな」

「もちろん、逮捕されたことは大きなマイナスでしょうけど、あまりそれを気にしても……私たちの仕事は、野澤さんに補償することでも、当時の警察官のミスをあげつらうことでもないですよ。真犯人を挙げることでしょう」

まったく彼女の言う通りだ。反論もできない。反論できないが故に、何だかむかつくのだった。

4

「古い話ですねえ」相手は、派手《はで》な金髪が目立つ頭をゆっくりと振った。椅子に座ってもコートを脱がないのは、すぐに出て行くという意思表示だろうか。

田宮直美《たみやなおみ》、七十五歳。事件発生当時の関係者リストに名前が載《の》っていた人物である。地主——富田のマンション近くにいくつもの不動産物件を持っていた——で、富田と親しい人間としてリストに入っていた。十分な家賃《やちん》収入があったはずだが、富田と一緒に、闇金をやっていたのでは、という情報があったのだ。ただし当時、本人は事情聴取に対して「大家《おおや》と店子《たなこ》」「呑み友だち」以上の関係を否定した。

西川からすると、それだけでも怪しい感じである。闇金などを営《いとな》んでいれば、トラブルに巻きこまれる可能性が高くなる。実際巻きこまれていて、直美は自分の身を守るために嘘の供述をしたのではないだろうか。富田を殺した犯人を捕まえるよりも、自分の身に危害が及ばないようにするのが優先、と考えていてもおかしくはない。

自宅の電話番号が分かっていたので、西川が連絡すると、直美は「会ってもいい」とあっさり言った。ただし、自宅は拒否。近くのビルの一階にあるカフェで落ち合うことになった。

先に到着した西川と牛尾は、店員に案内されて、すぐに個室に入った。個室と言うと聞こえはいいが、元は喫煙用のスペースだったようで、今だに煙草《たばこ》の臭《にお》いがかすかに残っている。窓もヤニで汚れていた。

「五分ほどお待ち下さい」若い女性店員が、馬鹿丁寧に言った。

「田宮さんがそのように?」

「はい」

「もしかしたら、田宮さんはオーナー?」

「そうです」店員が認める。「先にオーダーされますか?」

難しいところだ。西川は、聞き込みなどで訪れた先では、なるべくお茶などをもらわない。利益供与と非難される恐れもないではないからだ。特にこういう、相手が経営している店では。

「田宮さんが来てから決めます」西川は逃げた。

それから十分後、二人は金髪の女性に対処することになったわけだ。

「古い話で申し訳ないんですが、富田さんの情報をひっくり返しています」

「今さら?」直美はハンドバッグから煙草を取り出し、火を点《つ》けた。ごく細い煙草――昔は、こういう細い煙草が、「女性用」として持て囃されたものだと思い出す。細ければ女性用、というのはどういう発想だろうと思うが。

「事件は解決していませんので、警察では、公式には今も捜査中なんですよ」

「それはご苦労様」

直美が、テーブルの下で手を動かした。どういう仕組みなのか、すぐにドアが開き、先ほどの女性店員が飛んでくる。

「灰皿。それと私にお水ちょうだい」

「お待ち下さい」

「あなたたちは、飲み物なしの方がいいわよね」直美がニヤニヤ笑いながら言った。「賄《わい》賂《ろ》だと思われないように」

「よくご存じで」

「警察の人とのつき合いは、普通の人よりは多かったと思うわ」

女性店員が、すぐに灰皿とペットボトルのミネラルウォーター、グラスを持って戻って来る。ボトルを一瞥《いちべつ》した直美が「お水、変えたの？」と不機嫌そうに訊ねる。

「はい、いつもの水、仕入れ価格が上がってしまって」

「安っぽい水にしたわねえ」直美が鼻を鳴らす。「まあ、いいわ。後で店長に、水は元に戻すように言っておいて。前に使っていたやつの方が、紅茶を淹《い》れる時には絶対にいいわよ」

「分かりました。申し訳ありません」小声で謝罪して、店員が退《しりぞ》いた。

水をグラスに注《つ》いで一口飲み、直美が渋い表情を浮かべる。本当に、彼女の好みには合わないようだ。

「厳しいオーナーですね」

「この辺、こういうお店が少ないのよ。基本的には住宅地だから。でも、こういうお店が少ないからこそ、結構賑《にぎ》わうのよ。そしてこの辺に住んでいるのは、お金に余裕のある人が多い。そういう人たちは舌が肥《こ》えてるから、変なものを出せないのよ。一口飲んだだけで、『コーヒー豆の仕入れ先変えた？』なんて簡単に見抜く人がいるから。豆そのものじゃなくて仕入れ先ね」

「なるほど」こういうタイプは、昔だったら女傑《じょけつ》と言われていたかもしれない、と西川は思った。七十五歳にしては背も高く、体つきもがっしりして、背筋もピンと伸びている。西部劇に出てくる、バーのタフな女性オーナーという感じだ。因縁をつけてくる相手がいたら、容赦《ようしゃ》なく銃をぶっ放して威嚇《いかく》する。威嚇どころか、体の真ん中を撃ち抜くのも躊躇わない。

「それで？　私に何を聞きたいの？」

「富田さんのサイドビジネスです。闇金ですよね？　あなたも嚙《か》んでいた」

「そうよ」

直美があっさり認めたので、西川は思わず牛尾と顔を見合わせた。それを見て直美が声を上げて笑う。

「当時は何も喋らなかったのに、何で今さらと思ってるんでしょう？」

「ご推察の通りです」やりにくいなと思いながら、西川は認めた。

「あんな事件があって、警察が訪ねて来て、本当のことが言えると思う？　私まで疑われるでしょう」

「それは、当然そうでしょうね」

「だったら何も言わないのが得策。実際私は、あの事件については何も知らなかったんだから」

「でも、一緒に闇金をやっていたのは確かなんですね？」

「まあね、ちゃんとしたパートナーというわけではなかったけど」直美が煙草をゆっくり吸った。灰皿で叩いて、少し長くなった灰を落とす。全ての動作が、計算されたように優《ゆう》雅《が》だった。

「そもそも、どうして一緒に組んで仕事をすることになったんですか？」

「ああ、あの子、昔うちのマンションに住んでてね。その件は、当時もお話ししたと思うけど」

「ええ、調書にありました」

「まあ、人たらしな子でね。大卒で働き始めて、数年してからうちの物件に引っ越してきたの。私はこの辺に何軒か不動産を持っているんだけど」

「存じてます」

「私も、その時々の気分で、部屋を行ったり来たり——たまたま彼が引っ越してきた時に、同じマンションの最上階に住んでいたのよ。それで、日曜日に私がホールの掃除《そうじ》をしていたら、手伝いますって言ってきて。可哀想なおばさんが掃除してて、大変だと思ったんじゃない？」

「普通、そういうことはしませんよね」

「管理する人がいて、掃除する人がいて、そういう仕事を奪わないようにするのも大事、みたいなところ、あるじゃない？　災害の時なんかだったら別だけど、何もない時はね……アメリカの映画業界みたいな感じじゃない？　俳優は俳優、スタッフはスタッフでそれぞれの組合に入っていて、自分たちの職分を守るようにしている。俳優さんが気を利《き》かせてメイクの手伝いなんかしようものなら、組合同士の大喧嘩《おおげんか》になる——そんな話、聞いたことない？」

「はあ——いえ、その件とマンションの話はちょっと違うかもしれませんが」直美のようなタイプは危険だ、と西川は警戒した。お喋りなのは間違いないが、さらに、会話の中にちょっとした豆知識を挟んでくるタイプかもしれない。聞いている方は、何だか役に立つ話を聞いた気にもなるのだが、実際には肝心《かんじん》の話をまったく聞けなかった、ということになりかねない。

「そういう感じで仲良くなったんですか？」

「彼、コンピューターに詳しいでしょう？」

「それが仕事でした」

「うちの会計、早い時期にコンピューターを導入してたんだけど、私、ああいうのはさっぱりでね。彼に、使い方をずいぶん教えてもらったのよ」

「見返りは？」

「ご飯とお酒。当時、この辺で居酒屋もやってたのよ。そこで半年食べ放題、飲み放題でいいからって言ったんだけど、遠慮しちゃって一人では行かなくてね。私が一緒なら行くって。そんな感じで一緒にお酒を呑んだりご飯を食べたりするようになった。そのうち、彼は別のマンションに引っ越したんだけど、それでもつき合いは続いてね。彼の会社で新しいコンピューターを買ったり……今と違って、当時はすごく高価なものだったから、彼の営業成績にもずいぶん貢献《こうけん》したと思うわ」

「分かります」西川はうなずいた。

「それで……そのうち、富田君は副業で金儲けをしたいって言い出してね。何か考えているのかって聞いたら、金融をやりたいって」

「金融と言っても、闇金ですよね？　正式に営業許可を取ってやるわけじゃなくて、知り合いに密《ひそ》かに貸す、みたいな」

「そう」直美がうなずき、煙草を取り上げる。一吸いだけして、すぐに灰皿に押しつけてしまった。水を一口飲んで、また顔をしかめる。そんなに口に合わないのだろうか。

「あなたがお金を用意したんですか？」

「取り敢えず五百万円をプールして、それを原資にすることにした」

「実際に、金の動きはあったんですか？」

「それがねえ、私には分からないのよ」直美が頬《ほお》を押さえた。「五百万円は現金で渡していたから、金の動きに関してはデータが残らない。彼は『ぼちぼち貸して、上手く回ってる』と言ってたけどね」

「それを信じたんですか？」西川は思わず目を見開いた。人が良過ぎるというか……直美にとっては、五百万円は端金《はしたがね》かもしれない。

「疑う材料はなかったから」直美が平然と言った。「でも、すぐにあんなことになったから、実際にはほとんどお金は動いてなかったんじゃないかしら」

「すぐにというのは、どれぐらいですか」

「私がお金を渡して、彼が殺されたのは……二ヶ月後ぐらいね。今だったら、色々な方法でお金を貸すだろうけど、当時は口コミで客を探すぐらいだったから、そんなに繁盛《はんじょう》していたとは思えない」

「原資の五百万円はどうしたんですか？」

「さあ」直美が肩をすくめる。「そういうのは、回収できるものじゃないでしょう。警察は押さえていたかもしれないけど、私は金貸しに手を貸したことは一切認めなかったから、こっちから聞くわけにもいかない。結局行方不明ね」

　太っ腹というか、いい加減というか……西川には想像もつかない世界だ。これが暴力団なら、と思う。あの連中は面子《メンツ》を大事にする。この五百万円が惜《お》しいからというより、持ち逃げされて面子が潰《つぶ》されることを嫌って、何としても回収していたはずだ。自分が巻きこまれるのが嫌だからと言って、五百万円をドブに捨てた直美のメンタリティは、西川には理解できない。

「どうしてそんなに簡単に、富田さんを信用したんですか？」

「私ね、今はこんな風にしてるけど、昔はちゃんと結婚していて子どももいたのよ。でもその子が十八歳で免許取り立ての時に、私の旦那《だんな》を乗せて運転してて事故に遭って、二人とも死んじゃって……その時、私は四十一歳だったかな？　一念発起してというか、寂しさと悲しさを紛《まぎ》らすために、旦那がやっていた不動産の仕事を引き継いだの。幸い、夫が残していた物件があったし、何とかなったんだけど。ようやく仕事が安定してきた頃に、富田さんと知り合ったのよ。息子と何となく雰囲気も似ててね。だから……ということはあったかもしれない」

「それなら、富田さんが亡くなった時はショックでしたよね」

「それはねえ……でも、すぐに犯人が捕まったから、これで富田さんも成仏《じょうぶつ》できると思ったんだけど、まさか、裁判で無罪になるなんてね。それで警察は、また調べているわけ？」

「正確にはずっと調べ続けていました。未解決事件ですから」

「なるほどね」

「当時犯人とされていた野澤さんという人は、ご存じなかったですか？　富田さんとは友人同士で、よく一緒に遊んでいたようですけど」

「その人は、私は全然知らないわね」

「他に、富田さんがトラブルを抱えていたかどうかは……ご存じないですか？　素人が金貸しをしていたら、トラブルが起きそうなものですけど」

「私は聞いていない」首を横に振って、直美が新しい煙草に火を点けた。よく見ると手が震えている。緊張のためか加齢のためかは、判断できなかった。

「そもそも富田さんは、どうしてそんな副業に手を出したんでしょう。会社では結構いい給料をもらっていたと思いますが」

「自分で商売をやりたい、そのために金を儲けたいとは言ってたわね。クラブ？　ディスコみたいなもの？　私はどっちにも縁がないから、よく分からないけど」

「相当大規模なクラブをやろうとしていたんでしょうか。銀行から借りられる額だけでは足りなくて、自己資金が必要だったとか」

「どうかしらねえ。そういう夢をよく喋ってたけど、私にはさっぱり分からなかったわ」

世代間ギャップということだろうか。富田が、直美に気を許していたのは間違いなさそうだが、直美が富田の本性をどこまで見抜いていたかは分からない。どうも富田は、金蔓《かねづる》にするために直美に近づいたような感じがしてならないのだが。

しばらく四方山話《よもやまばなし》をしてから、二人は店を辞した。店を出た途端に、牛尾が大きく伸びをする。

「今日は締めの質問が出なかったな」西川はからかった。

「いやあ……何だか圧倒されちゃって。やり手っていうか、すごい人ですね」

「厳しい時代も豊かな時代も経験してるから、俺たちとは色々な意味でレベルが違うな」

「西川さんでもそう思いますか？」

「まあな……俺もまだまだ、経験が足《た》りないよ」

「どうします？　本部に戻りますか？」

「ああ。沖田が今日、野澤さんに会ってるだろう？　様子を聞いておきたい。ただ――この件、難しいだろうな」

「え？」歩き始めた牛尾が立ち止まり、その場で振り返った。「どうしたんですか？」

「何が？」

「西川さんがそんな弱気になるなんて、珍しいですよね」

「そんなこともないさ」西川はバッグの中を漁《あさ》って、手袋を取り出した。この冬はあまり寒くないという長期予報だったが、いざ冬になったら、やはり寒い。今年の西川は、しばしば手袋のお世話になっていた。去年までは手袋などはめたこともなかったのに、やけに手が冷える……五十歳を過ぎてから、体のあちこちが微妙に変化してきたことは意識している。

悪い方への変化だが。

「冷静に考えれば、どうなるかは予想できる。この線は筋が悪いんだ――最初に聞いた時から、そう思ってた」

「だから乗り気じゃなかったんですね」

「係長は点数稼ぎで張り切ってたけど、取り組んでみて上手くいかなかったら、時間を無駄にするだけで、点数になんかならない。追跡捜査係は『やってます』感を出すだけじゃ駄目なんだ」

「警察の中でも、それだけで済んじゃう部署もありますけどね」

「それを言っちゃ駄目だぞ」西川は唇の前で人差し指を立てた。「警察の最大の秘密だからな」


追跡捜査係に戻り、夕方から沖田と麻衣を含めた四人で状況を報告し合った。沖田に元気がない。体調でも悪いのかと聞くと、「落ちこんだ」とあっさり認めた。

「何でまた」

「さすがに野澤さんが可哀想になってさ。踏んだり蹴ったりの人生で、その責任は警察にもあるんだよな」

「その件については、警察は裁判で負けて、賠償金を支払った。正式に謝罪もした。これ以上、誠意を示しようがないんだよ」

「お前ならそう言うだろうよ」怒ったように沖田が言った。「だけど、そう簡単に割り切れるもんじゃねえ。冤罪は怖いけど……」

「それは、冤罪の怖さを、今さらながら思い知ったよ」

「お前が想像してるよりも怖いよ。刑事になっていろんな人を見てきたけど、あんなに惨《みじ》めな人はいなかった。真犯人を見つければ、多少は溜飲《りゅういん》も下がるんじゃねえかな」

「その件だけど、無理だと思う」沖田の落ちこみは気の毒だと思ったが、西川としては言わざるを得ない。

「ああ?」

「捜査が一度終わってしまったのが痛い。間隔《かんかく》をおいてやり直すのが大変なのは、お前にも分かるだろう」

「俺たちは今までずっと、そういう事件を扱ってきたぞ」沖田が反論する。

「今までは今までだ。今回の事件は難易度《なんいど》が違う」

「逃げるのかよ」沖田が睨みつけてきた。

「無駄な仕事をする必要はないっていうことだ。俺から係長に話す」

「まだ引き受けたばかりじゃねえか。いくら何でも、結論を出すには早過ぎる」

「引っ張ればいいってもんじゃないよ」

「お前な……」沖田が立ち上がる。拳を握り締め、顔は真っ赤になっていた。

「人情派の沖田さんが、冤罪の被害者に感情移入して同情するのは理解できる。でもそれと、事件を解決するのは話が別だ。できないものはできない。中途半端に捜査を進めて、結局できませんでした、では時間の無駄だ」

「お前も、若い連中みたいにタイパが気になるのかよ」

「俺は昔から、コストと結果について気にしてきた。時代が俺に追いついてきたんだ」

「ほざけよ。だいたいお前は――」

「鳴ってる」

「ああ？」

「鳴ってる。お前のスマホじゃないか？」

沖田が、ズボンの尻《しり》ポケットからスマートフォンを抜いた。画面を見て、怪訝そうな表情を浮かべる。

「……どうかしたか？」あまりにも不思議そうな顔をしているので、つい訊ねてしまった。

「いや――多分呑みの誘いだな。ふざけた話だ。本気でそんなことを言ってるなら、尻を蹴飛ばして病院に送りこんでやる」

それで、沖田に電話をかけてきた相手が誰なのか分かった。追跡捜査係の前の係長、鳩《はと》山《やま》だ。

5

鳩山は今、目黒南《めぐろみなみ》署の刑事課長を勤めている。中規模の警察署で、管内は基本的に高級住宅地である。それ故、刑事課の仕事の多くは、民家、それも一戸建ての家を狙《ねら》った窃盗事件の捜査になる。とはいえ、最近は防犯対策が充実した家も増えており、窃盗犯が簡単に狙えるような場所は減っている。

要するにあまり忙しくない——いや、はっきり言って暇な署だ。

暇な署で、刑事課長が午後六時まで居残っているのは異例だろう。

「よし、一杯行くか」沖田が顔を出すと、鳩山が嬉しそうに言った。

「鳩山さん……」沖田は大袈裟に溜息をついた。「肝炎はどうしたんですか。所轄に出たら、節制しなくてもよくなったんですか？」

「それは、お前……」鳩山が口籠《くちごも》る。

鳩山は、身長から換算して理想とされる体重を、三十キロほどはオーバーしている。肝炎と診断され、ずっと投薬治療を受けているほか、食事やアルコールにも厳しい制限があるはずだ。追跡捜査係時代には、そういう制限を無視して呑みに行ったり、小腹塞《ふさ》ぎの菓子をデスクに隠していたりした。そして今——目黒南署に異動してから、さらに丸みが増したように見える。

「奥さんに通報しますよ。いいんですか？」

「それだけは勘弁してくれ」鳩山が、大袈裟に両手を合わせた。

「とにかく話を聞かせて下さい。わざわざ勤務時間外に来たんですから、下らねえ話だったら困りますよ」

「もちろん、追跡捜査係としての仕事だよ。うちの署も、コールドケースを抱えてる。俺がここへ来る前の発生だが」

「鳩山さんが最初から指揮を執《と》っていたら、迷宮入りなんかしないでしょう」

「お前……」鳩山が目を見開いた。「どうした？　俺がいなくなってから何かあったか？」

「何がですか？」

「お前はヨイショができるような人間じゃないだろう」

「日々成長してるっていうことですよ……それで、何事ですか？」

「五年前に起きた強盗事件だ。被害者は羽島三郎《はじまさぶろう》さん、当時七十五歳」

「覚えてますよ」沖田はうなずいた。「被害額、一億五千万円でしたよね。自宅にそんな大金を貯《た》めこんでいたのが驚きだ」

「銀行も信用しないで、家に大金を置いている高齢者は少なくないんだよ。それにしても、一億五千万円は巨額だけどな」

「それが盗まれて、被害者は重体……ですよね」

「頭を殴《なぐ》られて、半身不随《ふずい》の状態なんだ。今も入院している」

「ご家族は？」

「一人暮らしだった。歳の離れた妹さんが三鷹《みたか》市に住んでいて、病院の方の手続きなんかをしている。ただし、妹さんも七十歳になるから、面倒を見るのはきつそうなんだよな」

鳩山の表情が渋くなった。

「それで、その件は未解決――ですね」

「うちが抱えている、一番大きな事件かな。それで俺は、赴任《ふにん》してからずっと、この件の洗い直しを続けてきた」

「鳩山さん一人で？」

「特捜じゃないから、人は使えない。うちで捜査は継続中だが、それはあくまで『公式には』ということだ」

鳩山が渋い表情を浮かべる。沖田はすぐにうなずいた。事件が発生して、すぐに犯人が分からなければ、所轄には捜査本部ができる。そうなると本部の担当部署からも応援が入り、捜査が進められていく。これが殺しなどの重大犯罪の場合、一段格上げされて「特捜本部」になる。通常の捜査本部との違いは、投入できる予算、人員だ。基本的には所轄が予算を持ち、署の会計を担当する警務課などでは、その捻出《ねんしゅつ》に四苦八苦する。同じ年度内に二度の特捜が立つと、署の庶務《しょむ》を担当する警務課長が五キロは痩せる、と言われるぐらいだ。

追跡捜査係が担当する事件も、特捜ができるぐらいの重大事件で、かつ凍りついてしまったケースが多い。

鳩山が気にしている事件は……強盗傷害事件であり、警視庁の内規だと、特捜にはならない。被害額、それに被害者が未だに体が不自由な状態だということを考えれば、特捜にしてもよかったと思うが——その疑問をぶつけると、鳩山が渋い表情になった。

「発生段階では、被害を確定できなかったようなんだ。まず被害額が特定できなかったし、怪我《けが》の具合も……警察官が駆けつけた時には意識があったんだ」

「その後で悪化したんですか？」

「頭の場合、怪我してから、時間を置いて症状がひどくなることもある。要するに、発生当初はそれほど重大ではない強盗傷害事件ということで把握していたんだろう。俺が絡んでいたわけじゃないけどな」

「分かってますよ」

「まあ……所轄は忙しいんだよ」鳩山が声をひそめた。刑事課には鳩山と沖田しかおらず、誰かに聞かれる心配はないのだが。「刑事課だって、毎日細かい仕事に追われている。こういう重大事件に関しても、時間が経ってしまえば、戦力を割くわけにはいかない」

「日常業務に埋没《まいぼつ》、ですか」所轄の場合、確かに細かい事件の捜査が多い。しかも結構な頻度《ひんど》で宿直勤務が回ってくる。宿直明けでもすぐに非番になって帰れるわけではなく、そのままデイリーの仕事に取りかかって——ということも珍しくない。そうやって勤務を続ければ、前日から三十時間以上連続勤務になることもある。今時流行《はや》らないハードな職場で、業務管理的にも問題があるのだが、所轄の若手刑事は、こういう激務が普通だと思っている節がある。そして、細かい捜査で日常が埋まっていくと、古い未解決事件にじっくり取り組む暇などなくなるだろう。捜査の最前線である警察は、二十四時間、三百六十五日、街の治安を守るのが仕事の本筋だと言われているのだが。

「まあ、所轄はそういうものだ。ただし、毎日細かい仕事ばかりしていると、大局を見る能力が養われない。追跡捜査係ＯＢの俺としては、こういう状況を苦々しく思っているわけだよ。毎日少額窃盗や街の喧嘩の後処理ばかりしてると、忙《せわ》しないだけで、じっくり考えて捜査する能力は身につかない」

「そんなもんですかね」沖田自身の所轄時代は遠い昔だ。確かに、どうでもいいような細かい仕事に追われていたのは間違いないが、それが嫌だったわけではない。警察官としての基本を身につけるためには、ああいう細かい仕事の経験が必要だったと思う。

「難しい事件を経験させてやりたいんだよ」鳩山が真顔でうなずく。

「そういうのは運ですよ」

「しかしうちには、五年間凍りついていた事件がある。まあ、難易度からするとBクラスってところだが、それでも腕試しにはいいだろう」

「本格的に再捜査を始める、ということですね」

「その通り」鳩山が、太い指を沖田に突きつけた。「実地訓練だ。そこでお前に手を貸して欲しい」

「俺が？」

「指導役、メンターとして」

「いやいや……」沖田は顔の前で手を振った。「そういうのはあれですよ、西川が得意なやつでしょう」

西川はここ数年、あちこちに呼ばれて「研修」の講師役を務めている。現在、各地の県警が、追跡捜査を担当する部署を作ろうとしており、警視庁に「教えを請《こ》う」パターンが増えてきている。追跡捜査係はそれなりに歴史も長いし、実績も挙げているから、捜査のノウハウ、組織運営のあり方などを聞きたがるのは当然だろう。警察庁の要請で長期出張し、そのまま現地の未解決事件の捜査に参加したことさえある。まあ、西川は害がない人間だから、外でも上手くやっていけるのだろう。俺は……そういうことが面倒で仕方がないタイプだ。

「いやいや、ここはお前が勢いでやってくれよ」鳩山は引かなかった。「たまには、外に出て仕事をするのも大事じゃないか」

「こっちは常に外回りですよ」追跡捜査係に籠って書類をずっと精査しているのは西川だ。あの男は、そういうのが大好きだし向いている。

「追跡捜査係を出て、ということだよ。所轄の若い連中と一緒に仕事すると、刺激にもなるんじゃないか？　お前ももう五十過ぎただろう。このまま同じように仕事してると、ボケるぞ」

「はあ？　何言ってるんですか」沖田は思わず声を荒らげた。「ボケるような年齢じゃないですよ」

「いやいや、現役時代にどんな風に頭を使っているか、どんな風に仕事をしているかで、歳取ってからの頭の動きは違ってくるらしいぞ。大事なのは変化だ。刺激だ。いつもと違う仕事をするか、同じ仕事をしていても違う相手と組むか。今回は後者のパターンだな。所轄の若い連中と組んでやってみろよ」

「お気遣い、どうも」沖田は半ば呆《あき》れていた。本気で言っているのだろうか？　鳩山は元々、どこまで冗談《じょうだん》でどこから本気か、読みにくいタイプである。そして今回は、少しおかしい……基本的に「無難第一」の人で、点数を稼げなくても、マイナスにならなければいいという考えである。既に定年が見えてきているような人間の行動パターンだが……所轄に出て、考えが変わったのだろうか。鳩山も定年までにはまだ時間があるから、ここよりもいい職場に転身して最後の花道にしたい、そのためには難しい事件を解決して——と考えるのは自然だ。

しかしおかしい。

「鳩山さん、まさか体調が悪化してるんじゃないでしょうね」

「何で」

「先が短くなってきたから、悔い改めて真剣に仕事に取り組むようになったとか」

「俺を殺すなよ」鳩山が苦笑した。「まあ、肝臓は……長いつき合いだからしょうがない。でも他は元気だぞ」

「じゃあ、何で急にやる気になってるんですか？　そういうキャラじゃないでしょう」

「お前なあ」鳩山がしみじみと言った。「人間は何歳になっても変われるんだよ。俺は久しぶりに所轄に出て、若い刑事と仕事してみて、危機感を覚えた。今の若手は、本当にやる気がない。無難に仕事をして、難しい事件にぶつからないで警察官人生を終えたいと思ってる。二十代からそんな感じなんだから、将来が心配だろう？　正義感が強いから警察官になったはずなのに、ただ無難に過ごしていきたいと考えている……冗談じゃないよな。こういう若い連中が増えたら、警察のパワーは落ちる一方だ。それじゃ、二十年後の日本は治安が悪化して、俺もおちおち安心して老後を過ごせなくなる。今のうちに、難しい事件を捜査して解決して、刑事の面白さを味わわせてやりたいんだ。そのために、お前に力を借りたい」

「解決するとは限りませんよ」解決しなかった時の無力感――沖田は、西川の「無理だ」宣言で、今日それを味わっていた。「どうしようもなくなって捜査をリリースする時の虚《むな》しさは、鳩山さんも知ってるでしょう」

「いや、今回は大丈夫だ」

「何でですか？」

「犯人の目星は、もうついている。俺が下調べしておいた」鳩山がニヤリと笑う。「だからお前は、それをベースに若手を指導してくれ。安心しろ。一週間もあれば解決する」

「だったら、どうして今まで解決しなかったんですかね」

「それについてはまた話す。明日の朝、八時半にここへ来てくれないか？」

「いきなりですか？　うちの係長には？」

「もう話した」

「俺は聞いてないですよ」

「行き違いだろう」鳩山がさらりと言った。「話は通っているから、安心してくれ。とにかく明日からよろしく頼む。無事に解決したら、派手に打ち上げといこう」

「ノンアルでね」

「いや、それは――」

「酒で死んじまったら、『安心して老後』なんて言っていられませんよ」

「お前、年々口が悪くなってないか？」

「鳩山さんが歳取って、ナイーブになってるだけでしょう――それより今、別件に手をつけたばかりなんですけど」

「それについても係長とは話してる。うちに手を貸してもらうことに関しては、了承してもらってるよ」

「今やってることは、係長肝煎《きもい》りなんですが」

「うちの方は、すぐに決着がつく。そうしたら、追跡捜査係にも軽く白星が一つつくじゃないか。あの係長なら、そういうチャンスは逃さないだろう」

「まあ……そうですけど」誰も彼も、星取りばかり考えやがって、と沖田は早くもうんざりした。

「そういうわけで、明日からよろしく頼む。酒は駄目かもしれないが、都立大《とりつだい》の駅前に美味いトンカツ屋があるんだ。景気づけに奢るぜ」

「鳩山さん……」沖田は溜息をついた。「トンカツは酒より悪いんじゃないですか？　そんなに肝臓を痛めつけなくても――何かの特訓ですか？」

今度は鳩山が溜息をついた。

九時前に自宅へ戻ると、響子がスマートフォンを見ていた。

「すまん、遅くなっちまった」十年ほど前に、ある事件がきっかけになって知り合った響子とは、結婚しないままに、互いの家を行き来する生活が続いている。この距離感が心地好《よ》い――一時は結婚を決意して、長崎《ながさき》にある響子の実家へ挨拶に行こうとしたのだが、事件があってそれが飛んでしまい、以来、二人の間で結婚の話は出なくなっていた。一人息子の啓介《けいすけ》は九州の大学を出て、響子の実家の呉服屋で働き始めている。和装の人が少なくなって、呉服屋などこの先どうなるか分からないのだが、ファッションにも経営にも興味がある啓介は、自ら進んで母の実家を継ぐことを決めたのだった。響子の両親も喜んでいるし、響子は実家のややこしい仕事のことを心配する必要がなくなった。全員が得をする決断だった。

沖田としては、啓介が無理をしているのではないかと心配していた。父親ではないが、長く近くにいた成人男性として、何度も話をした。しかし気持ちは変わらず――実家で働き始めた後、和装の写真を送ってきたのだが、それを見て初めてほっとした。これまで見たことのなかった、いい笑顔。小学生の時に、トラウマになりそうな事件に巻きこまれて以来、なかなか心の底からは笑わなかったのだが、本当に嬉しそうな表情だった。誇りと期待。

そういうわけで、東京では響子と沖田、二人の半同棲《はんどうせい》のような暮らしが続いている。一緒に住んでしまった方が金はかからないのだが、こういう距離感の心地好さを、二人とも実感していた。もう少し歳を取ったら、籍を入れることになるかもしれないが……手術や入院となった時、配偶者がいないと手続きが面倒だ。

「ご飯、食べるでしょう?」

「できれば」

「ちょっと待ってね。今日、いいカレイがあったから煮魚にしたの」

「いいね」

四十代までの沖田だったら、煮魚と聞いただけで食欲を失っていた。外食中心で、牛丼、カレーに立ち食いそばが主食。このローテーションで一ヶ月夕食が続いても、特に問題はなかった。

しかし響子とつき会い始めて、朝食と夕食だけでも二人で食べるようになってから、体調がいい。体重もいい具合に減ってきて、体も軽かった。煙草もやめたし、年に一回の健康診断でも、ここ数年、一度も再検査になっていない。体は絶好調と言っていいだろう。

大きなカレイの煮魚は、こってりと仕上げられていた。九州出身の響子によると、子どもの頃はさっと薄味で仕上げた小さなカレイを食べることが多かったそうだが、東京暮らしも長くなり、関東流の濃い味つけにも慣れてきたようだ。

「このカレイだけで、飯が三杯食えそうだ」

　さらにポテトサラダ、牛蒡《ごぼう》とこんにゃくのきんぴらもある。家で食べる夕食として、これ以上は望めないだろう。

　しかし……響子はお茶を飲みながら、ずっとスマートフォンを見ている。響子はＩＴ系の会社に勤めており、家に仕事を持ち帰って夜中までパソコンと向き合っていることも多いのだが、スマートフォンはあまり見ない。

「何か気になる情報でも？」

「不動産チェック」

「引っ越し？」今の家は気に入っているはずだが。あるいは、ついに二人で住む家を見つけようとしているのだろうか。

「そうじゃなくて」響子が顔を上げた。「静岡の物件の相場って、どれぐらいかなと思って」

「おいおい、まさか本当に、静岡でカフェ経営？　美也子さんと、そこまで話が進んでるのか？」

「そうじゃないけど、色々下調べはしておかないと。いざ引っ越す段になって、思ったよりも高かったりすると大変じゃない。事前に、情報は頭に入れておかないとね」

「でも、まだ先の先だろう？　今の相場が十年後でも同じかというと……どうかね」

「そんなに先かどうかは分からないわよ」

「おいおい」沖田は思わず咎《とが》めるように言ってしまった。「まさか、俺を残して、美也子さんと二人で静岡移住とか、考えてないよな？」

「それはないけど……今だと、定年は六十五歳？」

「ああ。公務員も定年延長になったからな」段階的延長という複雑な制度で、これまでの六十歳から徐々に定年が伸びて、最終的には六十五歳になる。沖田や西川の年齢だと六十五歳まで確実に働けるが、年齢によっては六十一歳や六十二歳で定年ということになる。公平なのかどうか、よく分からないシステムだ。

「まだ十年以上もあるでしょう？　十年も経ったら、私も美也子さんも今ほど元気じゃなくなるかもしれないし」

「それは分かるけどさ」

「現実味があるやり方としては、週末だけオープンすることかな。うちの近くに、マフィンの専門店があるの、知ってるでしょう？」

「ああ。いつも週末はすごい行列だよな」土日しか開いていない——オーナーが、半ば趣味でやっているらしいのだが、開いている時には常に長蛇《ちょうだ》の列ができている。あまりにも人気があるので、どんなものかと思い、一度だけ並んで買ったことがある。響子は「マフィンの概念が変わった」と驚愕《きょうがく》していたが、沖田はそうは感じなかった……元々甘いものはあまり好きではないし、何だかぼそぼそしたカステラという感じでしかなかった。「あそこみたいに、土日だけ開くカフェ？」

「そういうお店、実際にあるのよ。オーナーさんが別の仕事を持っていて、お店をやれるのは週末だけ、みたいな。その分こだわりも強くて、人気が出たりするのよね。最近、色々なお店に通って、人気の店の様子が分かってきたし。私も週末だけ、カフェでバイトしようかなって思ってるの。美也子さんはもう、週三回かな？　バイトに入っているし」

「実地研修か」そこまでやるのか、と沖田は内心驚いた。

「どうせやるなら、いいお店のテクニックを盗んで、自分のところに活《い》かしたいじゃない」

「できれば、東京だとありがたいけどなあ」沖田は思わず本音を言った。「静岡だと……俺も静岡移住か？」

「それはまだ、これから考えればいいじゃない」

「じゃあ、静岡移住もありなのか？」沖田は念押しした。

「私がカフェで稼ぐから、あなたはのんびりしてればいいじゃない。たまにお店に出たりして」

「俺が店にいたら、客が入ってこないよ」人好きのする面相でないことは自覚している。

「そういうのは、修業次第《しだい》で何とかなるから」響子が笑みを浮かべる。

「しかしなあ……」東京に未練はある。田舎から出てきて、長年かけて東京が好きになり、住みやすさを意識する毎日なのだ。物価の高さにはまいるが——静岡だと、どれぐらい安くなるのだろう。

いやいや、俺が真面目《まじめ》に静岡行きを考えてどうする？　そもそも、定年になってからも、西川と顔を突き合わせる毎日なのか？　美也子が実家を改装して本当にカフェを出すとしたら、西川は当然ついていくだろう。

毎日あいつの顔を見続けて七十歳になったら、「いい加減にしてくれ」と心の底から叫ぶに違いない。

翌日、沖田は目黒南署に顔を出した。鳩山が嬉しそうに出迎えて、すぐに刑事課の隣にある小部屋に案内してくれた。本来は資料保管用の部屋のようだが、テーブルと椅子が四脚置いてあり、軽い打ち合わせなどで使えそうだ。

そのテーブルに、段ボール箱が積み重ねられていて、それに隠れるように二人の刑事がいた。二人とも若い男女——交番勤務から刑事課に上がってきたばかりで、二十代半ばぐらいだろう。スーツが板についていない。もしかしたら、刑事課に異動になったばかりなのかもしれない。

「お疲れ」鳩山が声をかけると、二人が同時に立ち上がって「おはようございます」と声を揃《そろ》えた。

「追跡捜査係の沖田警部補だ。今回の一件を洗い直すために、応援に来てもらった」

「ええと——どうも。沖田です」沖田は軽く頭を下げた。追跡捜査係の仕事は、所轄と協力して進めていくことがあまりない。追跡捜査係が勝手にターゲットを定めて捜査を開始し、必要とあらば所轄に協力を求める感じだ。ただし、嫌がられる場合がほとんどだが。

「今さらほじくり返しやがって」というのが本音だろう。本部の捜査一課に協力を求めると、さらに露骨に嫌がられる。追跡捜査係は、捜査一課の中の一係なのだが、異分子、敵と見做《みな》している刑事も少なくないのだ。まったく、冗談じゃない……。

「井村翔太《いむらしょうた》です」まず男性刑事が挨拶する。ひょろりと背が高い体つき——身長は百八十センチぐらいありそうだが、体重は六十キロ台かもしれない。スーツが合わずに、胸元などはブカブカだった。

「小池藍美《こいけあいみ》です」中肉中背の女性刑事の方が大人っぽく見えた。眼鏡の奥の目が鋭い。何となく、どこかに一度就職して社会人としての経験を積んでから、警察に奉職したようにも思える。

「二人とも、交番勤務から刑事課に引き上げたばかりなんだ」

鳩山が説明する。自分の勘は当たっていた、と沖田は一人納得してうなずいた。

「この署では、あまり難しい事件の捜査は経験できないからな。古い事件を調べ直す方が、勉強になる。もちろん、解決できればベストだ」

「課長、犯人の目処《めど》はついているんでしょう？」沖田は突っこんだ。

「ああ。当時、どうしてもっと厳しく調べなかったかは謎だけど、とにかくある程度目処はついてる。そこへ向かって一直線に捜査——じゃなくてもいい。別に俺の手柄にしたいわけじゃないから。別の筋が出てきて、そちらの方が見こみがあったら、躊躇しないでそっちへ突っこんでくれ——沖田には、こんなことを言う必要はないな」

「追跡捜査係時代の係長に、散々しこまれましたよ」

実際には、鳩山がやっていたのは裏の仕事で、追跡捜査係は実質的に沖田と西川のツートップで動いていた。どの事件に取り組むかを決めるのも二人だった。鳩山は、二人が動きやすいように関係各所に捜査協力を依頼し、二人が誰かを怒らせたら頭を下げ——戦力にはなっていなかったが、今考えるといい係長だったと思う。少なくとも二人の邪魔は絶対にしなかったし、面倒臭い雑務を一手に引き受けてもくれた。やる気を見せなかったのは、元々そういう性格であるせいもあるが、肝炎の影響もあっただろう。体調が悪いと、どうしても気合いを入れて仕事はできなくなるものだ。

「じゃあ、後は沖田に任せる。よろしく頼むぞ」鳩山がさっと目礼して出て行った。

沖田は椅子を引いて——座らなかった。

「二人とも、事件の概要は頭に入ってるよな？」

「はい」藍美が返事をする。井村は遠慮しているのか、立ったまま静かにうなずくだけだった。

「じゃあ、出かけよう」

「資料の読みこみから始めるように、課長には言われているんですが」

「いいんだよ」沖田はニヤリと笑った。「追跡捜査には、色々なやり方があるんだ。古い捜査資料を読みこむのは王道の方法だけど、まず現場を見て、当時の様子を頭に叩きこむのもいい。どうせ色々な人に話を聞いていくんだから、歩き回りながら関係者と顔つなぎをするのも大事だ。今日は天気もいいし、少し散歩といこうぜ。午後、ここへ戻って改めて、資料の精査を始めよう」

納得いかない様子だったが、二人はうなずいた。

「課長には……どうしますか？」藍美は心配そうだった。

「大丈夫だよ。追跡捜査に関しては、あのオッサンよりも俺の方がよく分かってる。何か文句を言われたら、いい手がある——あのオッサンの弱点を摑むのは簡単だ」

「そうなんですか？」井村が目を見開く。

「デスクの引き出しにガサかけてみろよ。絶対にお菓子が見つかる。それを突きつけて、奥さんに通報するって言えば、それで終わりだ。オッサン、酒も甘いものも節制しないといけないのに、所轄に出て、絶対に気が緩んでると思う。君らも、あのオッサンを長生きさせたかったら、そういうことを監視しておいた方がいい——さ、行くぞ」

二人は呆気《あっけ》に取られていた。

沖田としては、この事件をさっさと片づけて、富田事件に戻りたい。西川は「無理だ」と言っているが、あの係長が簡単に諦めるとは思えない。

正直、富田事件の方が、よほど取り組みがいがある。

6

捜査続行か……しかも沖田抜きで。

沖田はしっかりした方針なしで、行き当たりばったりに動き回るから、しばしば壁にぶつかってしまうし、トラブルに巻きこまれることも少なくない。しかし馬力のある捜査で、思いもよらぬ手がかりを引っ張り出してくることもよくある。

その沖田がいない状態で、捜査続行。

不安しかない。というより、成功する気がまったくしない。西川は粘《ねば》り強い方だと自覚しているが、可能性の低いことにいつまでもこだわるわけではない。駄目なものは駄目で、早めに見切りをつける。それを係長に報告しようとしたら、沖田が今日から、目黒南署の応援に入ると告《つ》げられたのだ。そして妙に爽やかな笑顔で、「こっちは、後は西川さんがよろしくお願いします」と命じたのだった。

まったく……どうも俺は、この係ではトップに恵まれない。鳩山はやる気がなかったし、京佳は逆に前のめりになり過ぎて、話を勝手に進めてしまう。この二人の中間でちょうどいいのだが。

それにしても今回、鳩山がわざわざヘルプを要請してきたのはどうしてだろう。追跡捜査係のOBとして、こちらが点数を稼げそうな事件を回してくれた？　あるいは所轄の若手に捜査の経験を積ませるため？

どうでもいい。そんなことをわざわざ確認している暇はないのだ。取り敢えず捜査続行と決まったのだから、できる範囲で続けていくしかない。

西川は牛尾と麻衣、それに大竹《おおたけ》を打ち合わせスペースに集めて、今後の方針を確認した。牛尾と麻衣は積極的に質問をぶつけ、提案してくるが、大竹は何も言わない。一日追跡捜査係にいて、十回も口を開かないと言われている男だ。仕事は確実にこなすのだが、聞き込みなどできちんと話せているのかと心配になる。今日も何も言わない……もしかしたら大竹という人間は実在しておらず、気がついたら自分たちの「作られた記憶」の中だけの存在になっているのでは、と西川は変な想像をして彼を見た。

実在している——ようだ。

「じゃあ、全体には富田の周辺捜査を進める、ということでいいですね」麻衣が確認した。

「ああ。闇金をやっていた話を、沖田が改めて関係者から聞き出してきたけど、他にも何かありそうだ。富田は山っ気があるというか、金儲けのためには、違法なことも厭《いと》わないタイプじゃないかな。だから、野澤に金を借りた以外にも、トラブルの種を抱えていた可能性がある。そこを探り出したい。もしかしたら、そこから何かを引き出せるかもしれない」

「了解です」

「じゃあ、聞き込みの割り振りだ」

西川は、話を聴くべき相手をリストアップしていた。富田が務めていた会社の関係者を中心に、数十人にも上る。会社関係者を摑まえるだけでも大変だろう。富田と同年輩の社員は既に退職するか、そろそろ定年かという年齢だし、そもそも会社は他のＩＴ企業と合併して、実質的に消滅してしまっている。名前と携帯や自宅の番号は記録に残っているが、これが今でも通じるかどうかは分からない。何しろ、事件発生から四半世紀が経っているのだ。

「取り敢えず、リストを半分に分ける。連絡先を割り出すのは、それぞれ担当しよう。俺は牛尾と組む。大竹は林とコンビでやってくれ」

「了解です」牛尾が、プリントアウトしたリストを手にした。「今も会社にいる人を一人摑まえたら、芋蔓《いもづる》式に連絡先が分かりませんかね」

「その可能性は高い。誰か、今も会社にいそうな人間の見当はつくか？」

「――今宮昌美《いまみやまさみ》」大竹がぼそりと言ったので、西川は思わず身を震わせてしまった。

「今宮は……」西川は手元のリストに視線を落とした。あいうえお順でソートして、「今宮」はリストの一番上にある。「名前で検索したのか？」

大竹がいつものように無言でうなずき、自分のスマートフォンをテーブルに置いた。取り上げて確認すると、「Ｑ＆Ａインク」のスマートフォン用サイトが開いている。「会社概要」の中に、執行役員開発担当・今宮昌美の名前があった。同名の別人かもしれないが……。

「生き残って出世したんだな」西川はつぶやいて、スマートフォンを大竹に返した。会社同士の合併だと、人事は複雑になるだろう。そのタイミングで会社に見切りをつけて辞める人、逆に会社の方で「必要ない」と判断して切り捨てる人……大幅な入れ替わりがあるに違いない。残った人も、それぞれの会社の文化を背負《せお》っているから、会社が一つになるには時間がかかるはずだ。銀行などでは特にそういう傾向が強く、合併時にいた社員が全員定年退職する頃になって、ようやく合併の影響がなくなる、などと聞く。

「よし、じゃあ、これは俺が当たるよ。上手く他の人の連絡先を聞き出してくるけど、君らも、連絡がついたらすぐに話を聴きにいってくれて構わない」

「分かりました」麻衣がうなずく。「名前で検索したら、すぐ分かるかもしれませんね。SNSは、こういう時には役に立ちます」

実名が原則のSNSは、特に有効だ。そこを検索するために、警視庁の各部門も、実名でのアカウントを持っている。こういうのがなかった時代の先輩刑事たちは、会うべき相手の連絡先を割り出すのに、結構な苦労をしていただろう。今の捜査を見たら、そのスピード感に腰を抜かすかもしれない。

未来の刑事は、もっと効率よく捜査を進めるかもしれないが。自分は捜査の進化を、どこまで見届けられるだろう。

今宮昌美は、若い――西川は初見で、四十代と判断した。それだったら、事件当時はまだ駆け出し……いや、もしかしたら大学生？　それでは筋が合わない。

「一九九七年の事件当時は、入社何年目ぐらいだったんですか？」さりげなく年齢を探りに入った。

「九七年だと、八年目ですね」

西川は素早く計算して、彼女の年齢を五十六歳ないし五十七歳と判断した。見た目はそれより十歳は若い感じである。

「八年目だと、社内の色々な事情も、よくお分かりだったと思いますが……『ベストソフト』は当時、そんなに大きくない会社でしたよね？」

「社員五十人ぐらいですかね。ソフトの開発部門と営業部門、それに総務系。当時は、それぐらいの規模のIT系企業はたくさんありましたよ」

「それが今は、合併されて――巨大IT企業と言っていいですよね」西川は広い会議室の中を見回した。六本木《ろっぽんぎ》にあるオフィスビルの十二階。二方がガラス張りになっており、外には真冬の都会の光景が広がっている。ひどく冷たく見えるのは、緑がまったく視界に入らないからかもしれない。

「いえいえ、巨大ではないですね」昌美が苦笑する。「従業員が千人――でも、自社ビルを持っているわけでもないですし」

それから西川はしばらく、今の会社のことを確認し続けた。電話でアポを取った時、昌美は非常に渋っていて、西川は何とか説得したので、機嫌を損《そこ》ねる質問は避けたかった。

無難な話題でその場を温め、シビアな質問にシフトしたい。

　昌美は若い外見そのままにエネルギッシュな女性で、そのパワーを活かして出世の階段を上がってきたことが容易に想像できた。大学では工学部でコンピュータ・サイエンスを学び、まだオフコンの販売が主な仕事だった「ベストソフト」に新卒で入社。当初は、オフコンを納入した企業向けに、会計や品質管理ソフトなどをカスタマイズする仕事をしていたが、九〇年代に入って、大型で高価なオフコンから、パソコンへのシフトが起こると、オリジナルのソフト開発で手腕を発揮するようになった。合併して新会社「Q＆Aインク」が発足してもその仕事は基本的に変わらなかった。今は、会社の主な業務はITコンサルで、企業のデジタル化をアドバイスしているようだが、ソフトの開発は依然として続けており、その部門のトップが彼女なのだという。

「私たちには分からない世界なんですが、色々大変なんでしょうね」

「私はもう、半引退状態ですよ」昌美は皮肉っぽく言った。「ソフト開発なんて、三十代までですね。そこから先は頭が硬くなって、アイディアが出なくなる。今の私には、若い子たちが作ったソフトのバグ取りが精一杯です」

「なるほど……古い話で恐縮なんですが、富田さんが亡くなった事件を調べています」

「電話でもそう仰《おつしや》いましたよね」昌美がうなずき、丸く大きな眼鏡をかけ直した。「でもあれ、もう四半世紀も前ですよ？　あれからいろいろなことがあり過ぎたし、覚えているかどうか」

「当時も、富田さんには悪い噂がありました。副業——無許可で金融業をやっていたという話です」

「それは聞いたこと、あります」昌美がまたうなずく。「噂ですけどね……社内の喫煙所で、富田さんが金を借りないかって、若い社員を勧誘していたとか」

「じゃあ、本気で無許可の金融業をやっていたんですね」

「そうじゃないですか？」

「当時は、副業禁止でしょう？」今は、一般の民間企業だったら、副業を禁止しているところはほとんどないのではないだろうか。

「もちろんです——いえ、私も副業はしてましたけど」昌美がニヤリと笑う。舌でも出しそうな様子だった。

「そうなんですか？」

「それこそ、フリーのソフト開発者の方のお手伝いとか。バグ取りの依頼が来るんですよ。ちゃんと動くか、おかしなエラーが出ないか、作ったんじゃない人間がチェックした方が、確かなんです」

「なるほど……じゃあ、ベストソフトは、色々な意味で緩い会社だったんですか？」

「厳しくはなかったですね。ＩＴ系なんて、どこも同じようなものですけど。犯罪にならなければ、適当にやっていいっていう風潮《ふうちょう》はありますよ。今の会社でも、副業している子は多いですしね」

「それで、富田さんの副業は闇金ですか……」

「富田さん、本業でも結構儲けていたと思うんですよね」昌美が首を傾《かし》げる。「営業は一部歩合制で、富田さんは営業成績は抜群でしたから。確か、十五ヶ月連続で営業部の売り上げナンバーワンっていう記録を持ってますよ」

「それはすごいことなんですか？」

「一年以上ですからね。すごいに決まってます」そんなことも分からないのかとでも言いたげに、昌美が肩をすくめる。

「申し訳ないです、営業の経験がないもので……歩合制で、かなり給料が良かったことは、当時の捜査記録にも残っています。年収にすると、他の営業部員よりも数十万円多かったと。かなり大きい収入ですよね」

「でしょうね。営業の人は、仕事の評価がお金に換算できるから羨《うらや》ましいっていうのが、私たち開発部門の本音です」

「必死に営業して、副業もして、どうしてそこまで金が必要だったんでしょうか」

「クラブを作りたいって」

「クラブって、あれですよね？　踊《おど》るクラブ」

「そうです。彼、学生時代から入り浸りだったそうです。当時は、ディスコですかね。クラブって言うようになったのって、九〇年代半ばぐらい？　よく覚えてないですけど……そもそもディスコとクラブの違いが分かりません」

「右に同じくです」西川は右手を挙げた。「いずれにせよ、実際にクラブをオープンさせるには、かなりの金がかかるでしょうね」

「場所を借りるだけでも大変じゃないですか？　こぢんまりとしたバーやレストランよりもずっと広い場所が必要でしょうし、新宿や渋谷《しぶや》、六本木みたいな繁華街じゃないと駄目でしょう？　契約するだけで数百万……何千万もかかるかもしれません。音響設備の他に、お酒も出すから、カトラリーなんかも必要でしょうし、資金は相当かかりますよね」

「銀行から借りるにしても、審査が厳しそうだ。当時はバブル崩壊後ですから、銀行も貸し渋りしてたんじゃないですか？」

「ああ、それはねえ」何か嫌なことを思い出したのか、昌美が渋い表情を浮かべる。「ベストソフトも、融資を受けようとしてすごく大変だったのを思い出しました。最終的には、社長が自宅を担保に入れて——そういうことは、本当はしちゃいけないんですけどね」

「公私混同的な？」

「会社のために自分の財産を差し出すのは、美談みたいに見えますけど、決して褒められた行為《こうい》じゃないですよ」昌美がうなずく。「とにかくそんな時代でしたから、個人がクラブを開設するために金を貸してくれって頼んでも、銀行は簡単には動いてくれなかったでしょうね」

「一人でやっていたんですか？　それは相当壁が高いと思いますけど」

「確かに。普通に考えれば、共同経営者のような人がいるはずですよね」昌美が同調する。

「社内の人では？」

「それはないと思います」昌美が即座に否定する。「事件当時、社内で詳細な調査が行われましたけど、そういう事実はなかったはずです。闇金に絡《から》んでいた社員、クラブ経営に誘われていた社員はいなかった、という結論です」

微妙な言い方が気になった。「いませんでした」という断定ならすぐに納得できる。しかし「という結論です」というのは、少し曖昧ではないだろうか。昌美は、西川の疑念に鋭く気づいたようだ。

「私が調査していたわけではないですし、調査の内容も知りません。嫌疑不明、という結論を聞いただけで、詳細は公表されませんでした。プライバシーの問題もあるので、明らかにしなかったんでしょうね」

「他に何か問題はなかったですか？　富田さんがさらに違法行為に手を染めていて、トラブルになっていたとか」

「私は知りません」〝私は〟――またも微妙な物言いだ。

「それはどういう意味ですか」

「今のは言葉通りの意味です。私は本当に何も知りません」昌美が面倒臭そうに首を横に振った。「ただ……」

「ただ？」

「噂はないでもなかったです」

「それを教えて下さい。社内の話ですか？　外の話ですか？」

「それも含めて言えません」

「古い話じゃないですか。何かあったとしても、もう時効ですよ」殺しだったら時効になっていないが。「話して下さい。今宮さんの名前は表に出ないようにしますから」

「迂闊《うかつ》なことは言えません。私は今も、ベストソフトの流れを汲《く》んだ会社で仕事をしています。当時ベストソフトにいた人間の、数少ない生き残りです。ＩＴ系企業なんて、離合集散が激しくて、愛社精神もないと思われるかもしれませんけど、私は違います。ベストソフトには育ててもらった恩義がありますから」

「つまり、ベストソフト自体の問題なんですね？」西川は突っこんだ。

「そう決めつけられても困ります」昌美が溜息をついた。「当時私は、入社八年目で、会社の全員と顔見知りでしたけど、社内の事情を全て知っていたわけではありません。ただ噂で聞いただけのことを、ここで無責任には話せませんよ」

「でも、かなり話してくれたじゃないですか」

「それは富田さんのことです。会社のことではありません」

「しかし――」

「私は言えません」

「それなら、喋れる人を紹介して下さい」西川はすぐに方針転換した。

昌美が溜息をつき、ソファに背中を預けた。ゆっくりと腕を組み、西川を睨みつける。

「合併した会社――どうなんでしょうね」西川は場の空気を和ませようと話題を変えた。

「何がですか？」

「いつまで、昔の会社に対する愛社精神を持ち続けるものでしょうね」

「辞めるまでですよ」昌美があっさり言った。「私も辞めるまで、ベストソフトの話をする時は、『うちの会社』って言い続けるでしょうね」

「どうも、私には分からない感覚です」西川は首を横に振ったが、ここで引くわけにはいかない。「申し訳ありません。あなたがベストソフトに対する愛社精神を抱いていて、難しい問題について喋りたくないのは分かりました。もう一回申し上げます。喋れる人を紹介して下さい」

「全然へこたれませんね」昌美が呆れたように言った。

「仕事ですから。あなたから名前が出たことは、本当に隠しておきますから」

「しょうがないですね」また溜息をつきながら、昌美は結局、会うべき相手の名前と連絡先を教えてくれた。

「この人は……コンサルですか」

「合併して新しい会社になった時に、お辞めになられました。それで独立してコンサルの仕事を始めて……もう六十歳オーバーですけど、お元気ですよ」

「今も会うんですか？」

「二ヶ月ぐらい前に会いました。毎年暮れに、ベストソフトの開発部門の忘年会――ＯＢ

会がありまして」

「じゃあ、当時の同僚の方とは、今でも連絡が取れるんですね」西川は背広の内ポケットから手帳を取り出し、挟んであったリストを広げた。「今から申し上げる方たちの連絡先を教えて下さい。小田《おだ》裕太《ゆうた》、甲野《こうの》貴道《たかみち》、須藤《すどう》さくら——」

「ちょっと、ちょっと待って下さい」昌美が両手を前に突き出した。「当時の社員の名前を全員挙げるつもりですか？」

「必要とあらば」実際には、このリストには社員全員の名前が載っているわけではない。当時特捜本部が事情聴取した人たちだ。

「だったら、そのリストを送って下さい。連絡先が分かる人はお教えします」

「助かります」西川は頭を下げた。「……教える気になっていただけて」

「こうでもしないと、あなたは何度でも来るんでしょう？　九七年当時も、同じでした。警察官って、本当にしつこいですよね」

「申し訳ない。仕事のこととなると、加減がきかないんです」

「でも、犯人は無罪でしたよね」昌美が半笑いを浮かべて指摘した。

「それについては、まことに面目《めんぼく》ないです。だから今、再捜査しているわけでして」

「でも、会社の人に話を聞いても、限界があるんじゃないかな。富田さんって、社内にそんなに親しい人もいなかったと思います。外交——外では活発に人と交流してたけど、社内の人とは比較的淡々としたつき合いしかしてなかったみたいな……彼のことを知っている人と言えば、彼女じゃないですか？」

「婚約していた人ですよね？　警察は当時事情を聴いていますけど、残念ながら今の連絡先は分からないんです」

「ああ。結婚したけど、今は東京にいるかどうか」

「ご存じですか？」

「同僚でしたからね……私より一年早く会社に入った人でした」

「篠山英子《しのやまえいこ》さんですね？」

「そう」

「どこにいるか、ご存じですか？」

「結婚した後は、都内に住んでましたよ。でも、今もそうかどうかは分かりません。旦那さんが、製薬会社に勤めている人で、結構転勤が多いっていう話だったから」

「では、分かったら教えて下さい」

「私を便利屋みたいに使わないで欲しいわ」昌美が抗議した。

「一度食いついたら、徹底して協力してもらうのが警察のやり方です」

「もしかしたら私って、すごくアンラッキー？」

否定はできないが、西川は何も言わなかった。

7

強盗事件の現場は目黒区中根《なかね》、東急都立大駅から歩いて十分ほどの静かな住宅街にある一軒家だった。大きな家が多い一角で、窃盗犯がターゲットにしそうな街である。

羽島家は、白いモルタルの塀《へい》に囲まれており、塀の長さを考えると、かなり広大な敷地だと分かる。黒い門扉《もんぴ》の奥に石畳《いしだたみ》のアプローチ、そして玄関。門扉の横は車庫……閉まっているシャッターの幅《はば》を考えると、車が二台、余裕で並列駐車できそうだった。

しかし、門扉は開かなかった。内側から鍵《かぎ》がかかっていて、その鍵は、上から手を伸ばし入れても届かない微妙な位置にあるのだ。玄関ドアの脇には、警備会社のステッカー。かなり古いもので、色褪《いろあ》せている。

「あのステッカー、本物か？」沖田はドアを見ながら言った。実際には契約していなくても「泥棒避《どろぼうよ》け」に警備会社のステッカーを貼っている家もある。

「本物です。警備会社と契約しています」藍美が答える。先ほどから、ほとんど彼女としか話していない。このコンビは、藍美の方がリーダーなのかもしれない。

「強盗が入った時には、連絡は行かなかったのか？」

「はい。羽島さんは、在宅中は警戒《けいかい》設定をしていなかったそうです」

「しかし、ドアをこじ開けたりすれば、警備会社に連絡が入るはずだ」

「そこがはっきりしていなかったんです。犯人は合鍵を使ったか、警報が鳴らないような手段があったのか」

それこそ、鳩山が疑っていることである。

鳩山がマークした容疑者は、羽島の長男、正俊《まさとし》だった。合鍵を持っていたこの長男が、自宅へ盗みに入ったのではという疑いは、当初からあった。ただし正俊にはきちんとしたアリバイがあり、そこを崩すまではいかなかったようだ。

「その辺は、盗犯担当の意見も聞きたいところだな。当時も、捜査三課からは話を聞いてるはずだけど、もう一回確認してもいい。当然、資料には鍵の写真なんかもあるよな？」

「確認しています。こじ開けられた様子はないと、五年前にも結論が出ていました」と藍美。

「君もその写真を見た？」

「はい」

「同じ結論か？」

「いえ、私は……」

それまでてきぱきと喋っていた藍美の口調が、急に曖昧になった。沖田は小池にも視線を向けた。小池は耳を赤くして、「判断できません。申し訳ありません」と謝って首《こう》を垂《べ》れた。

「いいんだ。君たちはまだ刑事として駆け出しなんだから、色々見て勉強すればいいんだよ。今後、本部でどこへ行くかは分からないにしても、盗犯の手口は、学んでおいて損はない。とにかく多い犯罪だからな。それは、戻ってからじっくり見ていこうぜ」

三人は、家の周りを一周した。やはりでかい家……塀に囲まれ、しかも敷地内にある木が生い茂《しげ》っているので、家全体が見えているわけではないが、これだけの家だと、盗みに入る側にも相当な準備が必要だろう。羽島は、一億五千万円の現金を小型のスーツケースに入れ、二階の六畳間の押し入れの中に隠していた。その六畳間自体が倉庫のようなもので、使われなくなった家電や家具などで埋まっており、押し入れに近づくだけでも一苦労だった。一階から順番に部屋を探していたら、肝心の押入れに辿り着くまでにどれだけ時間がかかるか分からない。あるいは羽島を脅《おど》して聞き出したのか。

「被害者の状況だけど」玄関まで戻って来て、沖田は訊ねた。「頭を強打されたことによるくも膜下出血があった。それ以外の傷はどうだったかな？　防御創なんかはあった？」

「傷は頭《ず》だけです」今度は井村が答える。「二ヶ所、鈍器《どんき》で強打された形跡があって、頭蓋骨《がいこつ》が陥没《かんぼつ》骨折していました」

「他にはない？」

「ありません」

「拘束《こうそく》して拷問《ごうもん》、じゃねえのか」

沖田がつぶやくと、藍美が食いついてきた。

「拷問って、どういうことですか」

「金のありかを聞き出すために、縛《しば》り上げて苦しめたとか、煙草の火を押しつけたりとかさ。強盗では、時々そういうことがある。最近のトクリュウの連中は、加減が効かないしな」

「この事件も、そういう可能性があるんですか？」藍美が真顔で訊ねる。

「いや……五年前だったら、まだトクリュウ的な犯行は一般的になってなかったか」

トクリュウ＝匿名《とくめい》・流動型犯罪グループ。SNSなどでその都度《つど》メンバーを集め、犯行に及ぶ。互いの素性《すじよう》も知らずに離合集散を繰り返すので、警察も正体を摑みにくい。手っ取り早く金を奪うために強盗などを行うケースが多いのだが、加減が分からずに、押し入った先の住人をいきなり殺してしまったり、まだ営業時間中の宝石店や高級腕時計店などに強盗に入ったりする。プロなら絶対にやらない手口が目立つ。

「となると、やっぱりMでしょうか」と藍美。

「Mか——どうかな」M＝正俊。「まだ、方向性をはっきりさせない方がいいぜ」

「でも課長は、一週間で片がつくと……」遠慮がちに井村が言った。

「鳩山さんが言うことを、間に受けちゃ駄目だ。あの人は、肝心なところで適当だから」

「それはまずいんじゃないですか」井村が深刻な声で言った。

「いや、あれぐらい適当でいいんだ。上があんな感じだと、下の俺たちが緊張するから、かえってミスがなくなるんだよ……さて、三鷹に行くか」

「妹さんですか？」と井村。

「ああ。羽島さんに直接話を聴くのは難しそうだから、まず一番近い人だ。現在の最新の状況を把握しておこうぜ——それと俺の勘だけど、この事件は一週間じゃ終わらない。ある程度長引くと覚悟しておけよ」

羽島の妹、尾沢里子《おざわさとこ》の自宅の最寄《もより》駅は、JRの三鷹駅だった。駅の南側……大雑把《おおざっぱ》に言えば、この駅の南側が三鷹市、北側が武蔵野《むさしの》市になる。

北口より南口の方が賑わっており、真《ま》っ直《す》ぐ南へ伸びる中央通りには、大型のショッピングセンター、飲食店ビルなどが建ち並んでいる。一方、御殿山《ごてんやま》通りに沿っては玉川《たまがわ》上水が流れており、都会の顔と、緑豊かな水辺が共存している。中央通りを少し歩いてさくら通りを越えると、オフィスビルや雑居ビルに交じってマンションも姿を現わす。里子の自宅もマンションで、駅から歩いて七分ほどと至便な場所だった。それほど大きくない建物だが、高齢の夫婦——里子は夫と二人暮らしだった——が二人で住むには十分だろう。駅に近い分、何かと便利なはずだ。静岡に住むより、やっぱり都内、それも多摩地区の二十三区に近い街が何かと便利なのにと考えながら、沖田は響子の顔を思い浮かべた。

「よし、君たち、声をかけてくれ」エレベーターホールに入ると、沖田は二人に指示した。想像もしていなかった指示だったのか、二人は固まってしまう。

「……いいんですか？」藍美が遠慮がちに訊ねる。

「そのインタフォンは、カメラつきだ。俺は、インタフォンのカメラには人相が悪く映るんだよ。高齢者をびっくりさせたら申し訳ない」

「はあ……では」

藍美がインタフォンのボタンを押して反応を待った。澄《す》んだ音が聞こえたが、返事はない。外出中か……平日の昼時だから、買い物などに出かけていてもおかしくない。

「いないみたいです」藍美が振り返った。その瞬間、自動ドアが開き、小柄な女性がホールに入って来る。もしかしたら——と思い、沖田は井村に目配せした。井村は無言のサインを一瞬理解できなかったようで困惑の表情を浮かべたが、沖田がもう一度目線を送ると、慌てて動き出し、女性の前に歩を進めた。

「失礼ですが、尾沢さんでいらっしゃいますか？　尾沢里子さん？」

「そうですが……」里子が怪訝そうな表情を浮かべる。

「突然失礼します。警察です」井村がバッジを取り出して見せる。「目黒南署刑事課の井村と申します」

「何かあったんですか」里子が顔色を変え、井村に詰め寄る。

「いえ、そういうわけでは……」

井村が言葉に詰まると、今度は藍美が前に進み出る。すっと背筋を伸ばし、いかにも威厳を演出する態度——あまりよくない。里子はかなり小柄な女性なのだ。藍美は女性としては平均的な身長だろうが、自然と里子を見下ろす感じになる。里子は圧を感じてしまうかもしれない。

「同僚の小池です」井村が慌てた口調で紹介した。「羽島さんの事件をゼロから見直して捜査を進めることになりましたので、ご挨拶に伺いました。三人で押しかけて申し訳ありませんが」

「いえ、そういうことなら……」里子がうなずく。

「中でお話しできますか」藍美が少しだけ膝《ひざ》を曲げた。目の高さが近くなる。

「構いませんよ」里子が左腕を持ち上げ、腕時計を見た。「今日はお客様が来るので、一時間ぐらいしか――」

「大丈夫です」藍美が笑みを浮かべた。「では一時間だけ、いただきます。お荷物、お持ちしましょうか？」

実際里子は、満杯になった大きなエコバッグを二つ、両手に提《さ》げている。しかし素っ気なく、「ご心配なく」と断った。

こぢんまりとしたマンションのせいか、エレベーターは四人乗ると満員になってしまうサイズだった。沖田は操作ボタンの前に立ち、エレベーターが二階に着いた時に「開」ボタンを押し続けた。最後にエレベーターを出て、里子の家のドアの前に立つ。

玄関に入ると短い廊下、その先がリビングルームになっていた。こちらは西向きで、今はほとんど陽が当たらないが、大通りに面していないので、夜は静かでいいだろう。十二畳ほどの部屋にはあまり物がないので、広く見える。ソファは二人がけのものが一脚あるだけなので、ここで話はできない。里子もそれは分かっているようで、ダイニングテーブルにつくように三人に勧《すす》めた。そこで沖田は初めて挨拶し、名刺を差し出した。

「今日はこちらの二人が質問させていただきますので、よろしくお願いします」

「あら、若い人の研修か何かなんですか？」里子が不思議そうな表情で訊ねる。

「はい、実地研修のようなものです」沖田はうなずいた。「この事件については、所轄の目黒南署がずっと捜査していました。しかし捜査に動きがないので、私がお手伝いすることになりまして」

　里子が沖田の名刺に視線を落とした。ダイニングテーブルに置いてあった眼鏡――老眼鏡だろう――をかけ、名刺を手に取る。

「追跡捜査係、ですか」

「はい。未解決事件の捜査を担当しています」

「じゃあ、今回は……何か、そういう新しい手がかりがあるんですか？」

「必ずしもそうとは言い切れません。別の人間の視点で事件を見れば、新事実が分かるかもしれないということです」

「そうですか……」里子が軽く溜息をついた。

　沖田としては、この「前振り」で取り敢えず安心していた。里子はこの件については比較的冷静で、きちんと話ができそうだ。藍美に目配せして、事情聴取を始めるように促す。

「お兄さん――三郎さんの容態はどうですか？」

「ほぼ寝たきりなんです」急に里子の顔が暗くなる。

「今も入院中ですよね？」

「はい。病院には本当にお世話になっているんですけど、何だか申し訳なくて」

「仕方がないことだと思います。意思の疎通は難しいですか？」

「そうですね。たまに意識がはっきりすることがあるんですけど、話は要領を得ないというか……私が会っても、認識しているかどうか、分からないんです」

「大変ですね」深刻な表情で藍美がうなずく。

「この先どうなるか、それを考えると本当に心配です。病院にもご迷惑をおかけして」

「そうですね。今、家の方はどうなっていますか？」

「誰もいませんよ」

「鍵は……」

「私が預かっています。時々窓を開けて空気を入れ替えるんですけど、本格的に掃除するのは大変なんです。古い、大きな家ですから」

「あそこが、里子さんのご実家なんですか？」

「ええ」里子がうなずく。

「ご実家が、もともと資産家だったんですね」

「資産――土地持ちです。父が山っ気のある人で、バブル景気の前に大勝負に出て、マンション経営なんかに乗り出したんです。それで、まあ――失敗しなかったんでしょうね」

「九〇年ぐらいですか？」沖田はつい訊ねた。

「八〇年代半ばぐらいです。まだバブルがそこまで膨《ふく》れ上がっていない時代でした。だから、土地や株で勝負に出ようとする時も、バブルの頃よりは大きな資金は必要じゃなかったんでしょうね。私は結婚して、もう家を出ていましたけど、心配でした。普通にサラリーマンをやっていて、退職した途端に退職金を注ぎこんで、ですから。兄も大反対したんです。兄は兄で、都庁の公務員でしたからね。そんなギャンブルみたいなことが成功するわけないって思ってたんでしょう。二人でずいぶん父を説得しましたけど、言い出したら聞かない人で……」

「でも結局、それが成功したわけですね」藍美が相槌《あいづち》をうつ。

「結果論です。今でも怖いですよ。あの時に上手くいってなかったら、一家はどうなってたかなって。私はもう、嫁《よめ》に出ていたから何とかなるにしても、兄一家はあの家で父と同居していましたから。何かあったら兄が責任を取らないといけないじゃないですか」

「分かります」

「でも結果的には上手くいって、兄が父の商売を引き継いだんだから、それはよかった……んですかね」里子の声が小さくなり、最後は口をつぐんでしまう。

彼女の気持ちの揺れは、沖田には理解できた。金があったが故に、強盗に狙われた。小さな家で慎《つつ》ましやかに暮らしていれば、あんな目には遭わなかったはずなのにと、ずっと悔やんでいたに違いない。

「ごめんなさい」ハッと気づいたように、里子が顔を上げる。「お茶もお出ししないで」

「いえ、お構いなく」藍美が笑みを浮かべたまま言った。「このままお話しさせて下さい」

よしよし、なかなかいい手際《てぎわ》だと沖田は感心した。事情聴取する相手は、途中で席を立たせないのが肝心である。スムーズに話を続けるためだ。今回唯一《ゆいいつ》失敗だったのは、事情聴取を始める前に、里子にトイレに行かないかと確認しなかったことだろう。事情聴取の途中で席を立つ一番多い理由は、トイレなのだ。

「息子さん——正俊さんは、今も東京に？」

「ええ」里子の声がにわかに緊張した。

「あの家には住まないんでしょうか？　あれだけの家を空き家にしておくのはもったいないと思いますけど……」

「正俊も独身ですから。一人暮らしの人間には、あの家は広過ぎるでしょう」

「でも、三郎さんはお一人で暮らしておられたんですよね？」藍美が確認した。

「ええ。でも兄は几帳面《きちょうめん》で綺麗《きれい》好きな人でしたから、家をきちんとしておくのは趣味みたいなものでした。歳は取っていましたけど、それなりに一人暮らしを楽しんでいたと思いますよ」

沖田は頭の中で、羽島三郎の「年表」をひっくり返した。

終戦の前年に生まれた羽島は、赤ん坊の時に一家揃って栃木《とちぎ》県に疎開した。焼け野原の東京へ戻って来てから、祖父が不動産の商売を本格的に始め、目黒の自宅一帯の土地を入手した。どうもその経緯には不審な点もあるようだが、なにぶんにも戦後すぐという混乱の時代だけに、はっきりしたことは分からない。

要するに祖父も父も山っ気のある人間だったということだ。

羽島自身は真面目な性格で、大学を卒業した後、一九六七年から都庁で働き始めた。二十七歳で結婚した後も実家に住み続け、父親がマンション経営に乗り出すのを間近で見ていた。その父は一九九〇年、羽島が四十六歳の時に亡くなり、相続税対策もあって、羽島は父が経営していた会社を引き継がざるを得なくなった。結局都庁の仕事は辞めてしまい、その後はマンション管理などの不動産業で生計を立てていた。

実際には、ほとんど仕事をすることもなく、左うちわの毎日だっただろう。仕事の実務は社員に任せてしまい、自分は最終確認の書類に判子を押すだけ。ただし羽島は、都庁ではずっと財務関係の仕事をしていたので、数字読みには強かったという。

会社関係ではトラブルはなし。羽島は六十歳の時に、自分でもマンションを一棟建てた。東京が、今のような不動産ブームに突入する前で、不動産価格も極端には高くなかったという事情も背中を押したのだろう。これで老後も安泰――と考えていたのは、自宅に大金を隠していたことからも分かる。一億五千万円の現金。さらに銀行には二億円近くの預金があった。これなら、何が起きても安心して過ごせるはずだ。

唯一、一人息子の正俊のことを除いては。

正俊は一九七二年生まれで、今年五十二歳になる。高校生の頃から、悪い仲間とのつき合いが始まり、卒業と同時に家を出てしまった。その後ずっと東京を離れていたようだが、事件が起きる一年ほど前に、実家近くでマンションを借りて暮らし始め、父親とも度々会っていた。ちょうど、羽島は妻を亡くした後で、不安になっていた父の面倒を見ようとした——わけではない。事件当時、里子から聞いた話では、自分に財産をきちんと残せと、脅すように要求していたのだという。

まあ……要するにドラ息子だったわけだ、と沖田は判断していた。家を飛び出したものの、遺産が入る可能性が出てきたら急に擦《す》り寄ってくる。そして正俊が本当に父親を脅していたとしたら、救いようがない。

当時の捜査本部が、実の息子を疑ったのも当然だと思う。

「正俊さんとは、最近話していますか?」

「いいえ。私が一方的にメッセージを送るだけですね。兄の容態なんかを知らせるんですけど……既読にはなるけど、返信はないですね」

「正俊さん、今は何か仕事をされてるんですか?」

「普通に暮らしているようだし、何かやっているようですけど、聞いても答えないんですよ。変な仕事に手を出していないといいんですけど」

「正俊さんは……若い頃から三郎さんに反発していたんですよね? 何かきっかけがあったんですか?」

「たぶん、兄の生き方や仕事の仕方が気に食わなかったんじゃないですか」里子がゆっくりと首を横に振った。「高校生ぐらいの子から見ると、マンション経営なんか、仕事とは思えなかったんじゃないでしょうか。それに父を……おじいちゃんを見て、そういう仕事をしている人間が嫌だと思ったのかもしれません」

「仲が悪かったんですか？」

「父は、初孫の正俊を可愛《かわい》がっていましたよ。でも、正俊の方ではどうも……父は、地上げみたいなこともしていたようですし、家の電話で怒鳴りまくったり……あまりいい感じじゃなかったですね。土地をまとめて売買するためには、色々と乱暴なこともしなくちゃいけなかったのかもしれません。今だから言いますけど、結構、非合法すれすれのラインで仕事をしていたようです。だから私も、早く家を出たかったんです」

「そうなんですか？」

「真面目に、堅実に仕事をしている人と結婚して、地味に落ち着いて暮らしたいと思っていました。結局、兄が都庁の後輩を紹介してくれて」

「それがご主人ですね？」

「はい」里子が穏《おだ》やかな表情でうなずいた。それを見ただけで、彼女の結婚生活が安定した、落ち着いたものだと分かった。さすがに夫はもう、仕事を辞めているだろうが。

「ご主人はもう、お仕事は辞められたんですか」藍美が確認する。

「はい。今は、週に何回か、カルチャーセンターで教えています」

「学校の先生とかだったんですか？」

「いえいえ、それこそ兄と同じで財務畑の人です。でも趣味が歴史研究で……それもうんと古い、古墳時代とかなんですよ。若い頃は、遺跡の発掘作業のバイトなんかもしていたそうで、本当は大学に残って古代史の研究をしたかったそうです。それは叶《かな》わなかったけど、ずっと個人で勉強は続けていました。それで定年になってから、また発掘作業を手伝ったり、本を出したりして、そのうちカルチャーセンターで講師を頼まれるようになったんです」

「アクティブでいいですね」藍美が微笑《ほほえ》む。

「正俊さんのことなんですが」沖田は割って入った。藍美は今のところ上手く話を転がしているが、ペースが遅過ぎる。里子は「一時間しかない」と言っていたのだから、少しペースアップしないと。

「はい」里子の表情がにわかに引き締まる。

「五年前、事件発生当時は、警察もかなり厳しく正俊さんに話を聴いたんですね」

「はい。私も聴かれました」

「正俊さんのこと――三郎さんとの金銭トラブルについてですね？」

「トラブルと言っていいかどうか。私は、兄に聞いた話で知っているだけなので、あくまで一方的ですよ。客観的な事実とは言えないと思います」

冷静な人だ、と沖田は感心した。ある事実について、当事者の一人が話しただけでは「真実」とは言い難い。勘違いや記憶違いもあるし、自分に都合よく話を捻《ね》じ曲げることも珍しくない。本当は、複数の当事者から話を聴いて、総合的に真実に近づくのがベストだ。里子は、実の兄から聞いた話であっても、真実と断定はしない。羽島が感情的になって、頭に血が昇った状態で話したことは信じられないとでも思っているのではないだろうか。

「長い間家に帰らないで、母親に心配をかけたのに、急に寄りついてきても信用できない。それに、いつ死ぬか分からないんだから、ちゃんと遺書を書いてくれなんて、失礼な言い方ですよね」

「それは、言われた方も怒りますよね」沖田は苦笑した。

「そもそも遺書には、お前には金を残さないように書くかもしれないと、兄は反論したようです。でも正俊は強引で、親のお金が自分に渡るのは当然だと思っていたんですね。まあ……正俊もずいぶん変わってしまって」

「そうなんですか？」

「昔からやんちゃでしたけど、それは子どもなりのやんちゃで。うちは子どもがいないから、正俊をずいぶん可愛がっていたんですよ。元気で、はきはきしていて、ちょっとした悪戯《いたずら》も、可愛いから許しちゃいました。それが、高校の頃から悪くなって……悪い仲間に出逢《であ》っちゃったみたいですね。警察のお世話になることこそなかったけど、家には寄りつかなくなって、会えば兄や義姉《あね》と喧嘩になって。若者らしい反抗だったんでしょうけど、高校の卒業式が終わったら、その足で家を出て行って、連絡が取れなくなりました」

　しかし、札付きのワル、という感じではなかったようだ。そういう人間は、わざわざ高校を卒業しない。気に食わないことがあれば、すぐに高校を辞めて家を出ていくはずだ。

「その後何をやっていたか、はっきりしていないんですね」

「正直、何か危ないことをしていたんじゃないかと思います。言えないっていうのは、そういうことですよね」

「確かにそうかもしれません」

「正俊が……兄を手にかけたんでしょうか」里子が震える声で訊ねた。

「それは不可能だった、というのが当時の結論です。事件が起きた時、正俊さんは東京にいなかった」

犯行に関わるのは不可能である――自分では。

鳩山もそれを気にしていたのだ。正俊自身が手を下さなくても、誰かを使ってやらせた可能性がある――その推測を打ち明けられた時、沖田は素直に同調できなかった。素人考えとしては、そういう筋書きはありうる。しかし実家の金を家族が狙うというのは、リスクが大き過ぎる。押し入った形跡などがなければ、警察はまず内輪の犯行を疑う。そして正俊の場合、金を巡って父親と揉めていたことを、里子に知られていた。真っ先に自分に容疑がかかることぐらい、簡単に予想できるだろう。

「今、正俊さんに話は聴けますか？　東京にいるんですよね？」沖田はさらに突っこんだ。

「ええ……でも、無理ですかね」里子が暗い表情で言った。

「どういうことですか？」

「今、入院しています。実は、かなり悪いんです」

「深刻な病気なんですか？」

「進行が早いようで」

「……がんですか？」

　沖田は声をひそめて訊ねた。里子が無言でうなずく。

「じゃあ、正俊さんの面倒も、あなたが見ているんですか？　家族の同意がないと、入院もできないですよね」

「ええ。独身なので、しょうがないです」里子が溜息をついた。「何だか……六十五歳になって、これからはのんびり暮らしていけそうだと思ったんですよ。主人に教わって、歴史の勉強でもしようかなって。でもそんな時に兄が襲われて、今度は正俊の病気でしょう？　ボケる暇もないからいいんですけど、さすがに疲れます」

「大変ですね。いつまでも人の面倒を見なければいけないなんて」

「そのうち、私が誰かに面倒を見てもらわないといけなくなるのに」里子がまた溜息をつく。徐々に気力が失われていく感じだった。

「一つ、失礼なことをお聞きしていいですか」沖田は慎重に訊ねた。

「何でしょうか」里子が身構える。

「甥《おい》ごさん——正俊さんが犯人だと考えたことはありますか？」

「正俊は療養中です」里子が答えをずらした。

「それは分かりますが、羽島さんと揉めていたのは事実ですよね」

「それは、兄がそう言っていただけです。五年前も、警察にはそのようにお話ししました」

「つまり――」

「病気で苦しんでいる人が犯人だったかどうか。そんなことは、私には言えません」

8

夜、西川はさいたま市にいた。同行している牛尾は、どこか心配そうにしている。

「どうした？」

「いや、ややこしい相手じゃないですか。殺された被害者の元婚約者。しかも今は、別の人と結婚している」

「そして喫茶店オーナー、な」西川はつけ加えた。「電話で話した限りでは、普通の人だったよ。昔の話だからちょっと戸惑《とまど》っていたけど、話してくれるとは思う」

「ですかねえ」

「何でそんなに心配してるんだ？」

「昔、同じような立場の人に話を聴いたことがあるんです。その時は、被害者じゃなくて犯人の元カノでしたけど、まあ、荒れました。その頃、別の人とつき合っていたんですけど、バレたら殺される、なんて泣き出しちゃって」

「いきなり訪ねたのか?」

「ええ」

「それはしょうがないさ。でも今回は、事前に話を通してあるから心配ないよ。俺が話すから、メモ取りに徹してくれ」

「了解です」

「ただし、俺が殴られそうになったらヘルプ、頼むぜ。当てにしてるからな、柔道三段」

篠山英子が営むカフェは、与野《よの》駅のすぐ近くにあった。ビルの一階……看板を見ると、午前十時から午後八時までの営業である。今は午後七時。そろそろ店じまいの準備をする時間だろうか。

ドアを押し開けて中に入ると、すぐに「お好きな席にどうぞ」と声をかけられる。声をかけてきたのは、カウンターの中に入っている若い店員だった。大学生のバイトだろうか? ダンガリーのシャツに黒いエプロン姿で、なかなかの男前である。バッジを示して挨拶しようかと思った瞬間、店の奥から一人の女性がやってきた。スラリと背が高く、姿勢がいい女性で、表情は険しい……篠山英子だろう。西川はすぐに一礼した。

「篠山さんですか?」

「篠山英子です」

「警視庁の西川です。こちらは同僚の牛尾です。お時間いただいてすみません」

「一つだけ」英子が人差し指を立てた。「約束していただけませんか?」

「ええ」

「この件、主人には知られたくないんです。古い話ですけど、いいことではないですよね？」

「事件ですからね」西川はうなずいた。「秘密遵守《じゅんしゅ》はお約束します」

「それなら——どうぞ」英子は、一番奥の席に案内してくれた。

店は変わった造りで、全体がL字型になっている。英子が案内してくれた席は、出入り口からは見えない場所だった。店内には他に二組の客がいたが、広いので話を聞かれる心配はないだろう。英子は、「予約席」の札をテーブルの隅に動かしてから座った。

「何かお飲みになりますか？」

「いえ、公務中なので」

「警察の人は変わらないですね」厳しい表情はそのままだが、英子の声は少しだけ和らいだ。

「そうですか？」

「公務中、とよく聞きました。あの頃は散々、警察に話を聴かれましたから、よく覚えています」

「しつこかったでしょう」

「しかも、まだしつこいんですね」英子が皮肉を飛ばした。

ここはいきなり本題に入らない方がいいと判断し、西川は雑談から始めることにした。

「このお店はいつからですか？」

「十年ぐらいになりますね」

「ご自宅もこの辺なんですね？」

「ええ」

「喫茶店の経営に興味があったんですか」

「そうじゃなければ、借金してまで店は出しません」英子がぴしりと言った。

「失礼しました」西川は頭を下げた。雑談でも、この女性をリラックスさせるのは難しいようだ。

「まあ……亭主対策ですけど」

「そうなんですか？」

「主人は、製薬会社勤務です。全国に支社があるので、本社と支社の勤務を繰り返していました。最初は私も、転勤についていきましたよ。地方の大きな街で暮らすのは、結構楽しかったですしね。でも、そのうち疲れてしまって。娘の受験なんかで、いつまでも家族全員で引っ越しを繰り返しているわけにはいきませんでしたから。それで、カフェを開店することにしたんです。店があれば、放《ほう》っておいて引っ越しはできない――言い訳になります」

「それは……そうですね」西川は半ば呆れてしまった。ずいぶん強引というか、乱暴な人なのかもしれない。もっとも、この線の話はいい。自分の妻も喫茶店経営を考えている、と打ち明けたら、少しは気を許してくれるかもしれない。「では、その後ご主人はずっと単身赴任《ふにん》ですか？」

「ところが、このお店をオープンした時には本社勤務で、その後は一度も転勤を伴う異動はありません」英子が皮肉っぽく言った。「そういうことが分かっていれば、お店は出さなかったですね。やっぱり水商売は不安定で、黒字にするのは大変です」

「でも、このお店は与野に根づいて十年ですね」

「その間に娘は大学を卒業して、家を出て行った。主人は定年延長でシニア営業職として会社に残っているけど、給料は半減。結果的に私が喫茶店をやっていて、正解だったかも」

よく喋る人なのはありがたい。うまく溝《みぞ》にはまれば、半世紀前のこともぺらぺら喋り始めるかもしれない。

「昔の話で申し訳ないですが、富田さんのことです」

「ああ」英子が嫌そうに言った。「私も若かった、以上、というわけにはいかないわよね」

「無理です」西川は苦笑した。

「あの頃、富田さんはイケイケだったんですよ。営業のエースで、歩合制だったから金回りもよかった。私、大学で一人暮らしの時は、本当にカツカツで生活していたんですよ。一日千円で頑張って……スーパーには、閉店三十分前以外に行ったことはないです。それが急に、高級フレンチだ、イタリアンだのの世界ですから。ベンツで箱根《はこね》へドライブとか、都心の高級ホテルにお泊りとか」

「相当金回りがよかったんですね、富田さんは」

「学生の頃に貧乏《びんぼう》してて、急に金持ちがアタックしてきたら、ぐらつきますよ」英子が肩をすくめ、エプロンのポケットから煙草を取り出した。「吸っても？」

「どうぞ」

「まさか、五十過ぎてから煙草を吸い出すとは思わなかったわ」

「お店を出してからですね？」

「やっぱりストレスが溜《た》まるのね。何か逃げ道を作っておかないと」

煙草に火を点けて一吸いし、顔を背《そむ》けて煙を横に吐き出す。しかしエアコンの温風がそちらから流れてきていて、白煙は押し戻されてしまった。西川は思わず顔を背けた。

「あら、ごめんなさい」

「平気ですよ……それで、富田さんのことなんですが、どうやって知り合ったんですか？」

「最初は、会社の先輩と後輩の関係です。ベストソフトって、社員同士の仲がよくて、しょっちゅう呑みに行ったりご飯を食べたりしてたの。そういうことが何度か続いて、そのうち私だけが誘われて……要するにナンパされたわけですよ。あの頃って、どこの会社でもそういうことがありましたね。社員同士のつき合いも濃かったから」

「今は……そうですねえ、表面だけのつき合いという感じでしょうか」うなずいて西川は同意した。

「それで、一年ぐらいつき合ってプロポーズされて、婚約ということになったのよ。それが一九九六年十二月。互いの実家に挨拶して、結婚式は九七年の十月、ということで決まりました」

西川はにわかに緊張した。富田が殺されたのは、九七年九月。英子は、結婚式の直前に婚約者を殺されたのか？　それではあまりにも残酷過ぎる。

西川の顔から血の気が引いたことに気づいたのか、英子が慌てて言った。

「あ、その婚約は破棄《はき》になったので」慌てていたが、口調は涼しかった。

「いつですか？」

「九七年の五月」

「結婚式の数ヶ月前ですか……きついですね」

「きついけど、どうしても許せないこともあるじゃない」

「女性関係ですか？」

「そうそう。浅いのよねえ……富田さんって全部が浅い人だったけど、あの件は特に浅かった。亡くなった人の悪口は言いたくないけど、正直、結婚しなくて大正解だったわ。ブチ切れて結婚破棄した当時の自分を褒めてあげたいぐらいね。まあ、最初から見抜けなかった私が悪いんだけど。同僚からは、散々忠告されてたのに」

「そうなんですか？」

「いい加減な人だから、真面目につき合わない方がいいって。婚約した時は、薄ら笑いされたわね。分かってるなら、最初から具体的に言ってくれって話。婚約破棄した後に、同僚には散々文句を言いましたよ」

「夢中になっている人に忠告しても、話を聞かないと思ったんじゃないですか」

「それは――」英子が一瞬声を張り上げる。「まあ。否定できないわね。実際私は、一年ぐらい時間を無駄にしたわけだから。今思い出すと、あの一年間の記憶はほとんどないのよ。とにかく富田さんは、お金は稼ぐけど金遣いが荒くて、女性に対して雑。私と婚約した後も、会社の若い子に手をつけてたんだから、しょうがないわよね」

「富田さんに恨《うら》みを持っていた人も多かったんじゃないですか」

「何が言いたいの？」英子が警戒するように言った。

西川を睨みつけながら、英子が煙草を灰皿に押しつけた。まだ長い煙草が半分に折れてしまう。

「容疑者は逮捕されましたが、裁判で無罪になりました。容疑が証明できなかったということではなく、そもそも犯罪にかかわっていないという完全無罪です。結果的に、富田さんを殺した犯人は、まだ野放しになっている。ですから我々は、今回再捜査を始めたんです」

「警察の事情も分かりますけど、私は関係ないですよ」英子が新しい煙草に火を点けた。今度はエアコンと逆の方に顔を背けて煙を吐き出す。スピードが増して流れて行った煙は、窓ガラスにぶつかって四散した。「別れた相手――裏切られた相手で、憎んでいたけど、殺す気なんかなかったですよ。わざわざ殺す価値もないっていうか。自分の手を汚す価値はなかったわ。できるだけ関わり合いになりたくなかったっていうのが本音。でも、殺したのは野澤でしょう？　あの時逮捕された人」

「いえ、無罪になりました」

「絶対にあの人よ」英子の表情が硬くなる。「他に考えられないでしょう。当時、警察にはそう言ったんですよ。それが逮捕の決め手になったかと思ったのに」

「あなたは、富田さんの借金のことについて、警察に話しましたね？」西川は、事前に読みこんできた調書の内容を思い出した。

「だって、目の前で揉めてたんだから、忘れないわよ」

「富田さんの自宅で」

「私がそこにいる時に、野澤が来たのよ。来たっていうか、押しかけてきた。強引に部屋に入ってきて、玄関先で揉め出したから、私、怖くてずっとクローゼットに隠れてたの。それでもやり合ってる声が聞こえてきたから……よく近所の人が通報しないなって思って。十分ぐらい怒鳴り合ってたけど、最後は富田さんが『金は来週返すから』って言って、野澤は引き上げていった」

「それがいつですか？」

「九七年になってた──年は明けてたと思うけど、正確にいつかは覚えてないわ。大昔の話だし」

「まだ婚約中――破談になる話は出ていませんでしたよね」

「うん。でも、もう女の噂を聞いて、疑心暗鬼になってた頃ね。それで、大金を借りてることも分かって、これは危ないぞって本格的に心配し始めたのよ」

「女に金」西川はうなずいた。「リスクが大き過ぎますよね。ちなみに富田さんは、お金の話はどう説明していたんですか？」

「実家の商売が危ないから、友だちから融通してもらったって」

この話は一貫している――野澤も同じように供述していて、富田は関係者に同じ説明をしていたことが分かった。ただし、それがそもそも嘘なのだが。

「実際はどうだったんでしょう。遊興費に使っていたという話もありましたけど」

「――私もそうだと思った。警察に聞かれた時には、富田さんが言った通りに話したけど、正直、疑ってた。金遣い、本当に荒かったから。食事に行ったら、一人二万円か三万円。車もベンツだったんだけど、当時は三十代の会社員がベンツなんて、ありえなかった……私、調べたのよ。そのベンツ、当時で乗り出し価格が一千万円を超えてたわ。二十五年以上前の一千万円だから、相当なものよね」

「でも、エース営業マンとして褒賞もあったそうですね」

「そんなの、高が知れてるわよ」英子が鼻を鳴らした。「あの頃……確か、半期に一回営業成績のまとめがあって、その中で上位三人に報奨金が出たんだけど、上から三十万、二十万、十万よ？　年間通してずっと一位でも、給料に六十万円がプラスされるぐらい。べンツなんか、相当厳しいローンを組まないと買えないわ。家も新宿の結構広いマンションだったし、かなり無理してたんじゃないかしら」

「そうかもしれません」

「要するに、野澤を金蔓にしてたんじゃないの？　どうやって知り合ったかは知らないけど、友だちというより、こういう時のために金を貸してくれる存在だとでも思ってたんじゃないかしら」

「それであなたは、野澤さんが殺したと？」

「ええ、そう思う」英子が真剣な表情でうなずいた。「裁判の結果がどうかは知らないけど、絶対にあの人がやってる。でも別に、どうでもいいけど。富田さんって、殺されるべくして殺されたんじゃない？　野澤がやってなくても、誰かに殺されてたわよ」

「あなたとか？」

「まさか」英子が喉の奥で笑った。「さっきも言ったけど、私はあんな男の血で、自分の手を汚したくない――そんな台詞《せりふ》だった？」

「微妙に違う気もしますけど、意味は同じだと思います。他にも、富田さんに恨みを抱いている人はいたんじゃないですか？　それこそ、会社内の女性とか」

「殺すほど憎んでる人はいなかったと思うわ。皆、富田さんが死んだ時はびっくりしてたし、泣いてる子もいたけど、それは純粋に知り合いが亡くなったことがショックだったからじゃない？　悲しくて、じゃないと思う」

「クラブを経営したがっていたという情報があります」

「ああ……それは嘘じゃないかな」英子が皮肉っぽい笑みを浮かべた。「確かにあの人は、ディスコやクラブによく出入りしてたわよ。でも、ああいう店を自分で経営するなんて、考えられない。『面倒なことは嫌いだ』っていつも言ってたし、それは本音だと思うわ。ああいう商売は立ち上げるのも大変だし、事故なく続けていくのはもっと厳しいでしょう。喫茶店を始めて、水商売の一端を知った今は、本当にそう思うわ。あの人は、自分で何か経営したりするのは駄目。誰かに使われればいい仕事をするかもしれないけど、管理したり、お金の計算をしたりは絶対無理。それに、本当にそういうことに興味があったら、私には話していたと思うわ。仮にも婚約していたんだから」

「じゃあ、野澤から一千万を借りたのは、本当に遊興費？」

「あ、一千万円だったの？」

「ええ」

「じゃあ、それこそベンツを買うためだったかもしれない。ローンを組むのが嫌で、友だちから金を借りる——その思考回路もよく分からないけどね」肩をすくめ、英子が煙草を深く吸った。ふいに顔を歪《ゆが》めて、エプロンのポケットからスマートフォンを引っ張り出す。

「そろそろいい？　主人が帰って来るから」

「家は……この上じゃないですよね？」西川は人差し指で天井《てんじょう》を指差した。

「ちょっと離れたところ。ただ主人は最近、帰りにここへ寄って夕飯を食べていくのよ。

バイトの子が、料理の腕が抜群でね。大学生なんだけど、どこへ出しても立派にやっていけそう。料理人になればいい、うちの店でずっと働いてくれたら、私が引退する時に店を譲ってもいいって言ってるんだけど、本人は弁護士志望なのよ。成績もいいみたいだし」

「それは……弁護士を取りますかねえ」

「弁護士も大変だと思うけど、水商売よりは安定しているでしょうね。それはしょうがないわ。主人は今、駅からこっちへ向かってるから、今日はこの辺で」

「大変失礼しました。参考になりました」

「全然参考にならなかったでしょう」

「いえいえ。またお話を伺うことがあるかもしれませんが」

「それは構わないけど、絶対事前に電話してね。急に来られると、色々困るから」

「お仕事の邪魔はしません――では、我々の仕事も、今日はこれで終わりにします。何か食べさせてもらえますか？」

「お茶も飲まないのに？」

「自腹で払う分にはいいんです」西川は真顔でうなずいた。

実は今夜は、食事の用意がない。美也子はバイト、というか喫茶店で修業の日で、夕飯の準備をしている暇がない、と午後に連絡が入ったのだ。申し訳ないけど、外で食べて――美也子の帰りは、早くても九時半ぐらいになるし、それから作ってくれというのは横暴過ぎる。自分で用意して、と一瞬考えたのだが、残念ながら西川は料理はまったく駄目である。とにかく、新しい夢を追い始めた妻の邪魔をしたくはなかった。

「何がお勧めですか」

「喫茶店メニューなら何でも。ナポリタンやカレーがよく出ます」

「なるほど」西川はメニューを手にした。フードメニューの先頭はナポリタン。ということは、これが店お勧めの料理なのだろう。カレー、ピラフなどのご飯もの、各種のサンドウィッチがそれに続く。最後に、赤い縦線を一本引いた後に「秘伝　生姜《しょうが》焼き定食　『有《あり》明亭《あけてい》』直伝」とあった。

「この生姜焼き定食は、何か特別なんですか？」

「有明亭は、与野で戦後すぐからやってた定食屋さんで、近くに住む学生さんや若いサラリーマンの台所って言われてたのよ。でも、二代目が亡くなって、後を継ぐ人がいなくて、五年ぐらい前に閉店したの。私は引っ越してきてから何度も通って、お店の人と仲良くなって、閉店する時に、奥さんから生姜焼きのレシピを教えてもらったの。まあ、文化遺産みたいなものね。それだけは、私が作ります」

「じゃあ、生姜焼き定食を」

「二つ、お願いします」隣に座る牛尾がVサインを作った。

「はい、お待ち下さい」英子が急に営業用の笑みを浮かべ、煙草を灰皿に押しつけた。灰皿を持ち去り、すぐに水を二つ持って戻って来る。

「いいんですか、西川さん」牛尾が心配そうに訊ねた。

「今日は家で飯がないんだ。つき合わせて悪いな」

「いえ、自分はどうせ、どこかで食べていくつもりでしたから」

十分ほどで出てきた生姜焼き定食は、生姜焼きのイラストを作るように生成ＡＩに指示したら、こう仕上げてきそうな……まさに絵に描《か》いたようなものだった。

豚肉は、分厚いのが三枚。玉ねぎなどを合わせる生姜焼きもあるのだが、これは純粋に豚肉だけだった。生姜は見えない……色濃いタレに溶けこんでいるのだろうか。非常に細い千切りのキャベツに、櫛形《くしがた》に切ったトマトとたっぷりのポテトサラダのつけ合わせ。

「何か、綺麗な定食ですねえ」牛尾が溜息をつきそうな口調で言った。「食品サンプルみたいな」

「牛尾、言い方──食品サンプルは、どんなによくできていても、食べられない」

「失礼しました」

早速豚肉に齧《かじ》りついた牛尾が、「うお」と変な声を上げる。目を閉じてじっくり豚肉を噛み、すぐに平皿に盛られたライスを口に運んだ。

「すげえ生姜焼きです。自分史上、一位が決定です」

「大袈裟だよ」

そういう西川も、一口肉を食べて驚いた。生姜はまったく見えないのに、しっかり生姜の風味が感じられる。皿の底に溜まったタレをご飯にかけただけで、三杯は食べられそうだ。肉をおかずに食べるご飯の美味いこと……ご飯の炊き方がいい加減な店も少なくないのだが、この店は完璧だった。キャベツも新鮮で、タレを絡めて食べると、それだけで一つの料理として成立する。ポテトサラダもしっかりした味つけで、居酒屋にあったら、客全員が「取り敢えず」で頼む名物メニューになりそうだった。

西川は、生姜焼き定食を何百回食べたか覚えていないが、「一位決定」は牛尾と同意見だった。

「この店、警視庁の近くに来てくれないかな。毎日通うよ」

「同じくです……ライス大盛りにしておけばよかった」

猛烈にご飯を呼ぶ味つけだったせいか、牛尾のライスはもうなくなっていた。

「彼女は、結果的に富田さんと別れて正解だったな」西川は声を低くして言った。

「ですね」牛尾がうなずく。「富田さんと結婚していたら、この店はなかったですもんね。与野の人たちの食生活に貢献してます」

「まったくだ……しかし、聞けば聞くほど、富田さんっていうのは危ない人だったようだな」

「本当に篠山さんが殺したとか思ってます？」牛尾も、ほとんど聞こえないぐらいの小声で訊ねた。

「それはないと思う。当時もかなり厳しく追及したようだけど、篠山さんにもアリバイがあった。犯行当日から翌日にかけて、葬式《そうしき》で実家に戻っていたんだ。山梨《やまなし》だから、抜け出して東京と往復することもできたとは思うけど、自分の父親の葬式だからな。そんな時に、別れた元婚約者を殺すかね？　それに、家族以外からもアリバイの確認は取れていた」

「容疑者候補には入れなくていいですね」

「ああ」西川はうなずいた。「しかし、容疑者は……他にもたくさんいると思う。当時、特捜の連中がどれだけ周辺捜査をしたか――してないだろうな。初期段階で野澤さんを犯人と決めつけてしまって、他の可能性を排除した。そんなことをしていたら、犯人へ続く道は閉ざされるよ」

「……ですね。やっぱり、当時の特捜のミスですね」牛尾が暗い声で言った。「そういうのを暴くのは、気が重いですよね」

「ミスを暴くのはあくまで副産物だ。俺たちは真犯人を探す。その目的は忘れないようにしようぜ。仲間のミスをどうするかなんて考えていたら、まともに捜査はできない」

「了解です」牛尾が使い終えた箸《はし》を丁寧に箸袋に戻し、溜息をついた。

三十歳になったばかりのこの男は、仕事は丁寧でミスもないが、少しナイーブ過ぎる。難しい状況に直面した時、足が止まってしまうこともあるのだ。

まあ、慣れていくしかないだろう。警察で「慣れる」というのは、魂《たましい》がすり減っていくことと同義なのだが。

第二章　男たち

1

三連休明け、沖田は目黒南署に出勤して、今日の予定を検討した。これまでは、聞き込みで二人を連れて出かけていたのだが、これはもうやめよう。聞き逃しなどがないように、二人一組で動くのは基本なのだが、三人一緒になると、相手を無用に緊張させてしまう。それを藍美と井村に説明して、今日は井村だけを連れて動くことにした。

「正俊に会いに行く」それを告《つ》げた瞬間、二人の顔が緊張で強張《こわば》った。今のところ、正俊は容疑者の一人である。ただしがんで入院中で、まともな事情聴取ができるかどうか、分からない。「話がしにくい状況にいる相手だから、三人で押しかけるようなことはしたくないんだ。小池は、今日は残って書類の精査をしてくれ。何かあったらすぐに連絡する」

「分かりました」自分で会いに行くように緊張した面持《おもも》ちで、藍美がうなずく。

がんで入院中の患者に話を聴く機会はほとんどない。沖田も緊張を意識する。正俊に対する印象はよくないのだが、精一杯気を使わなければならない。

面倒な事情聴取になることは簡単に予想できた。

正俊は、個室に入院していた。ナースステーションで事情を説明し、主治医に相談して事情聴取の進め方を相談する。三十代前半に見える女性の主治医は、いい顔をしなかった。

「抗がん剤の治療を終えたところで……本当はすぐに退院する予定だったんですけど、体調が戻らないので、入院を延長しているんです」

「副反応ですよね？」

「吐き気はようやく治ったんですけど、倦怠感《けんたいかん》がひどいんですね。まだ自分の足で歩けません」

「退院の日処《めど》は立っていないんですね」

「ええ……ですから本当は、警察の事情聴取なんて無理なんですけど、急ぎますよね？」

「可能ならば」

「では、看護師を一人同席させます。モニターをチェックさせますので、もしも体調が悪くなったら即座にストップ、ということでいいですか？」

「それなら、内密にしていただけるよう、一筆いただけますか？」

「こちらも一筆いただきたいですけどね」医師が対抗するように言った。「面会が難しい患者さんに会わせるんですから」

「一筆でも二筆でも書きますよ」沖田はうなずいた。井村に書かせよう。雑談の中で、彼が書道二段だということを知っていた。

本当に一筆書く羽目《はめ》になった。こういうのは法的な拘束力《こうそくりょく》はなく、単に紳士《しんし》の約束のようなものだが……沖田にとっては、初めてではない。何かと心配になって「一筆」に頼ろうとする人は、今までもいた。

午前十時半、病室入り――その前に、沖田は医師にもう一度確認した。

「実際のところ、どうなんですか？　回復の見込みはあるんですか」

「それは申し上げられません」医師は頑《かたく》なだった。

「彼は、事件の関係者です」今のところは「被害者家族」だ。

「そうであっても、病院としては、患者さんの容態は、本人かご家族以外にはお伝えできません」

「そうですか」

ここへ来るまでに、沖田は奇妙な感覚を味わっていた。警察官が捜査に邁進《まいしん》する大きな動機は、被害者、そして被害者家族の存在である。被害に苦しむ人たちを救うには、犯人逮捕《たいほ》が一番効果的だ。未解決事件でも同じなのだが、羽島は身内が少ない。妻は亡くなっているし、血が繋《つな》がっているのは妹の里子と息子の正俊だけだ。里子はまだ元気だが、正俊は……もしも羽島の家族が一人もいなくなってしまっても、自分は今と同じテンションで捜査を続けられるだろうか。今度はどんな動機で捜査を進める？　法に則《のっと》って？　もちろん警察官は法に従って動くのだが、「誰《だれ》かのため」という方がモチーフとしては強い。

「──どうかしましたか？」医師が怪訝《けげん》そうな顔で訊《たず》ねる。

「いえいえ。失礼しました」沖田は井村に目配せし、病室に入った。すぐに「お前はソファに」と指示する。何人もの姿が見えない方が、正俊も喋《しゃべ》りやすいかもしれない。最後にベテランの看護師が入って来て、ドアのところに陣取った。沖田はずっと、ベッド脇《わき》のモニターに向けたまま。沖田はベッドの方へ向かいかけて戻った。「バイタルはどうですか」と看護師に訊ねる。

「血圧が低いですね。だいたいこんな感じですけど……」

「無理はしないようにします」釘《くぎ》を刺される前に自分から言った。

沖田は丸椅子《まるいす》を引いて腰を下ろした。正俊はベッドに横たわり、目を閉じている。五十二歳──自分と同年代なのだが、ずっと歳《とし》を取っているように見えた。手術、そして抗がん剤治療のせいで、若さが完全に失われてしまったのだろうか。頬《ほお》はげっそりとこけ、脂《あぶら》っ気のない長い髪はほぼ真っ白になっていた。唇《くちびる》はひび割れ、かすかに開いた隙間《すきま》から覗《のぞ》く歯は、黄味が強い。

正俊が薄く目を開けた。沖田は少し前屈《まえかが》みになり、大きな声を上げずとも彼に聞こえるようにした。

「警察です」

「ああ」しわがれた声で正俊が言った。「叔母《おば》さんから聞いた」

「見舞いに来られたんですか？」

「昨日ね」

「では、事情は聞きましたか？」

「また捜査するんだって？　まあ、それは警察の仕事だから……俺《おれ》には何も言えないけど。ああ、クソ、寝てると喋りにくいんだよ」

「起こしますか？　起こして大丈夫ですか？」

「自分でやるよ。立ち上がるわけじゃねえからよ」

正俊が手元のスウィッチに手を伸ばした。ベッドの背がゆっくりと起き上がる。沖田は振り向いて、看護師の顔を見た。上体を起こして大丈夫なのか？　看護師が無言でうなずく。実際にまずかったら、すぐ飛んできて止めただろう。

「はああ」正俊が長々と溜息《ためいき》を漏《も》らす。震える手を伸ばして、サイドテーブルに置いたペットボトルを取ろうとしたが、上手《うま》く摑《つか》めない。沖田はボトルを取って、直接渡してやった。

「どうも」正俊が、ボトルにささったストローを唇に挟んだ。しかし水を吸い上げるのも一苦労なようで、しばらく頬が凹《へこ》んだままの状態が続く。ようやく満足いくだけ水を飲んだのか、ストローを放して「ああ」と溜息をついた。しかしそれで、血色がよくなるわけでもない。

「俺に何が聴きたいわけ？」

「当時の状況です。普通に話せますか？」

「体力がよ、普通の状態の三分の一ぐらいしかねえんだ。あんた、手術したことは？」

「手術はないですね」足首を骨折した時も、メスは入れずに治療《ちりょう》した。

「たとえがんでもさ、体の一部を切り取るわけだろう？　それはやっぱり、大変なことなわけよ。さらに抗がん剤治療でダメージを受けて……治療なのか拷問《ごうもん》なのか、分からねえ」

「話すのがきついなら、出直しますよ」この時点では無理をしない方がいいと判断し、沖田は一歩引いた。今日はやめにしておけば、一つ貸しを作ったことになるのではないか。

「いや、別に平気だ」正俊が言った。強がりのようには聞こえない。「幸いと言うべきか、脳には移転してねえからよ。頭ははっきりしてる。ただし、途中で息切れして喋れなくなるかもしれねえな」

肺がんか、と沖田は想像した。数年前にようやく禁煙した身としては気になる……正俊もやはり喫煙者《きつえんしゃ》だったのだろうか。親しくなれたら、聞いてみよう。

「それで？　五年前に解決できなかったことをまだ捜査してるわけ？」

「時効になっていないですから、捜査は続行です。改めて確認しますが、お父さんが自宅に大金を隠し持っていたことを知っていた人はいますか？」

「さあねえ」正俊が首を傾《かし》げる。「家の中を探し回ったんじゃねえか？　泥棒《どろぼう》ってのは、何となくそういうのが分かるんじゃねえの？」

「現金入りのスーツケースは、かなり見つけにくいところにありましたよ」

「親父《おやじ》は、整理整頓《せいとん》の人なんだよ。都庁勤務の名残《なご》りなのか、変に律儀《りちぎ》でさ。他の部屋は綺麗《きれい》だったんじゃねえか？　それが一部屋だけごちゃごちゃになってたら、怪しいと思うのが、泥棒さんのメンタリティじゃないかね」

ずいぶん乱暴な人間だ、というのが正俊に対する第一印象だった。里子は「やんちゃ」という表現を使っていたが、実際にはかなり悪かったのではないだろうか――あるいは過去形ではなく、今も。ただし沖田が調べた限りでは、正俊には逮捕歴はない。悪いことをしても、ぎりぎりで逮捕を免《まぬか》れていたのではないだろうか。運がいいというか、勘が鋭く、危機から逃げられる人はいるものだ。

「あなたは、ずっと実家を離れていたんですよね？　実家の様子は詳しく分かっていましたか」

「いや、全然」正俊があっさり否定した。「実家に顔を出したのは、強盗が入る一年ぐらい前かな？　お袋が死んで、葬式《そうしき》で親父とも久しぶりに会って……親父もえらく縮んじまってさ。昔は散々遣《や》り合って、絶対に一緒に暮らせないと思ってたけど、まあ……親も歳を取れば、気が弱くなるもんだよ」

「それであなたは、お父上に遺産相続について相談した。きちんと遺書を残すように頼んだんですね」

「ああ、言ったよ」正俊があっさり認めた。「実は、お袋が死んだ時に結構揉《も》めてさ。お袋名義の財産も結構あって、それをどう処分するかで……親父は金の計算は得意だし、きっちりしてるけど、遺産に関してはまったく無頓着《むとんちゃく》だった。俺は一銭ももらえないで、えらい目にあったよ」

「遺言《ゆいごん》がない場合、遺留分で遺産はもらえるんじゃないですか？」

「親父はその全額を投資信託にぶちこんじまってさ。俺も、あまりあれこれ言うのも面倒臭いから黙ってたけど、親父が死んだ時に、また同じことが繰り返されると思うとうんざりした。だからちゃんと財産目録を作って、遺書も書いてくれって頼んだんだ。そういうの、銀行に頼めばやってくれるからさ」

そういう話は沖田も聞いたことがある。メーンバンクに依頼すれば、正式な遺言の作成まで可能だというのだ。しかし……やや違和感が残る。羽島は都庁でずっと、財務関係の仕事をしていた。数字には強かったはずだし、相続などの法律関係もある程度は分かっていたのではないか？　しかも几帳面《きちょうめん》で、自分の父親や祖父と違ってギャンブルもしない。ある程度の年齢になったら、相続についてもしっかり対策していたような感じがする。

「お父上は、そういうことはしっかりやっている方かと思いました」

「他のことはな。会社の金も自分で管理していたぐらいだし。ただ、変な自信のある人間なんだよ。自分は簡単には死なない、百まで生きるなんて、いつも言ってた。お袋があっさり死んじまったのを、間近で見てたのにな」

「お母上は……」

「くも膜下出血。持病はない、血圧も高くなかったのにいきなりだった。確かに親父は、あの年にしては完全健康体だし、食い物に気を使って運動もしてたけど、百まで生きるから遺言を書かないってのは筋が通らない。ジジイがムキになってそんなことを言ってたら、こっちは逆に心配になるよ。とにかく、財産すら教えようとしないんだから……親父は土地持ちだ」

「ええ」沖田はうなずいた。

「あの辺一帯に、結構土地を持ってる。俺はそれを、全然把握《はあく》してない。そりゃそうだろう？　十八で家を出たんだからよ。ガキの頃《ころ》は、家の財産になんか興味がねえのが普通だろう。ただ、自分が引き継《つ》ぐとなると、ちゃんと知っておかねえと、えらいことになる。金より、土地や建物の相続の方が手間がかかるんだよ」

「ずいぶん気にしていたんですね」ここでも違和感。確かに、親が八十歳にもなれば、子どもは死ぬことを想像するだろう。しかし、正俊のやり方は性急かつ乱暴に聞こえる。遺産狙《ねら》いで、遺言を無理に書かせようとしていた――外形的事実はそういう感じである。

「俺は、いろんな人を見てきてさ。たまたま、相続関係で揉めた話を一杯聞いていた。遺言がないから兄弟、親戚《しんせき》の間で大揉めになったり、会社が存続できなかったりで……馬鹿馬鹿しいよな。だから、元気な間にちゃんとしておくのは親の義務じゃねえかって言ってやったんだよ。正論だろう？」

「正論ですけど、言われた方は、きついと思いますよ」沖田は指摘した。

「責任を取るのは、親として当然だろうがよ」

「よほどひどいケースを見てきたんですね。家を出てから、何をされていたんですか」

「そりゃあ、色々さ。高卒で、そもそも高校時代からブラブラしていた人間に、まともな就職先があるわけねえから。家を出たのは九〇年……あの頃はバブル真っ盛りで、いくらでも仕事が見つかったけど、その後はきつかったね」

「バブル崩壊ですか」

「そうそう。危うくホームレス転落、なんてこともあったね。何とかそれは避けられたけど」

「ずっと東京にいたんですか？」

「いや、大阪に行ったり、福岡で仕事したり。それで、東京に戻ってきたのが六年前だ。まあ、放浪の人生ってことで」

「同じ仕事をやられてた？」

「いや、いろいろ。会社員をやってたこともあるし、自分で商売をしていたこともある。大阪時代は、結構儲《もう》けてたけどね」

「その時の仕事は――」

「不動産」正俊が皮肉っぽく笑った。「結局親父と似たような仕事をしてたんだから、変な感じだったよ。まあ、その件は親父には言わなかったけどな。言えなかった、が正解か」正俊が沖田を睨《にら》みつけた。闇《やみ》の世界とのつながりを感じさせる目つき――病気で苦しんでいても、悪の経験が消えるわけではないだろう。「親父には絶対に言うなよ」

「お父上とは、話をするのも難しそうです」

「そうらしいけど、人が話してるのは理解してるんじゃねえか？　自分では話さねえだけで」

「お父上とは会ってない？　見舞いとかには行かないんですか」

「自分がこんなんだぜ？　行けるわけねえだろう」正俊が乱暴に吐き捨てる。

「不動産の仕事をしていたのは、お父上に対する気持ちがあったからですか？　どこかで尊敬してたとか」

「有り得ねえよ」正俊が声に怒りを滲《にじ》ませた。「あんなクソ親父を何で尊敬しなくちゃいけねえんだ？　クソ面白《おもしろ》くもない人間、クソ面白くもない人生。俺は単に、金のために不動産の仕事をやってただけだよ。誘ってくれる人がいて、俺は金を出して」

「出資者ですか？　ずいぶん儲けてたんですね」

「何をやってたか、警察に言うつもりはねえよ」正俊が視線を逸《そ》らした。のろのろと……一気に首を動かすのも難しくなっているのかもしれない。話し方はしっかりしているのだが。

「違法なビジネスでも？」麻薬とか。正俊には、暴力団とのつながりなどは確認できていないのだが……五年前の事件では、警察は正俊についてもかなり詳細に調べた。ただし、正俊は決して協力的ではなかった。特に自分の仕事や生活については供述を拒《こば》み、家を出てからのことについてはぽつぽつとしか話さなかった。それ故、正俊を疑う刑事たちもいたのだが、動機面が弱く、事件当日のきちんとしたアリバイもあったので、厳しい追及はできなかった。

動機面――羽島の総資産は、経営していた会社を除いて、十数億円と見られている。所有している土地の多くは会社名義にしていたが、預金や自分名義の土地の評価額、株などで、個人資産はそれぐらいになっていたようだ。放蕩《ほうとう》息子がその金を狙って――というのは動機になりそうでならない。親が殺され、放蕩息子がいれば、真っ先に疑われることは当然予想しているだろう。親の金が欲しければ、改心したふりをして頭を下げに行く方が早くて安全だし、すぐに金が必要でなければ、死ぬのを待っていればいいだけの話だ。

色々考えると、今聞いた正俊の話も、幾分不自然に思える。長年家を離れていた息子が、母親の葬式を機に家に来るようになって、突然遺言の話を始める――親とすれば「俺が死ぬのを待ってるのか」と思っても不思議ではない。それは新たな親子の対立の火種だ。

その揉め事がエスカレートして、正俊が父親に致命的になりかねない暴力を振るった――その筋書きは悪くない。正俊は今と同じように、五年前にも父親との確執、諍《いさか》いを供述していたし、刑事だったら疑うのは普通だろう。しかし正俊には、しっかりしたアリバイがあった。

「俺を疑ってるんだろう？」

「当時は、そういう見方もあったようですね」沖田は曖昧《あいまい》に言った。

「今もじゃねえのか？　だからわざわざこんなところまで来た。入院患者に事情聴取なんて、聞いたことねえよ」

「警察のやり方をよくご存じなんですね」

「単なる想像だよ、想像」正俊が咳《せ》きこむ。顔が真っ赤になったが、咳《せき》にも力がない。すぐに落ち着いて、大きく深呼吸を始めた。真っ赤になった目で沖田を睨むばかりで、次の言葉が出てこない。

「すみません、ちょっと……」看護師が介入した。モニターをチェックし、沖田の方を見て顔を横に振った。

ここまでか……沖田はゆっくりと立ち上がった。ようやく普通に呼吸ができるようになった正俊が、さらに鋭く沖田を睨む。

「——俺はやってねえ」

「あなたがやった証拠は一つもないですよ」

「静かに死なせてくれねえかな。この先、俺に何ができると思う？」

「お父さんを襲った犯人、捕まえたくないですか」

「それはあんたらの仕事だろう。俺に何ができる？　俺を疑ってるなら、もう一度言っておく。俺は何もやってない。事件があった時には東京にいなかった。何度調べても同じだぜ」

病院を出ると、井村が溜息をついた。ついで、両腕を天に突き上げて背伸びをする。

「何だよ、もう疲れたか?」

「こんなに集中して話を聴いたのは初めてです」

「こんなのは手始めだ」沖田はマフラーを巻き直して歩き出した。「今日も冷える……。

「相手は病人だからな。元気な人間を相手にしたら、もっと大変だ。マシンガンみたいに喋る人間もいるからな。だけど、メモ取りも大変だっただろう」

「それは何とか」

「結局手がかりゼロだけど、戻って録音を聞き直そう。聴き逃していたことに気づくかもしれない」

「了解です」

途中で早い昼食を済ませ、目黒南署に戻る。藍美は必死に書類を読みこんでいたので、昼食休みを取るように指示する。

「事情聴取はどうでしたか?」立ち上がりながら藍美が訊ねる。

「上手くねえなあ」沖田は正直に認めた。「相手は病人で、突っこんだ話もできねえんだ。ただ……正直言って、印象は悪いな」

「そうなんですか?」

「警察のお世話になってないだけで、結構なワルだったと思う。犯人の第一候補にするわけにはいかねえけど、周辺捜査はきっちりやっておいた方がいいな。五年前は、もっと詳細に事情聴取してデータを残してあるはずだ。午後は、その辺のデータを精査して、今後の調査方針を決めよう」

「了解です……じゃあ、ちょっと出てきます」

「あのさ、この辺で昼飯を食う時はどうしてるんだ？」基本的に住宅街なので、食事できる店があまりない。

「コンビニが多いですね。外回りしている時はどこかで済ませますが」

「そうなるか……」

「何か買ってきましょうか？」

「いや、俺たちは済ませてきた。それこそ外回りのついでに」

「じゃあ……私はコンビニ飯にします」

「ああ」

藍美を送り出してから、沖田は段ボール箱の一つに手をつけた。達筆で「家族関係」と書いてある。その中から調書などを取り出し、正俊のデータを揃《そろ》え始めた。

五年前に担当した刑事たちも、正俊には手を焼いていたことが分かる。彼の経歴をまとめた書類が見つかったのだが、空白が多かった。
・一九七二年六月生まれ。地元の小学校・中学校を卒業後、城東大付属《じょうとうだい》城東目黒高校入学。不登校がちで、辛《かろ》うじて卒業した。悪い仲間とのつきあいがあったというが、逮捕・補導歴はない。

・卒業後についての供述は曖昧。
・二〇〇二年に大阪に引っ越して、不動産開発の会社を立ち上げたことは供述。この会社「OX企画」は現存、当時は正俊が役員に名前を連《つら》ねていたことも確認。「OX企画」は、千里《せんり》に巨大オフィスビルを建設するなど、会社としての実績はある。
・二〇一三年に「OX企画」を退社、福岡に移り住み、広告企画の会社を立ち上げた。ネット広告の取り扱いをする予定だったが、こちらは数年でたち行かなくなり、会社は畳《たた》んだ模様。株式会社化しておらず、会社が存続していないので、詳細は不明。
・その後数年間、足取りが不明。供述拒否。二〇一八年、母親の死をきっかけに久しぶりに東京に戻り、実家近くにマンションを借りて暮らし始める。仕事については複数の会社の役員を務《つと》めていると供述し、名刺は持っていたが、中には実態のない会社もあった（別途記載）。

どうにも胡散臭《うさんくさ》い人間像が浮かび上がってくる。高校時代にまあまあ悪かったという話だが、その頃に暴力団との関係ができて、空白の時期にはドラッグなどの違法ビジネスに手を染めていた可能性も否定できない。被害者家族ということで、当時の担当刑事たちはあまり強く突っこんで捜査できなかったかもしれないが、もう少し頑張ればよかったと思う。「言えない」という台詞《せりふ》が出たら、何かあると考えるべきだ。

沖田は臨時の「捜査本部」になっている会議室を出て、刑事課に向かった。鳩山は弁当の昼食を終えたばかり……家から弁当は持ってきているようで、そこは評価できる。妻が、栄養バランスを考えた弁当を作ってくれているのだろう。

しかし鳩山のデスクには、それ以外に、せんべいの大袋が載っていた。今しもそこに手を突っこもうとした瞬間、沖田に気づき、残像が見えそうな速さで引っこめる。

「奥さんの努力を無駄にしないで下さいよ」沖田は警告した。

「いやいやいや」鳩山が慌てて言って、せんべいの袋を引き出しに押しこむ。代わりに、寿司屋《すしや》で使うようなでかい湯呑《ゆの》みを摑んで、中身を啜《すす》った。

「それ、青汁ですよね？」

「ああ？　普通のお茶だよ」

「青汁ぐらい飲んで下さい。少しは健康に気を使わないと」

「ちゃんとやってるさ——捜査の方はどうだ？」

沖田は、周辺捜査として、正俊のことを調べていると話した。彼の病状も。

「——というわけで、正俊というのはどうも怪しいところがある人間なんです。実家を離れていた間に何をやっていたか。今のところ、大阪に足があるだけなんですよ。今後の展開として、大阪へ出張はＯＫですか？」

「そいつは、こっちからお願いしようかと思ってたよ」鳩山が意外なことを言い出した。

「ＯＸ企画だろう？　俺も気になってたんだ。大阪府警の知り合いに聞いたら、微妙に怪しい会社らしい。悪質なディベロッパーってのはあるからな」

「ネタ元は三輪《みわ》ですか？」

「お、何で分かる？」

「府警にいる鳩山さんの知り合いって、三輪ぐらいでしょう」

「まあな」

三輪は盗犯捜査のエキスパートで、長く大阪府警捜査三課の刑事として活躍《かつやく》してきた。ある事件の捜査で協力を仰《あお》いで以来、追跡捜査係とは良好な関係を築いている。こちらが助けてもらうことが多いのだが、追跡捜査係から情報を流したこともある。去年の秋には、所轄《しょかつ》の刑事課長に栄転した。

「三輪は、情報通だからね。電話を何本かかけただけで、ＯＸ企画は怪しいっていう情報を引っ張り出してくれた」

「じゃあ、俺らも三輪をネタ元にして、大阪で調べてきますよ。そもそも正俊があの会社の役員に名前を連ねていたのもおかしい。資金を出したか、創業者とよほど昵懇《じっこん》の関係にあったか……いずれにせよ、まだ三十代になったばかりの人間が、不動産ディベロッパーの役員に名前を連ねるのは不自然です。出資したと言ってますけど、その金はどうしたのか」

「とにかく、うちとしては出張はＯＫだ。それで、あの若手二人はどうよ？　鍛《きた》えたら役に立ちそうか？」

「今のところは可もなく不可もなくですかね」沖田は声をひそめた。「まあ、あの年齢だと女性の方が優秀ですよね。男の方は、どうしても覇気がないし、どこかガキっぽい」

「そういうことを言うと、何とかハラスメントになるんじゃないか」鳩山が首を傾《かし》げる。

「そこを定義できないと、ハラスメントにならないでしょう。まあ、しっかり鍛えておきますよ」

「頼むぜ」鳩山が急に真顔になった。「お前も、技を伝承していく年齢になったんだからよ」

「俺を引退に追いこまないで下さいよ」

「いやいや、ちゃんと年齢を意識できないと、老害になるぜ」

お互いにな、と沖田は皮肉に思った。妻に内緒でせんべいを食べているような人間は……老害ではないが、誠実な人間とは言えない。

2

田中正起《たなかまさおき》は富田の高校の同級生で、親友と言っていい存在だったという。卒業後も定期的に会っていて、二十五年前の事件発生時にも、警察は集中的に事情を聞いていた。

それが大変なストレスだったのは間違いないだろう。今も、西川を前にしてすっかりおどおどしている。聞けば、大学を卒業後に事務員として弁護士事務所に就職し、その後も何ヶ所かの弁護士事務所で働いてきた――本人は何も悪くないのだが、弁護士の引退で事務所が解散したり、他の事務所と合併したりと、様々な事情で移り変わったようだ。巻きこまれ型、とでも呼ぶべきタイプかもしれない。人生も、事件も。

今勤《つと》めている弁護士事務所の近くにある喫茶店で面会した。もらった名刺には「事務長」の肩書きがあった。

「事務所全般を仕切っているんですね」田中が今勤めているのは、西川も名前を知っている有名な事務所だった。芸能人やスポーツ選手などのセレブが裁判に巻きこまれると、代理人としてよく名前が挙《あ》がる弁護士が、何人も所属している。刑事事件専門の弁護士は基本的に儲からない、弁護士として金持ちになりたいなら企業法務を担当するのが一番いいと言われているが、こんな風にセレブと関《かか》わる方法もあるということだろう。法律顧問《こもん》のような形で契約を結んでいれば、定期収入も期待できる。

とはいえ、田中自身はすっかり体力を使い果たしたようにへたって、気も弱そうな男だった。小柄《こがら》で痩《や》せており、スーツがだぶついている。髪は半分ほどなくなり、残った部分はほぼ白くなっている。六十歳のはずだが、実年齢よりもずっと高齢に見える。

「まだ捜査しているんですか」田中が愚痴《ぐち》るように言った。

「弁護士事務所にお勤めならお分かりかと思いますが、当時の容疑者が無罪判決を受けています。結果的に、事件自体は解決していません。殺人事件には時効がありませんから、捜査は続行です」

「しかし、今さら……じゃないですか」

「調べていくうちに、富田さんに関する悪い噂《うわさ》を聞くようになりました。当時逮捕された容疑者以外にも、富田さんに恨《うら》みを抱いていた人間がいる可能性があります。それは潰《つぶ》しておきたいんです」

「まあ、確かに……昔の言葉で言えば、トッポいところがある人間でしたけどね」

「子どもの頃からですか？」

「要するに遊び人だったんです。高校生の時から、ディスコでパーティなんか企画して、パー券を売りさばいてましたからね」

「高校生が？」バレたら停学、厳しい学校だったら退学のパターンではないだろうか。それを告げると、田中が渋い表情で首を横に振る。

「それが、まったくバレなかったんですねえ。同じ学校の人間は巻きこまないんですよ。声をかけたのは他の学校の子だけだから、自分の学校にはバレにくい。部活もやらないで、人脈育成に励《はげ》んでましたよ」

「高校生で？」若手の意識が高いサラリーマンのようではないか。異業種交流パーティをして……いや、今や異業種交流という言葉も古びたか。

「七〇年代終わりから八〇年代にかけて……ディスコが流行《はや》ってましたよね」

「そうですね」東京生まれでないし、世代がもう少し下の西川には実感がなかったが、適当に合わせた。

「幸樹は、ディスコにハマってたんですよ。それで、自分でパーティを企画して。当時は、そういうことをしている高校生も結構いましたよ。ディスコで他の高校の連中と知り合うから、人脈が広がったんです」

「今で言えばパリピ、みたいな感じですか」

「まあ、近いですかね」田中の表情がようやく少しだけ緩《ゆる》んだ。

「でも、そういうパーティで金儲けしてたら、高校生としてはまずいんじゃないですか」

「儲からない——最初は儲けるつもりはなかったみたいですよ。金じゃなくて、人を集めるのが面白いって言ってましたから。でも、実際には予想より儲かったんでしょうね。パーティを一回やると、二万とか三万の利益が出たそうです。高校生で、その額はでかいですよね」

「分かります」西川の高校時代の小遣いは、月に五千円だった……本を買うにも徹底して悩んだし、学校帰りに友だちとファストフード店に寄る時も躊躇《ちゅうちょ》した。「しかし、家族は何も言わなかったんですか？　高校生がディスコ通いで夜まで遊んでいたら、激怒しそうなものだけど」

「それが、親父さんも粋人《すいじん》というか、遊び人というか」田中が苦笑した。「実家は、精密機器の工場なんですが」

「存じてます」西川はうなずいた。「かなり高度な技術を持った、評判の高い会社ですよね？」

「ええ。その会社を一代で作ったのは親父さんなんですけど……まあ、仕事もきっちりやるけど、遊ぶ人でもありました。毎日銀座《ぎんざ》に呑《の》みに出かけて、派手《はで》に金を使っていたみたいです。社員にも呑ませて『福利厚生だ』って言ってましたね。私、高校生の時に、銀座のバーに連れていかれたことがありますよ」

「高校生で？　店にバレなかったんですか？」

「老《ふ》け顔だったんで」田中の笑みが少し大きくなる。「幸樹はよく店に行ってたみたいで、店の人も普通に接してました。まあ、私も酒は呑まないわけじゃない……親父のウィスキーを隠れて舐《な》めたりしたことはありましたけど、いきなりのブランデー攻勢には参りました。銀座デビューは、店を出た途端に吐いて終わりましたよ」

「それは災難でしたね」西川は苦笑した。四十年以上前の話のはずだが、そういう記憶はいつまでも鮮明だろう。

「そういう親父さんだったから、幸樹が遊び回っていても何も言わなかったですね。パーティだって、高校生でそんなに人を集められるのは大したもんだって褒《ほ》めてましたから」

「何というか……ズレた親子という感じですね」

「でも親父さんは、仕事に関しては厳しかったですよ。町工場なのに特許をいくつも持ってて、銀座で強《した》かに飲んで帰って来てから、夜中に仕事をすることも珍《めずら》しくなかったです――って、これは幸樹の受け売りですけど。親父さん、幸樹に関しては、何をやってもいいけど勉強だけはちゃんとしろって厳しく言ってました。工場の方はお兄さんが継ぐことが決まっていて、幸樹は工場に入れるつもりはないから、いい大学に入って、自分でしっかり稼《かせ》げるようになれって。幸樹も遊んでましたけど、その他の時間は勉強一本槍《やり》でした。実際、高校の成績はいつも、学年でベストテンには入ってましたから」

「それはすごい」稀《まれ》に、いくら遊び回っていても勉強で結果を出す高校生はいるものだ。部活で、全国レベルの大会で勝ち進みながら、簡単には入れない名門大学に一般受験で進む子もいる。

「地頭がいいというか、要領もよかったんでしょうね。大学は、城東大の経営学部でした」

「いい大学ですね」

「それで、卒業してからはベストソフト――小さい会社ですけど、上り調子の業界だから、いいところを選んだって、親父さんも褒めてましたよ。親父さんの会社も、早い時期から業務用にコンピューターを入れていたんで、重要性が分かってたんだと思います」

「よく遊び、よく学べですか……パリピ体質は昔から変わってなかったようですけど」

「まあねえ」田中が指先をいじった。だいぶ皺《しわ》が寄っており、本当に六十歳だろうかと西川は訝《いぶか》った。

「そんな感じです。社会人になったら遊びも加速して、私はついていけなくなりましたけどね。会うといつも、高い店に誘われましたよ。私の給料だと、とても払いきれないような店に。いつも向こうが払うって言ってましたけど、それはそれで気が重いでしょう」

「分かります」

「だから、何となく会わなくなっちゃいましてね」

「彼も昔の友だちとは切れた、ということですか」

「そんなこともないです。女性とはね……昔のガールフレンドとか」

「誰か、分かりますか？　名前とか連絡先とか」

「まあ……はい」田中がスーツのポケットからスマートフォンを取り出した。嫌そうな表情を浮かべたまま、画面をスクロールしていく。なかなか名前が見つからない様子だ……画面を見たまま、ぼそぼそと言った。「私たちの年代って、もろにバブルの時代に社会に出たんですよ」

「ええ」西川は伝説としてしか知らない時代だ。

「もちろん、全員が金儲けして、遊びまくっていたわけじゃなくて、私なんか地味の極みでしたけど……遊んでいた連中って、当時の感覚を永遠に持ち続けるのかもしれませんね。高校の同級生たちがグループＬＩＮＥを作って、私も強引に入らされました。私は遊び人のグループじゃなかったのに」

「富田さんに、強引に引っ張られていただけで」西川は話を合わせた。

「ただ、一番遊び人の幸樹とつるんでいたら、同類と見られますよね……あった、あった」

　そこで田中がようやく顔を上げた。表情は渋い。何か思いついたものの、それを実行したら火の粉を浴びるとでも考えているのかもしれない。

「——一人、紹介します」

「富田さんのガールフレンド？」

「ガールフレンドっていっても、もう六十歳ですけど……話だけ通しますから、直接訪ねて行ってくれますか」

「もちろん」

「では——はい、送りました」

話が早い。西川はスマートフォンを確認してから、「先方に、詳しいことは伝えないで下さい。富田さんのことで警察が会いたがっているとだけ言っていただければ」と釘を刺した。

「ええ。それ以上言うと、うるさく突っこまれそうなので——早いな。もう既読になりました」田中が首を傾げる。「商売をやってる人なのに、この反応の速さは何なんでしょうね。暇なのかな？　おっと……」田中が顔をしかめて、額《ひたい》に跳《は》ね上げていた眼鏡《めがね》をかけ直した。「もう返信きましたけど、警戒してますね。どうしましょう」

「詳しいことは分からない、で誤魔化《ごまか》してもらうしかないです」

「……分かりました」嫌そうに言って田中がうなずく。

「それで、その女性の名前は？」思わず、その「面倒な女性の」と言いそうになった。

自由《じゆう》が丘《おか》にある小さなブティック。品揃《しなぞろ》えは少ないが、いかにも高級そうな洋服がレイアウトされている。店主の坂村《さかむら》すみれは、不機嫌《ふきげん》な顔で西川たちを出迎えた。ここは「研修」で若い奴《やつ》を前面に立てるかと考え、西川は牛尾を先発させた。

「警視庁追跡捜査係の牛尾と申します」牛尾が馬鹿丁寧《ていねい》に頭を下げる。

「田中君から連絡がきたけど、どういうことですか？」

「亡くなった富田さんのことでお話を伺《うかが》いたいんです」

「そんな、二十五年以上も前のこと……」困ったように、すみれが頰に手を当てる。

「すみません。でも、捜査はずっと続行中なんです」

牛尾が名刺を差し出した。機嫌がよくはないのだが、さすが商売人ということか、すみれは自分の名刺を二人に渡した。それをしげしげと見た牛尾が、遠慮《えんりょ》がちに「本名なんですか」と訊ねる。

「何言ってるの」すみれが吹き出した。

「いえ……宝塚《たからづか》のトップみたいなお名前なので」

「正真正銘、本名よ。母が神戸《こうべ》出身で、子どもの頃からの筋金入りの宝塚ファンだから、私にもそれっぽい名前をつけただけ」

「はあ」

「私を宝塚に入れようとしたけど、さすがにそれは全力で拒否したわ。人に見られるような商売に興味はないし。でも、母は母で、宝塚ファンで幸せだったんでしょうね。父が十年前に亡くなったら、さっさと神戸の実家へ引っこんじゃった。そっちの方が、宝塚の観劇に便利だからって。七十年もファンでい続けるのって、すごい話よね」

こういうタイプの人か、と西川は警戒した。本筋に関係ない話だと、相手に話す隙《すき》を与えず、まくしたてる。すみれはすらりと背が高く、いかにも高価そうな洋服を着こなして、胸元は二重にした真珠《しんじゅ》のネックレスで飾っている。ふわりと盛り上げるようにセットした髪にも、かなり金がかかっていそうだ。爪《つめ》には鮮やかなピンク色のネイルを施《ほどこ》し、右の中指と小指に一つずつ。結婚指輪をはめるべき左手薬指は空いていた。金と時間をかけて若さをキープしている感じだが、実際、同年代の女性に比べればかなり若く見える。

「富田さんの話ですが」牛尾が必死の形相《ぎょうそう》で割って入った。「富田さんが社会人になってからも、おつき合いはあったんですか?」

「そうね、富田ガールズの一人って感じ」

「富田ガールズ?」

「遊び仲間。富田君が言い出したんだけど、面白いからみんな使うようになったのよ。そこでしか会わない人たちだけどね。私は高校時代からだから一番つき合いが長かったけど、他には大学の同級生とか、社会に出てから知り合った人とか……五人ぐらいいたかな」

「活動内容は?」

「活動って、部活動じゃないんだから」すみれが声を上げて笑った。「彼のお金で遊ぶ会。ディスコをハシゴしたりしてね」

「たかっていた、ということですか」牛尾が遠慮なく訊ねた。

「有り体に言えば、そうね」すみれがあっさり認めた。「彼にすれば、別の狙いがあったみたいだけど」

「何ですか？」

「経費として消費すること」

「サラリーマンとしてですか？」

「まさか」すみれが顔の前で手を振った。「サイドビジネス。彼、ちゃんと確定申告をしてたわよ」

「闇金融ですか？」

すみれがきょとんとした表情を浮かべた。牛尾が慌てて補足する。

「ですから、無許可で金を貸す——」

「闇金ぐらい分かるわよ。彼、そんなことしてたの？」

「亡くなった時には、それに手をつけ始めたところだったと聞いています」

「あら……そうか、そんな話、聞いた覚えがあるわ。結局金を転がすのが一番金になるとか言ってたし。でも、私が具体的に知ってるのは、パーティの企画よ。ディスコを借り切ってパーティをやったりして、その上がりから自分の手数料を抜くんだけど、結構なお金になったみたい。月一回、そういうパーティを開いて、二十万とか三十万ぐらいの儲けがあったんだから、確定申告も必要になるわよね。でも、そのお金を貯《た》める気はなかったみたいで、呑んで経費として精算してた。飲食代は、交際費っていうことで問題なく落ちる場合が多いんだって」

ずいぶん明け透《す》けな打ち明け話だ。金の事情まで話す富田もそうだが、それを覚えていて、警察官に事情を打ち明けるすみれも……この年代の人は、あまり隠し事をしないのだろうか。

「富田君は、高校の頃からパーティを主催《しゆさい》して金儲けしてたから、同じようなことをずっと続けていてもおかしくない……儲けたお金を税金に取られるよりは、皆で呑んじゃう方がましっていう考えも理解できるから、協力してただけよ。悪い？」

「いえいえ」牛尾が慌てて顔の前で手を振った。「そういうこともあると思います。でも富田さんは、普通の会社に就職していたんですよね？」

「あれは、隠れ蓑《みの》かな」

「本当は、パーティを主催して生計を立てたかった？」

「というより、ディスコの経営をしたかったんだと思う。お金を貯めるためには、会社勤めで定期収入がある方がよかったんでしょうね。変なところで律儀というか、計画性があるというか」

「ディスコを経営する話は、本気だったんでしょうか」

「たぶんね。あなたの年代の人だと分からないかもしれないけど、私たちが中学生から高校生の頃にディスコが大ブームになって、東京に住んでる尖《とが》った子たちは、通い詰めてたのよ。大抵の学校では禁止されてたし、ディスコ側でも『未成年お断り』が自主ルールだったんだけど、学校はディスコを全部チェックはできないし、ディスコ側は客が来れば結果的にはウェルカムでしょう？　私たちにとっては、部活みたいなものだった。野球部の連中が泥《どろ》まみれ、汗まみれになって夜間練習してる頃、私たちはディスコで爽《さわ》やかな汗を流していたわけよ。それで、富田君は、高校生の頃から『自分で店を持ちたい』って言っていた。いつでも自由に踊れる場所が欲しかったのと、結構お金になることが分かったからだと思う。大学生の時は、黒服のバイトでディスコ経営の裏側を学んでたし」

様々な情報が、だいたい「クラブ・ディスコ経営」に行き着く。どこまで本気で計画を立てていたかは分からないが、そういう目標があったのは間違いないだろう。

「当時、誰か富田さんを恨んでいる人はいましたか？」

「女性関係？」すみれが嬉《うれ》しそうに言った。「それはあったでしょうね。元カノと今カノが出会《でくわ》して修羅場《しゅらば》になったのを、私も見てるし。浮気で婚約破棄《はき》になった話、知ってる？」

「聞いてます」

「まあ、そういうこと。遊びと金儲けは上手だったけど、女性の扱いは知らない男だったわね。そういうこともあって、富田ガールズの間ではルールができていた」

「どんなルールですか」

「富田君と寝ないこと」すみれが面白そうに告げた。「お酒は呑む。食事にも行く。もちろん踊りにも行く。でも寝ない。それに一対一では会わない。そのルールは、一番つき合いが古い私が提案したんだけど、全員、一瞬で賛成したわね。ややこしいことになるとまずいって、皆本能的に気づいていたみたい。私が知ってた富田君の女性トラブルを話したら、大受けだったけど」

富田ガールズは、いったいどんな集団だったのだろう。すみれの話を全面的に信じるとすれば、すみれたちが一方的にたかっていたとしか思えない。富田にすれば、女性を引き連れて様々な店を渡り歩くのが、自分のステータスを引き上げる行為《こうい》に思えたのかもしれないが、そういうのはオッサン的な発想ではないだろうか。あるいはバブル期には、そういう行動が普通だったのか。そして富田は、会社の後輩と婚約した——。

「だいぶ恨みを買っていそうですね」

「まあ、修羅場があったのは確かだけど、でも、殺すかどうかで言ったら——そこまでじゃないでしょう」

「お金絡みではどうですか？　逮捕された人からも金を借りていて、返済で揉めていたのは事実です」

「私が知る限りではないけど……あ、でも、会社の方にバレたかもしれないって言ってたわ」

「何についてですか？」

「闇金。今、思い出したわ」

すみれが、カウンターに肘《ひじ》をついて体を斜《なな》めにした。今にも煙草《たばこ》でもくわえそうな雰囲《ふんい》気《き》だが、さすがに店内は禁煙だろう。

「会社にバレて調べられてる、摑まれたら馘《くび》になるかもしれないって。詳しくは聞かなかったけどね」

「どうしてですか?」牛尾が訊ねる。その質問ももっともだった。あの頃——四半世紀前は、プライバシーのことなどあまり気にせずに、会話が交《か》わされていただろう。それにすみれは、気になることがあれば、遠慮なく突っこんでいきそうなタイプである。

「本当にやばいと思ったからよ。そんな話を聞かされて、こっちにまで火の粉が飛んできたら大変じゃない。危機管理」

「じゃあ、会社がどういう調査をしていたかは分からないんですね」

「副業ＯＫの会社だったけど、さすがに違法な金儲けは駄目でしょう。下手《へた》したら、会社にも飛び火するかもしれないし、早めに手を打って処分しようとしたんじゃない?」

「なるほど……その富田ガールズの中に、その辺の事情をよく知っている人はいませんか?」

「私が一番詳しいと思うけど」すみれが胸に手を当てた。「それに今は、連絡先も分からなくなっちゃってるわ。若い頃の遊び仲間なんて、そんなものじゃない?」

「でも、高校時代の友だちとは繋がってるんじゃないですか?」

「それはもっとベーシックな関係だから」

　牛尾はなおも、「富田ガールズ」の現状を知ろうと質問を続けた。全員——すみれを除いて四人——の名前は分かったものの、現在の連絡先は分からない。名前が分かれば、警察にあるデータから、何かを割り出せるかもしれないが。

「全員結婚したのは確かなのよ。でも、二人は三十代前半で離婚して……私が離婚したのは、五十になってからだけどね。旦那《だんな》の浮気がバレて、慰謝料、たっぷり分取ってやったわ。それでこの店も出せた」

「そうなんですね」話に圧倒されたようで、牛尾は言葉少なになっていた。

「あなたも、彼女に何か買っていってあげたら？　うちの服だと、ちょっとアダルトかな？　私がヨーロッパで買いつけてくるんだけど」

「はあ、あの……今、彼女はいません」牛尾が馬鹿正直に言った。

「じゃあ、そちらの刑事さんはいかが？」すみれが西川に話を振ってきた。

西川は近くのラックにかかっていたブラウスを手に取り、素早く値札を確認した。五万六千円……五万六千円？　一桁《ひとけた》多く打ち間違えたのかと思ったが、隣のブラウスにも五万円を超える値段がついている。

「我が家の予算だとオーバーですね」

「あら、残念。公務員の人って、結構高給取りのイメージがあるけど」

「イメージだけですよ……もしも、富田ガールズの皆さんの連絡先が分かったら、教えていただけますか？」

「どうかしらねえ」すみれが顎《あご》に人差し指を当てた。「当てにしないで下さいね。難しいと思うわ」

それはそれで仕方がない。それでも一つだけ、手がかりらしきものがあったので収穫《しゅうかく》としよう。富田は、おそらく闇金の副業について、会社から調査を受けていた。大きなトラブルだ。

3

府警の三輪は、自ら現場へ案内してくれた。所轄の刑事課長は、普通そんなことはしないのだが、彼は「気分転換ですわ」と気楽な調子で言った。

「座って指示を飛ばすだけの毎日は、逆に疲れるか」

「仰《おっしゃ》る通りです。下の人間は、課長は座ってて下さいって言いますけど、尻《しり》が石になっちまいますよ……おっと、失礼」三輪が、藍美に向かって頭を下げた。

「いいえ、全然平気です」藍美がにこりと笑った。

「お、ハラスメントとか言わないタイプですか」

「聞き流すテクニックを身につけただけです」

「こりゃあ、たまらんね。私より三枚ぐらい上手《うわて》だ」三輪が苦笑して歩き出した。「すぐですから。三分ぐらいですわ」

阪神《はんしん》の野田《のだ》駅前から歩き出す。駅前にはオフィスビルやマンションが建ち並んでいる。結構賑《にぎ》やかな街だ、と沖田は思った。

「USJは管轄じゃなかったか？」沖田は、大阪の地理を把握していない。

「それは隣の署ですわ。うちは福島区《ふくしま》が管轄で……平穏なものですよ」

「OX企画は、そんなに大きな会社じゃないと思うけど」沖田は本題を確認した。

「どうも、実態がよく分からん会社ですな」歩きながら、三輪が首を捻《ひね》った。「千里のオフィスビルはかなり大きな物件です。そこの開発に嚙《か》んでいたのは間違いないですけど、その後はあまり名前を聞かんのですよ。ディベロッパーなら、次々に大規模開発に参加したりするもんでしょう？　今は一種の不動産ブームやし、儲けのチャンスと張り切っててもおかしくないですけどねえ」

幽霊会社、と沖田は想像していた。何らかの目的——おそらくはマネーロンダリングのためのペーパーカンパニーだったのではないか？　今も存続していることは、昨日のうちに確認できていたのだが。ホームページやSNSなどは運用していないようだが、電話はあり、間違い電話のふりをしてかけてみたらつながった。出たのはかなり高齢の男性で、自ら「OX企画」と名乗った。

「ここですな」三輪が、古びた雑居ビルの前で立ち止まった。「どうします？　同行しますか？」

「いや、あんたの管轄の事件でもないしな……」沖田は躊躇《ためら》った。相手が大阪の人間だったら、三輪がいた方が話がスムーズに転がるかもしれないが、あまり迷惑をかけるわけにはいかない。

「自分は、別にええですよ。あまり早く署に戻っても、ねえ」

「じゃあ、同行を頼む。大阪弁が分からなかったら、通訳を」

「こっちの言葉は、通訳が必要なほど難しくはありませんよ」

「微妙なニュアンスの違いに関しては、自信がねえな」

揺れが大きなエレベーターで、四階まで上がった。廊下の両側に並んだドアの間隔《かんかく》を見た限り、それぞれの部屋は小さい……会社というより、個人経営の事務所が並んでいる感じだった。

「OX企画」の小さな看板がかかったドアを見つけて、インタフォンを鳴らす。沖田は藍美に「先鋒《せんぽう》、行ってみるか？」と持ちかけた。

「いいんですか？」

「何事も経験で」

「ありがとうございます」

礼を言われる場面ではないが、まったく臆《おく》していないのは頼もしい。刑事はやはり、多少の図々《ずうずう》しさがないと、やっていけないのだ。その仕事の多くが、初めて会う人からややこしい話を聴き出すことなのだから、遠慮していたら話もできない。

「はいはい」年齢のいった男性の声で、呑気《のんき》な返事があった。

「お忙しいところすみません。東京から参りました、警視庁目黒南署の小池藍美と申します」

「警察？　東京？」声にはっきりとした戸惑《とまど》いが感じられた。「うちは、警察に調べられるようなことはないよ」

特に関西のイントネーションは感じられない口調だった。藍美は引かずに、さらに質問を重ねる。

「五年前に東京で起きた事件の捜査をしています。関係者がこちらの会社に勤めていたという情報がありまして……参考までにお話を聴かせていただけませんか？」

「関係者って……」

「その辺についてもきちんとご説明させていただきますので、取り敢《あ》えず入ってよろしいですか？」

「ああ……じゃあ、どうぞ」

藍美が振り向き、沖田にうなずきかける。沖田はうなずき返し、ドアノブを回した。

中に入ると、強烈な煙草の臭《にお》いが襲いかかってきた――いや、煙草ではなくパイプだった。この部屋の主が、デスクについてパイプをふかしている。パイプは、誰かがくわえているのを見ている分には粋《いき》な感じがするのだが、臭いは強烈だ。異臭に弱い人だと、すぐに頭痛に襲われるかもしれない。

「こっちへどうぞ」

言われるまま、三人は部屋の奥にある応接セットのところへ移動した。部屋の主は、屈みこんで何かのスウィッチを押した。途端に、猛烈な音が響き始める。換気扇《かんきせん》をマックスで回した時の音を、さらに増幅した感じ。見ると、大型の空気清浄機がフル回転しているのだった。これなら、ほどなくパイプの煙の臭いも消えるのではないだろうか。

「一人なんで、お茶も出ませんがね」男は三人がけのソファに腰を下ろした。パイプは手放そうとしない。

「どうぞお構いなく」

七十歳ぐらいだろうか。髪はすっかりなくなっているが、顔には張りがあり、肌は艶々《つやつや》している。白いワイシャツに濃紺《のうこん》のカーディガン、ズボンは薄いグレー。足元はサンダルで、ベテラン教師のような雰囲気もあった。眼鏡は、チェーンで胸元にぶら下げている。

藍美が名刺を差し出した。続けて沖田、最後に三輪。

「あら、そちらさんは大阪の人？」男が三輪の名刺、続いて顔を見た。

「ええ。道案内ですわ。この辺は分かりにくいですからな」

「はいはい」男がカーディガンのポケットから名刺入れを取り出し、座ったまま三人に名刺を差し出した。「OX企画　代表取締役　片田《かただ》拓郎《たくろう》」とある。

「あれですよね、千里のニュータウンタワーを手がけられたんですね」三輪が切り出した。

「あら、よくご存じで」片田が驚いたように言った。

「当時、千里の最後の大開発なんて言われてたやないですか。今も、えらい賑わってる。テナントは全部埋《う》まってるでしょう？」

「ええ」

「さすがの読みですな」

「千里は交通の要衝やないですか。特に道路に関しては。それに、府内中心部のオフィスビルはもう手一杯になってましたから、あの辺でも需要《じゆよう》はあったんですな」

「確かに」

「まあ、商業施設とセットで、何とか回転してますよ」

三輪と片田の会話を聞いている限り、問題のニュータウンタワーはテナントがフルに入っているようだ。そんな大型施設のディベロッパーがこんな小さな感じ……もちろん、大きなプロジェクトだからJVで運用されたのだろうが、ここOX企画の本社は、個人経営の弁護士事務所か設計事務所のイメージである。しかも社長はそろそろ引退して会社を解散するか、ぐらいの感じ。

室内にはデスクが四つ。そのうち三つには何も載《の》っていなかった。一つにだけ、電話やノートパソコンが備わっている。片田はそのデスクだけで仕事をしているようだった。あとは応接セット、それにファイルキャビネットだけ。

沖田は藍美に目配せした。藍美がすっと背筋を伸ばし、続いて少し前屈みになって話を始めた。

「五年前に、目黒南署の管内で起きた強盗傷害事件について捜査しています」

「そんな危ない事件を、女性刑事さんが？」

「性別で担当を決めるわけではありませんので……その事件の被害者の息子さんが、一時こちらに勤めていました」

「ああ、羽島君ね」

いきなり話がつながった。五年前にも、刑事たちがここで確認したのだろう。となると、今回新しい話が出てくるかどうか。五年経《た》つと、人の記憶も曖昧《あいまい》になるものだし……沖田は期待値をぐっと下げたが、藍美は気にせず質問を続ける。

「羽島正俊さんです」

「そうそう。うちに来たのは、二〇〇二年かな？　それから十年以上もここにいたんだよ」

「ニュータウンタワーの完成は……」

「二〇一一年の四月。東日本大震災の直後でね。まあ、日本中が色々大変だった時期だけど、何とか無事に開業しましたよ」

藍美が座り直す。ソファのクッションはかなりへたっており、座っていると自然に体が傾いてくるのだ。右端に座っている三輪は、右手で手すりを摑んで体を支えている。薄い笑みを浮かべているものの、頰は引き攣《つ》りそうだった。左端に座った沖田は、右側に体が傾いで藍美に寄りかかりそうになっている。堪《こら》えているうちに、腿《もも》の裏側や腹筋に引き攣るような感覚を覚える。バランスボールでトレーニングをやっていると、こんな感じになるかもしれない。

「そもそも羽島さんは、どういう経緯でこちらに来られたんですか？　元々東京の人だし、不動産業には縁がなかったと思いますが」

「ああ、それは紹介があってね。営業として優秀だし、金にも強いからって。うちは、ニュータウンタワーを建てるためだけに作った会社だから、即戦力が欲しかったんですよ」

「役員だったんですよね？」

「まあね」急に片田が声を上げて笑った。「こういう小さな会社だと、平社員にしておく意味はない……強い肩書きがあった方が、営業の時にも信用してもらえるでしょう。そのためですよ」

「では、役員としての仕事は――」

「もちろん、それもありましたよ。当時は、ここも十人ぐらいいたかな？　半分は役員でした。羽島君は営業としてはやっぱり優秀でね。地権者との交渉なんかは、営業のノウハウが生きるんですなあ。それに建設が決まった後は、どうやってテナントを埋めるかが大事です。勧誘も、先頭に立ってやってくれた」

「でも、辞められた――二〇一三年ですよね？　その後は福岡に移り住んでいます。何かトラブルでもあったんですか？」

「まさか。単に仕事がなくなっただけです。この会社は元々、ニュータウンタワーの開発のためだけに作った会社です。その仕事が終わって、社員もほとんど辞めてもらいました。最初からそういう契約で働いてもらっていたんです。今は私一人が残って、アフターケアをしているだけですよ。開店休業状態なんで、そろそろ会社は清算する予定ですけどね」

「税金対策ですか」沖田は我慢できずに口を挟んだ。大規模開発に際してごく小さな会社を作って事業に噛ませる場合、節税が目的ではないか——税法上のことはよく分からないが、金絡《かねがら》みの感じはする。

「まあまあ……違法なことは一切ない、とだけ言っておきますよ」

「あなたは、元々どこの——ご出身はどちらなんですか」

「まあまあ、私のことは……とにかく、違法なことは一切していません。痛くもない腹を探られるのは気に入りませんな」やんわり抗議する片田の顔には、まだ笑みが浮かんでいた。

「失礼しました」沖田はさっと頭を下げて引き下がった。気になるとつい突っこんでしまうのは、昔からの癖《くせ》だ。若い頃なら「好奇心旺盛《おうせい》で」と笑い話にできるが、いい歳なのだから、どっしりと腰を落ち着けて、ここぞという時に鋭い質問を飛ばすぐらいにすべきでは——と考えることもある。

藍美が咳払いをして、質問を続ける。

「羽島さんも円満退社ということですか？　当初の約束通りに？」

「ああ。約束と違ったのは、当初の予定よりも多く金を儲けたことぐらいじゃないかな。よくやってくれたからね」

「ちなみに、辞めてからはどうして福岡へ行ったんですか？　ネット系の広告会社を興《おこ》すという話でしたよね？　こちらの仕事とはまったく違う感じがしますけど」

「それも知り合いに誘われたと言ってたね。結構顔は広いって自慢してたけど、詳しく聞いたら、ニュータウンタワーのテナントの一つ——そこの社長と懇意《こんい》になって、その人の仲介でした。まあ、世渡りは上手かったようだね」

「そこは上手くいかずに、結局東京へ引き上げたようですが」

「聞いてますよ。結構律儀な男で、定期的に連絡はくれていたから。最近はご無沙汰《ぶさた》だけどね……あんな事件もあって」片田の表情が暗くなる。

「あの事件のことについては何か言ってましたか」また我慢しきれなくなり、沖田は質問をぶつけた。

「実は、彼、大阪に来てたんだよね」

「ええ」沖田は相槌《あいづち》を打った。

「夜に私と呑む約束だったんだけど、警察から呼ばれたって、慌てて電話してきましたよ。呑んでる場合じゃない、すぐ帰れって言いました」

「それからは……」

「電話で話したことはあるけど、会ってはいないですね。このところは体調が悪そうで……まだ若いのに」詳しい病状も知っている様子だった。

「羽島さんの実家が強盗に入られたことについては、何か話はしましたか?」

「いや、特には……事件があってしばらくしてから電話をかけてきて、『お騒がせして』とは言ってましたけどね」

藍美はしばらく、事件前後の正俊の様子を確認し続けた。しかし直接会ってしっかり話をしたわけではないので、片田の返事は曖昧である。

話が一段落したところで、沖田は切り出した。

「羽島さんは、どんな人だったんですか？　仕事で優秀だったのはお話で分かりましたけど……実は、実家を出てから、かなり気ままな生活を送っていたようで」

「そう？」片田が片目だけを見開く。「ちゃんと働いていたはずですよ。だからうちにも紹介が来たんだから」

「どういう経緯で紹介を受けたんですか」

「私も、元々大阪には縁がなくてね。この会社を始めるために、優秀な人を探さないといけなかったけど、なかなか難しい。それで、仕事上のつき合いがあった人に頼んで、紹介してもらったんですよ。それでうちに来たのが、羽島君」

「すぐに雇《やと》うことにしたんですか？」

「信頼できる人の紹介だったから。それに、結構時間がなくてね。二度面接して、私の勘で決めました。結果的に正解だったけど」

「どういう方でした？」沖田は質問を繰り返した。「真面目《まじめ》な人なのか、遊ぶが好きなのか、少しヤバいところがあるとか」

「ヤバい？」片田が目を細める。

「やんちゃな感じとか」

「ああ、それはね……酒は好きで、うちでは宴会部長みたいな感じでしたよ。盛り上げが上手くて、だから営業の成績もよかったんだね。不動産業界、建設業界の営業は、呑んで騒いで相手を持ち上げて、が基本だから」

「遊び慣れてる感じですか」

「というより、営業で鍛えられて接待慣れしてる感じかな。以前勤めていた会社でも営業で、先輩たちのやり方を見て学んだって言ってたから。ただ、そこはIT系の会社だったけどね。IT系の会社って、そんな泥臭い接待とかするものかね」片田が首を傾げる。

「まあ、あの頃はまだ『IT』とも言わない時代だったかな？　その会社に勤めていたのは九〇年代だったと思う。会社に、オフィス用のコンピューターを入れたりする仕事。パソコンが一般的になる前は、ビジネス用のコンピューターは、専門の会社が納入からメインテナンスまで面倒を見ていたからね」

「オフコンってやつですね？」沖田は合いの手を入れた。

「そうそう」片田が嬉しそうな表情を浮かべる。「あなたの年齢だと、オフコンなんて知らないのでは？」

「分かりますよ。昔の事件を捜査するのが仕事なので、古いことを知る機会も多いです――ちなみに、羽島さんを紹介してくれた人は、どなたなんですか？」

「もう亡くなりましたよ。元々八〇年代からやっていた会社だったんだけど、二〇〇八年だったかな……別のIT系の会社と合併したのをきっかけに、経営の一線から手を引いたんですよ。そうしたら、急にがっくりきちゃったみたいで、それから二年ぐらいで亡くなった——まだ六十二歳だったんですけどね。長生きしたければ、仕事は辞めない方がいいね。私がこの会社を存続させていたのも……まあ、自分のためということもありますよ」

「その、亡くなった社長さんのお名前は？」

「飯島智《いいじまさとし》。と言っても、ご存じないでしょうね」

「ええ」沖田はうなずいた。

「ベストソフトという会社でね——」

「何ですって？」

沖田は思わず立ち上がった。隣に座る藍美がバランスを崩して、何とかテーブルの端を摑んで体を安定させる。三輪が「沖田さん」と低い声で注意したが、沖田は座る気になれなかった。

「ベストソフト——新宿に本社があった？」

「あれ？　刑事さん、ご存じなんですか？」

「ちょっと失礼します」

沖田は会社を飛び出した。すぐにスマートフォンを取り出し、西川に電話をかける。

「はい」西川は不機嫌だった。電話に出たのだから、聞き込みの最中ということはあるまい。書類の読み込みに夢中になっていて、電話が邪魔だと思ったに違いない。

「羽島正俊」

「ええと——誰だ？」

西川とは別々に仕事をしていたことを忘れていた。正俊は沖田の「獲物《えもの》」で、西川は名前も知らないはずだ。

「鳩山さんに頼まれて、俺が追いかけている相手だ。五年前の、目黒南署管内の強盗事件の被害者の息子」

「上手くいかないから、俺に泣きつくのか？」

「ふざけるな！」沖田は思わず声を張り上げた。「そいつは入院中だけど、容疑者——容疑者に近い存在だ」

「それで？」

「昔、ベストソフトに勤めていた」

「何だって？」西川の声が尖《とが》る。しかし、息が抜けるような音が聞こえたと思った次の瞬間、「だから何だ」と冷たく言った。

「偶然にしても、こういうことは——」

「その、羽島正俊というのは、強盗事件の容疑者なのか？　自分の父親を襲った、というシナリオ？」

「その可能性もあるということだ」

「仮にそいつが犯人だったとしても、ベストソフトにいたことと何の関係があるんだ？」

「いや、それは——」疑問をぶつけられて、沖田も少しだけ冷静になった。西川は、ベストソフトに勤めていた富田幸樹が殺された事件を洗い直している。しかし今のところ、ベストソフトが犯罪の舞台になったという証拠は一切ない。たまたま「ベストソフト」が共通ワードで出てきただけで……少し焦《あせ》り過ぎたか、と沖田は反省した。「まあ、偶然にしてはかなり珍《めずら》しいよな」

「だけど今のところ、偶然以外の何物でもないだろう。ベストソフトがヤバい会社だったわけでもないし。富田はかなり危ない人間だったけどな」

「何かいい線でも出てきたのか？」沖田は焦って、スマートフォンをきつく握り締めた。別々の事件を追っている時は、相手に先を行かれると何だかむかつく。こちらがいち早く事件の真相に到達できた時は、まさに鼻高々だ。

「具体的な線はない。ただ、富田という人間は、何らかのトラブルを抱えていた可能性が高い。野澤さんじゃなくても、殺意を持つ相手がいてもおかしくないな……今、その辺の事情を掘ってる。そっちはどうだ？」

「鳩山さんの勘とやらに従って動いてるけど、まだ具体的な話はねえよ。当の本人が入院中で、まともに話もできねえ状態だしな」

「そいつはご苦労さんだな。しかし、そもそも鳩山さんに勘なんかあるのかどうか」

「それは俺も疑ってる」

「お疲れさん、だな。俺はこれから人に会う。もう出ないといけないから」

「ああ」

電話を切り、一つ深呼吸した。少し焦り過ぎたか……会社に戻り、雰囲気が変わっているのを感じた。三輪が呑気な調子で、近くの呑み屋の話をしている。藍美は手帳に視線を落として、何か書きこんでいた。話が出尽《でつ》くした感じか……まあ、取り敢えずはこれでいいだろう。顔はつないだから、これからは話がしやすくなるはずだ。

「沖田さん、何かありますか？」藍美が訊ねる。

「ああ、いい——どうも、お騒がせしまして」沖田は片田に向けて頭を下げた。

「いえいえ、どうせ暇ですから……だけど、羽島君は大丈夫なんですか？」

「あまり体調がよくないのは事実です。今度会ったら、あなたに会ったことを伝えておきますよ」しかし、正俊の方で片田に連絡する気力が出るかどうかは分からない。いざ話せば普通なのだが、そうするまでの気力を奮い立たせるのが大変なようだ。病気は、人を思いがけぬ風に変える。

会社を辞すると、藍美が手帳を広げて、小声で告げた。

「次のターゲットが見つかりましたけど、どうしますか？」

「大阪で会える相手か？」

「はい。正俊さんが福岡で勤務していた広告会社の社長さんで、今、大阪にいるそうです」

「そうなのか？」これも偶然だが、こちらに都合がいい偶然だ。

「今は、キタでバーを経営されてるそうです。片田さん、お店の名前と連絡先は知っているそうですが、ご本人の携帯はご存じないそうで」

「そうか」沖田は左手を持ち上げて腕時計を見た。最近は、スマートウォッチをつけている人が多数派になった感じがするが、沖田の手首には、十年以上前に買ったヴァルカンのクリケットがある。今考えるとそれほど高価ではなかったが、由緒ある機械式時計で、歴代アメリカ大統領が使っていたというエピソードまで含めて気に入っていた。その時計が、今は午後三時を示している。「店が開くのは、早くて五時だろうな」それから事情聴取して、遅い便で東京へ帰ることもできる。しかし、後ろの時間を気にせずゆっくり話を聞きたかった。

「今日中に東京に戻らないといけないですか？」

「まあ、夜の仕事になったら、泊まるかな。予算の心配は、鳩山さんに任せればいい」

「それやったら、キタでどこかホテルを紹介しましょうか」三輪が申し出た。

「助かる」

「余裕があったら、飯でも食いますか？　キタなら、いくらでも美味《うま》い店がありますよ」

「ああ。そうしようか。でも、何時になるかは分からないぜ」

「連絡して下さい。一応、私の方でホテルを押さえておきますわ」

「そこまでしてくれなくても……それとも、府警の顔でホテルが安くなるとか」

「それはないですわ」三輪が苦笑した。「ま、便利なところを探しておきます。キタへ移動しますか？」

「ああ。向こうで時間を潰すよ——送らないでいいぜ」三輪だったらいかにもそう言い出しそうだ。「野田駅から阪神電車に乗れば、梅田《うめだ》まですぐじゃないか？」

「梅田で迷わないといいですけどねえ。あの駅は、わざと人を迷わそうと造っとるみたいですから。年に平均二人は、遭難して死人が出る」

「おいおい」

藍美が突然、声を上げて笑った。三輪が一瞬困惑した表情を浮かべたが、すぐに薄笑いに変わる。

「この話で笑うた人、初めてですわ。あんた、いい人やね」

「私、笑いのハードルが低いんです。要するにゲラですね」

「余計なこと、言わんでよろしい」真顔で三輪がうなずいた。

4

その日の午後遅く、西川は渋谷にいた。コロナ禍《か》が一段落して以来、この街には外国人がまた増えてきて、今は街を歩く人の半分ぐらいが、海外からの観光客という感じである。巨大なスーツケースを引いている人も多い。

半蔵門《はんぞうもん》線の渋谷駅から続く地下道を歩いて、渋谷中央署の近くに出る。明治《めいじ》通り沿いに恵比寿《えびす》方向へ少し歩いて、目的地の雑居ビルにたどり着いた時には、げっそりしてしまった。地下街も人で一杯で、歩くのさえ難儀したのだ。牛尾が平然としているのが羨《うらや》ましい。若さ故か、渋谷という街が好きだからなのか。西川は思わず、肩を二度上下させた。

「大丈夫ですか？」牛尾が心配そうに訊ねる。

「人混みにやられた」

「混んでますよねえ」

「お前、何ともないか？」

「まあ……いい運動です」

「何だよ、それ」

「ポジティブシンキング——この前読んだ本に、あらゆる面倒なことを無理矢理プラスに解釈すれば、人生は開けるって書いてありました。電車が故障で止まったら、中でイライラしている人を見て人間観察の練習になる。それで歩く羽目《はめ》になったら健康にいいとか」

「何だよ、それ。お前、そういう……自己啓発本みたいなの、読むのか？」

「啓発本じゃないですね。小話集みたいな……何て言っていいのか、友だちがショート動画でちょっとバズって、それを元に本を出したんです」

「それは……すごいことなんだろう……な？」西川にはピンとこなかった。

「まあ、最近はよくあるみたいですよ。出版社もアンテナを張ってるんで、そいつもそういうのに引っかかったみたいです。ショート動画で、マイナスをプラスにする発想の転換、みたいな感じで喋って、最後に決め台詞の『ポジティブ！』で締める」

たんですけど、五万部売れてるそうです」
「そういうわけじゃないです。笑いは狙ってませんから。それで、本が出たから送ってき
「芸人さんなのか?」

たんですけど、五万部売れてるそうです」

「五万部はベストセラーじゃないか?」

「第二弾も出る予定みたいです。読みますか? 貸しますよ」

「俺はマイナスなことはマイナスとして考えるよ——行くぞ」

変な話でまた疲れてしまった。牛尾の友だちは、西川が若い頃には考えられなかった形で自己アピールをしているわけだ。色々な人がいるもので……ぐらいで考えを止めておかないと、これからの仕事に差し障《さわ》りそうだ。

古い雑居ビルで、しかも小さい。ワンフロアに二部屋の配置のようで、それぞれの部屋はそれほど広くなさそうだ。エレベーターはがたぴしと音を立て、止まる時には一瞬膝《ひざ》ががくんとするほどのショックがある。

小さな看板で確認して、西川はインタフォンを鳴らした。すぐに「はい」と返事がある。年齢——相手は六十二歳と分かっていた——の割には若々しい声だった。

「警視庁の西川です」

「どうぞ。開いてますよ」

ドアを開けて室内に入ると、想像していたよりも広かった。中に入るとすぐにカウンター、その向こうが執務スペースで、デスクが六つ、並んでいる。若い女性が二人、それぞ

れ電話で話していた。奥に、一つだけ独立したデスクがあり、そこに西川が会うべき相手、菅原琢己《すがわらたくみ》がついている。西川に気づくと、立ち上がってさっと一礼した。取り敢えず敵意は感じない。ノーマルなビジネス用の対応という感じだった。

「どうぞ」

「失礼します」

西川はコートを脱《ぬ》ぎ、腕に持って執務室に入った。デスクの横にあるソファの前で名刺を交換する。コートを預かると言われたが――コートかけはあった――断って膝の上に抱えることにした。

「ええと……」菅原が眼鏡をかけて、西川と牛尾の名刺を確認する。「追跡捜査係さん――捜査一課は分かりますけど、追跡捜査係というのは聞いたことがないですね。警察には縁のない生活を送ってきたもので」

「大抵の方はそうです」

「真面目に生きてきましたから、交通違反でもお世話になったことがない」

「安全運転が一番ですね」

菅原は、どうでもいいことを喋り続けて会話の隙間を埋めないと満足できない、あるいは不安になるタイプかもしれない。西川は座り直し、隣では牛尾がメモ帳を広げる。準備が整う間に、菅原を確認した。背が高く、ほっそりした体形。部屋の中《なか》は暖かく、ワイシャツ一枚だったので、贅肉《ぜいにく》がまったくついていないのが分かった。半ば白くなった髪を、丁寧にオールバックにしている。いわゆるワシ鼻で、唇が薄いせいもあって、ひどく冷たい印象を受けた。喋り方には愛想《あいそ》があるのだが。

「録音されても構いませんよ」菅原が言い出した。

「そうですか？　嫌がる方も多いんですけど」

「正確を期する方がいいでしょう。うちはいつも、商談の時も録音させてもらうようにしていますから」

西川は牛尾に目配せした。牛尾がスマートフォンを取り出し、録音アプリを立ち上げてテーブルに置く。

「別に、録音されて困るようなこともない――はずなんでね」菅原が肩をすくめる。

「そうだと思います」西川は同意してうなずいた。さて、気をつけよう。こういうお喋りタイプは、意識してかしないでか、なかなかこちらの質問に答えないことがある。「菅原さん、ベストソフトにおられましたよね？　総務系の仕事の責任者だったとか」西川が聴いた限りでは、合併前の最後の肩書きは総務部長だった。人事、給与などを一手に引き受けていた。

「ええ。プログラマーを卒業させられてね」

「卒業？」

「ＩＴ業界では昔から、プログラマー三十五歳定年説っていうのが言われていましてね。それぐらいの年齢になると、プログラマーに必要な創造性が失われる――要するに頭が固くなってくるし、徹夜の業務にも耐《た》えられなくなる。私はベストソフトの立ち上げの時からプログラマーとして働いていましたけど、三十五歳になる前に、強制的に引退させられて、それからはずっと総務畑でした」

西川はうなずいた。そう言えば今宮昌美も同じようなことを言っていた——この業界の常識なのかもしれない。

「強制引退は、納得したんですか？」

「総務部長になって、給料は大幅にアップしましたからね。徹夜することもなくなったし、視力悪化もそこで止まった。まあ、いいプログラマー人生だったと思って、引退しましたよ——それで、何ですか？　私の自《じ》叙伝《じょでん》を書こうというわけではないですよね」

「伝記です」西川は反射的に訂正した。

「は？」

「自叙伝は自分で書くものです。他人が書いたら伝記になると思います」

「あらあら、失礼。元々理系なもので、数字以外のことには疎《うと》いんですよ」

菅原が豪快に笑った。まずいな……今日の事情聴取は長くなりそうだ、と西川は覚悟した。ここは一気に突っこんでいこう。

「ベストソフトに勤めていた人のことで伺いたいんです。総務部長として、色々事情もお分かりでしょうから」

「どうかなあ」菅原が天井《てんじょう》を仰《あお》いだ。「合併して『Q＆Aインク』が発足《ほっそく》したのが二〇〇八年……つまり、ベストソフトが消滅してから、もう十五年以上経つんですよ。ベストソフトの社員の中で、Q&Aインクにそのまま籍を移した人もいるけど、辞めた人も多かった。私もその一人ですけど」

「合併がきっかけで辞めたんですか？」

「合併って言っても、実質的にはベストソフトが吸収されたんですよ。社員は当時、八十人ぐらいだったかな？　相手は五百人。規模が違いますよ。ベストソフトの技術力が欲しかっただけで、新会社には必要ない人材はたくさんいた。私もその一人です。総務系はどうしても必要とされていたわけではないので、さっさと辞めて、自分でＩＴコンサルを始めたんです」

「それがこの会社ですね」

「まあ、何とか二十年近くやってきたけど、そろそろ人に任せることを考えないとね。老害になってきているのは自覚していますよ」言って、菅原がまた大声で笑う。自覚しているとはいえ、それが悪いことだとは思っていない様子だった。要するに、邪魔にされても自分はまだまだできる、という感覚ではないだろうか。

「今回お伺いしたのは、ベストソフト時代の話です」西川は話を引き戻した。「富田幸樹さんという社員の方が亡くなっていますよね。その事件を再捜査しています」

「ええと」

ふいに菅原の目が泳ぐ。自分に気合いを入れるように腿を叩《たた》くと、立ち上がった。二人の女子社員の方へ顔を向けると「ちょっとお茶休憩《きゅうけい》にしてくれないか」と声をかけた。二人が戸惑いの表情を浮かべ、顔を見合わせる。菅原が尻ポケットから財布を抜いて、千円札を一枚取り出した。

「ほら、福利厚生で」

「はい、じゃあ……」背の高い女性社員の方が立ち上がり、千円札を受け取った。「これでお茶でも飲んでこい」というのは、昭和のワンマン経営者のようだ。しかしそもそも今は、二人でお茶を飲んだら千円では足りないだろう。とはいえ女性社員二人は、菅原の緊張した態度を見抜いたのか、すぐに上着を持って外に出て行った。

「お人が悪い」ソファに戻った菅原が恨めしそうに言って、煙草を取り出した。急いで火を点《つ》け、忙《せわ》しなくふかす。

「そうですか」

「ベストソフトのことだと言うから、何かと思いましたよ。富田君のことなら、最初からそう言っていただければ……予《あらかじ》め人払いをするか、私が警察に出向いてもよかった」

「誰かに聞かれるとまずい話ですか？」西川は突っこんだ。

「そういうわけでもないけど、私としては嫌な事件なんですよ。すぐに犯人が逮捕されたと思ったら、長々と裁判して、結局無罪でしょう？　膝から力が抜けました。あの件、結局犯人は捕まっていないんでしょう？」

「ですので、我々が捜査しています」

「それはまた……大変なことで」本当に同情しているような表情を浮かべて、菅原がうなずく。「古い事件をいつまでも捜査するんですな」

「殺人事件に時効はありませんから」西川はうなずいた。「それで、被害者の富田さんの周辺も洗い直しています。当時はあまり問題にならなかったようですが、富田さんは副業をしていたという情報を聞きました」

「それね……やっぱりそれか」

「予想できた話ですか？」

「まあね。当時、警察には話したんですよ？　ただ、それほど重視されている様子ではなかった」

「犯人がすぐに捕まったからだと思います。富田さんの副業って、闇金ですよね？　無許可で人に金を貸そうとした」

「――と言われている」と菅原が話を引き取った。「正確なところは何とも言えないんですよ。調査していたんですが、本人が亡くなったんで、うちとしても調査する必要がなくなった。死んだ人の行為《こうい》をいつまでも問題にしていても、しょうがないですからね」

「会社としては、そうですよね」

「まあ、非常に気分が悪い話でした」菅原が嫌そうに言って煙草をふかした。「まったく、警察もいじわるだ」

「はい？」

「真面目に禁煙しようとして、今、本数を減らしているんですよ。一日十本。吸うタイミングも決めている。でも今、ここでタイミングが狂いました」

「それは申し訳ない——それぐらい、嫌なことだったんですね？」

「闇金ってねえ……暴力団とか、そういうところとのつながりを考えちゃうじゃないですか。社員がそんなことをしたら大問題で、会社にもマイナスが生じるかもしれない。社内で噂《うわさ》になって、私が責任者になって調査を始めた矢先だったんですよ」

社員がいなくなったせいか、菅原の口調は軽くなっていた。よく喋るし、要点を射ている——西川は頭の中で、当時の状況を簡単にまとめることができた。

ベストソフトでは当時、社員の副業を許可していた。業務に差し障りがない範囲なら、届け出る必要もなし。社員は自分の副業を隠すこともなく、ランチ時の軽い話題として話すのが常だった。フリーでプログラミングの仕事をしている人もいたし、ソムリエの資格を取って、週末だけ本格的なフランス料理の店で働いている人もいた。給料が安かったからというわけではなく、「様々な経験をした方が、複雑化する社会で生き残れる可能性が高くなる」という飯島社長の方針によってだった。当時としては先進的な会社だったのだろう。

富田も副業をしていた。ディスコなどでパーティを企画し、パーティ券を売りさばいて収入を得ていた。それだけなら特に問題はないのだが——富田は営業成績も優秀だったので、社内で一目置かれていた——そのうち金遣いが異様に荒くなってきたことに、社員も気づいた。

高いレストランに人を招いて奢《おご》ったり、若手社員を引き連れてキャバクラを梯子《はしご》することもあったようだ。さらに、会社に程近い新宿で、家賃《やちん》三十万円もする物件に引っ越したり、乗り出し価格が一千万円を上回るようなベンツを手に入れたり。極めつけは、とんでもない落とし物をしたことだった。酔っ払ってバッグを落としてしまい、それが警察に届け出られた。会社の名刺が何十枚も入っていて、さらに現金五百万円があった——あまりにも多額なので、警察は当然、業務用の金だと判断し、会社に連絡してきたのだ。これで富田が、普段から現金五百万円を持ち歩いていることが会社にも知れてしまった。その時点では、会社としては金の問題で富田を追及することはしなかったが、「何かおかしい」と疑う空気が強くなった。いくら副業をしているとはいえ、普段から五百万円もの現金を無造作にバッグに入れて持ち歩くのは、やはり不自然である。

報告は密《ひそ》かに社長まで上がり、菅原に調査の特命が下った。それが一九九七年の年明けで、菅原は総務の信頼できる部下二人と調査を開始した。本人に直接当たらないように気をつけながらの調査は大変だったというが、それでも富田が無許可で金融業を営《いとな》んでいたことは突き止めたという。

これはやってはいけないことだが、と前置きして菅原が話してくれたのだが、夜中に富田のデスクを調べたことがあった。その結果、顧客リストと見られる手書きのリストが発見されたのだった。普通、こういうものはパソコンで管理しそうだが、そうしなかったのは情報漏《も》れを恐れてではないか、と菅原は想像していた。あらゆるパソコンがインターネットにつながり始めた時期である。ハッキングによる会社のパソコンからの情報漏洩《ろうえい》なども、問題になっていただろう。むしろ手書きで持っている方が安全と考えたのだろうが、富田というのはどうにも迂闊《うかつ》な男である。五百万円が入ったバッグを置き忘れたこともそうだし、顧客リストを会社のデスクの引き出しに入れておくのも、あまりにも用心が足《た》りない。

そしてそのリストには、ベストソフトの社員の名前もあった。営業部の、富田の後輩社員。前年の十二月に二十万円を貸していたことが分かった。欄外《らんがい》に「一月二十日シメ」とあり、「二十万プラス利率二万」と金額も記載されていた。一ヶ月で一割の利息をつける、まさに高利貸しである。

菅原はこの若手社員に事情聴取し、金を借りていたことを認めさせた。となると、リストに載っていた他の十人の社員も、間違いなく金を借りていただろう。三百万借りている人もいて、月一割の利息で取り立てていたら、富田はあっという間に金持ちになっていたはずだ。しかし、実際にどれぐらい儲かっていたかは分からない。

菅原たちはその後も慎重《しんちょう》に調査を進め、社外の人にまで話を聞いていた。そのうちの一人は、富田とパーティで知り合った会社員で、百万円を借り、利息を返すだけでも四苦八苦していた。返済が遅れると、富田は急に態度を変えて凄《すご》むようになり、パーティでのらんちき騒ぎを会社にばらす、それに自分にはバックがいると、反社的存在との関わりを仄《ほの》めかして脅《おど》した。

ろくでもない奴だ。

「調査報告はまとまりかけていて、社長に報告して処分を決める、という段階に来ていたんですがねえ。そんな矢先にあの事件が起きて。本人が亡くなっているのに、処分も何もないでしょう」

「そうですね」警察や行政が調べていれば、本人が死んでいても何らかの処分はあったかもしれない。しかし、会社が何もできないのは当然だ。「当時、警察にはどんな風に話したんですか？　闇金だと？」

「無許可で金を貸していた、です。同じような意味ですが、正確には闇金とは言っていません。闇金というのは、いかにも聞こえが悪い」

同じことだが……と西川は首を捻《ひね》った。ただし、あまり悪く考えないことにした。死者に鞭《むち》打たないという、菅原なりの優しさの表れだったのではないだろうか。

「この調査は、結局は……」

「封印しました。記録も廃棄《はいき》しました」

「全く残っていないですか？」菅原が見つけたリストが、容疑者リストであった可能性もあるのだが。月一割の高利で金を貸していたら、返済で揉めることは目に見えている。そこで富田に恨みを持つ人間もいたはずだ。

「ええ。うちにとっても、いいことじゃないですからね。いずれにせよ、犯人も逮捕されたし、うちとしてはどうでもいい……終わった話だと思いました。そもそも逮捕された人も、富田と組んで闇金をやろうとしていたんじゃないですか？　内輪の諍《いさか》いみたいなもので、ベストソフトとしては一切関係ない——ところが、無罪判決ですからね」

「あれは、警察的にもショックだったんです」

「後口が悪い事件ですな。私もベストソフトを離れて長くなりましたし、忘れかけていましたけど、あなたのせいですっかり思い出しましたよ。警察の人の真似《まね》をするのは、いい気分じゃなかったですね。よくもまあ、人を疑うことを仕事にできると思いましたよ」

「我々が疑っているのは、大抵悪人ですから。悪人を厳しく調べるのに、良心の呵責《かしゃく》はありません」

「そんなものですか」

「それに、どんなに嫌な仕事でも慣れてくる——気持ちはすり減ってくるものです」

「実際、嫌な仕事みたいですねえ」菅原が本気で嫌そうに言った。

　西川は答えず、細部の話を詰め続けた。菅原の話に矛盾《むじゅん》はないのだが、当時の「捜査資料」が残っていないのが痛い。それがあれば、容疑者候補を何人も挙《あ》げられたはずだ。

「お時間いただいてすみません」西川は頭を下げて話をまとめにかかった。「外でお茶している社員の方にも……申し訳なかったとお伝え下さい。仕事の邪魔をしてしまいました」

「いや、今はまだ暇だからいいんですよ。三月になると、契約している会社への年次報告作りで忙しくなりますけど」

「どういう会社を相手に仕事されてるんですか？」

「中小企業ですね。給与の計算にもパソコンを使っていないような会社を、ＩＴ化する仕事が多いです。そういう会社は、まだ結構多いんですよ」

「そういうのに慣れていない高齢の経営者を相手にするのは大変でしょう」

「いやあ」菅原が苦笑する。「私も、こういう商売をやってなかったら、さっぱりだったかもしれませんよ。個人的には、スマートフォンが出てきた時に、何となく自分の時代は終わったと思いました」

「ああ……なるほど」ずっとコンピューターの世界で生きてきた人にとっても、スマートフォンという新しいデバイスの登場は衝撃だったわけだ。

「あんな小さなものでねえ」

「私も苦手ですね――では、どうもありがとうございました」西川は立ち上がりかけた。

「ちょっと――ちょっとすみません」それまでほとんど黙っていた牛尾が、急に慌てて声を上げた。

「まだ質問がありますか？」菅原の声は穏やかだった。シビアな質問が終わって一安心、といったところかもしれない。

「富田さんが勤務していた頃――同じ時期に、羽島正俊さんという社員がいませんでしたか？」

「羽島……ああ、いましたよ。富田よりも少し年下で、営業の社員でした」

「どういう経緯でベストソフトに入社してきたかは——」

「彼はね、中途採用で入ったパターン」

「新卒ではなかったんですか？」

「ベストソフトは、定期的に新卒採用はしていませんでした。そこまで大きな会社ではなかったし、必要な時に募集してました。羽島君も、そんな感じで入ってきた……と思うけど、はっきりは覚えていないですね。彼が入ってきた時は、私はまだ開発部でプログラムを書いていた」

「もう記録は残っていないですか」

「いや、合併してQ＆Aになった時に、財務記録や人事の記録は全部そっちに持っていきましたよ。その後使うものではないけど、何らかの問い合わせがあることもあるからね」

「今宮昌美さんとは話ができます」西川は割って入った。

「ああ、彼女はQ＆Aの執行役員になったんだね。まだ保管しているかどうか、彼女がそれにアクセスできるかは分からないけど、聞いてみる価値はあるでしょう」

「羽島さんは、辞められた後で、大阪へ行かれたんですが」と牛尾。

「そう？　大阪行きは知らなかったな。彼は確か、富田君が殺される前に辞めたんじゃないかな……」

「何か関係でも？」牛尾が身を乗り出す。

「いやいや、その前から辞めたいっていう話はしていて……私はその頃はもう総務部長になっていたから、相談を受けていたんですよ。転職するっていう話だったけど、具体的な話は聞かなかったな。IT業界ではない、とは言ってましたけど」

「引き留めとかはしなかったんですか?」

「この業界は、出入りが多くてね。辞めるといって、引き留められる人なんて、どの会社にも一人か二人ぐらいじゃないかな」

「羽島さんは、富田さんと仲はよかったんですか?」

「どうかな……一時組んで営業に回っていたと思うけど。新人に対する実地教育みたいなものですよ」

「羽島さんは、営業の経験はなかったんですか?　随時《ずいじ》採用ということは、新人だけでなく、経験者を狙って採用、という感じではなかったんですか」

「申し訳ない。私は採用には嚙んでいなかったので、何とも言えないんです。今宮君と話してみたらどうです?　彼女は知らなくても、データにはあるかもしれない。採用時には、データシートを作っていましたから。会社が作る履歴書みたいなものです。そこには、会社に入るまでの経歴も入っていましたから、それが見つかれば、詳しく分かりますよ——」

「羽島君がどうかしたんですか?」

「いえ、別件で話を伺いたいと思っているんですが、連絡先が分からないんです。取り敢えず、周辺を調べているんですけどね」

「何ですか、彼までややこしいことに巻きこまれているとか？」

「そういうわけではありません。失礼しました」牛尾が丁寧に頭を下げる。柔道選手としては中量級といった体格なので迫力はないが、頭の下げ方一つ見ても、武道家のそれである。変にぐらぐらせず、体幹がしっかりしていることが分かる。

会社を辞して明治通りに出たところで、西川は牛尾に礼を言った。

「すまん、羽島さんのことをすっかり忘れてた」

「いえいえ……でも、気にしてなかったじゃないですか。沖田さんの持ってくる情報の中では、外れだって」

「そうなんだけどな」

今は違う。何か関係があるかどうかは分からないが、羽島が富田と同じ時期に同じ会社にいた、そして一緒に働いていたという新しい情報が、西川の中にある警戒装置に触れていた。アラームが鳴るわけではないが、無視もできない。

この線は、今後も気をつけて調べていかなくては。

5

問題の人物――福岡でネット系の広告代理店を経営していた児島隆也《こじまたかや》が経営しているというバー、「ウィンタームーン」はすぐに見つかった。梅田駅近く、キタの繁華街は相当ごちゃごちゃしているのだが、三輪が調べてくれたおかげで、迷わず到着できた。飲食店ビルの五階。ビルの外観やずらりと並ぶ看板を見た限り、かなり高級な店ではないかと想像がつく。

開店は五時と目をつけ、沖田と藍美はその時間を狙って店に入った。分厚い木製の扉を開けると、右側に長いカウンター……照明が暗いせいもあって、果《は》てなく奥まで続いているように見えた。黒いベストに黒い蝶《ちょう》ネクタイという、昔の映画にでも出てきそうなバーテンが二人、笑顔なしで「いらっしゃいませ」と出迎えてくれる。バーテンは二人とも若いが、一人が少し年上——三十歳ぐらいに見えた。彼が手前にいたこともあり、沖田はターゲットに定めて話しかけた。背の高いスツールが並んでいたが、それには座らず、右手をカウンターに置いて、少しだけ身を傾ける。

「オーナー——児島さんは、今日は店に来られる？」

「いえ、予定は聞いていません」バーテンが淡々と答える。

「聞いてないってことは、来る可能性もある？」

「それは何とも申し上げられません」

「オーナーは、店の様子を見に来るもんじゃねえのかい？」

「そういうわけではありません。ここは私たちに任されていますから」

「警察です」沖田はバッジを出し、バーテンの顔の高さに掲げた。「東京の、警視庁捜査一課の沖田。こっちは小池——捜査の関係で、児島さんに話を聴きたいんだけど、どうしたらいいかな」

「さあ」バーテンが首を傾げる。「私には何とも申し上げられませんが」

「つないでもらえないかね。電話をかけて、会いたい人間が店に来ていると伝えてもらえれば」

「そうする義務はないと思いますが」

「公用なんだよ。こっちは警察の捜査で来ているんだ」沖田は強く出た。

「令状はありますか」

「令状が必要な話じゃねえんだよ」沖田は早くも頭痛を感じた。バーテンの背後に並ぶ酒に視線を向け、どれでもいいから一杯、ストレートで呑ませてくれと頼みたくなる。「参考までに、だから。そういう場合は令状なんかいらない」

「最近、イタズラも多いですから。嫌がらせも。みかじめ料を寄越《よこ》せと言ってくる連中もいます。オーナーは警戒されてるんです」

「おいおい、俺がマル暴に見えるかよ」沖田はむっとして言った。まあ、実際……マル暴ではないにしても、人相がいいとはとても言えない。西川などは「その凶暴な面《つら》をもう少し何とかしろ」とまで言う。沖田は「お前が金を出してくれるなら整形してくるよ」とやり返すのが常だった。

「とにかく、然《しか》るべき人の紹介がなければ、連絡は取れません」

「然るべき人ってのは、どのレベルだ？　大阪府知事か？　大阪市長か」

「ええ、それなら問題ありません」バーテンが澄《す》ました口調で言った。

「おいおい――」警察慣れしていてこっちをからかっているのか、それとも実際に危険なことがあったから本当に警戒しているのか。

「沖田さん」藍美がつぶやく。

「ああ？」

「あれを」

藍美がドアの方に視線を向ける。ドアがゆっくりと開いて、小柄な中年男性が入って来るところだった。途端に、バーテンの顔が強張る。

「児島さん？」沖田は迷わず声をかけた。

「はい？」

「児島さんですか？　児島隆也さん」

「そうですが」

「いやあ、よかった。探していたんですよ」

沖田が笑顔を見せると、児島は困惑して、ドアのところで固まってしまった。藍美がすかさず近づいて、奥へ入るように促《うなが》す。児島はおずおずと指示に従った。

「どうも。警視庁捜査一課の沖田と言います。東京から来ました」沖田はまたバッジを見せた。

「警察の方？」

「ええ」

「何かありましたか？」児島は依然として用心している。

「ある人物の情報を調べています。児島さんも親しいはずの人ですよ。色々教えてもらいたいと思って来たんです」

「誰ですか？」

「羽島正俊さん」

「羽島……」

一瞬で児島の表情が固くなる。それを見て、沖田は「まずい」と悟《さと》った。どうも、児島は羽島にいい感情を持っていない。「あんな奴について話す気はない」と言って、踵《きびす》を返して店を出てしまうかもしれない。

「久しく会ってないけど、あの野郎がどうかしましたか」

「あの野郎？」この言い方は、本物の憎しみの表れか？　沖田はさらに警戒した。「何かトラブルでもあったんですか？」

「金を持ち逃げされるのは、トラブルじゃないんですか」

「まごうことなきトラブルです」

重々しい表情で児島がうなずく。「奥で話しましょう」と言って、沖田の脇をすり抜けて、果てしなく続いていそうな店の奥へ向かう。沖田は一瞬、この男と心情が通い合ったと感じた。

羽島に対する嫌悪感《けんおかん》という共通点を通して。

「いや、申し訳ない」奥にある小さな事務室に落ち着くと、児島がすぐに頭を下げた。

「うちのバーテンが不快な思いをさせたのでは？」

「あなたに対するガードは異様に固かったですね。暴力団と、みかじめ料の件で揉めたりしたんですか？」

「そういうことはありました。しかもそこに、警察が嚙んできてね」

「府警が？」

「仲裁に入ると言って、暴力団ではなく警察の方に金を払うように言ってきた。流石《さすが》に我慢できなくなって、府警本部に相談しましたよ。普段から、変な奴が来た時には会話を録音するようにしていたから、いい証拠になったんじゃないかな」

「処分でも出たんですか？」三輪はこの話を知っていたのだろうか。悪徳警官が金を要求していた店だと分かっていたら、事前に何か言いそうなものだが。

「どうですかね。その情報を提供したのは二週間ぐらい前ですけど」

「それなら、まだ処分は決まらないと思いますよ。内輪の処分なのか、逮捕なのかは分かりませんけど、不祥事に関しては、警察は慎重に対処します」

「さっさと何とかして欲しいもんですがね……どうぞ」

言われるまま、円形のテーブルを三人で囲む。小さいテーブルなので互いの距離が近いのが気になるが、それは何とかなる。

ごく狭い部屋で、三畳ぐらいしかない。奥の壁に押しつける形でデスクが置かれ、粗末な折り畳み椅子がセットになっている。その他には細長いロッカーが三つ、小さなファイルキャビネットが二段に重ねられているだけだが、三人が入ると、部屋は一杯という感じになる。

「そういうわけで、うちのバーテンは神経質になってましてね。警察に拒否反応を示す」

「それは申し訳ない……と、東京の人間である我々が言うのも変ですが」

「こういうことは本当にあるんですねえ」

悪徳警官も、昔はよくいたと聞く。違法なサービスを提供する飲食店に食いこみ、悪銭を受け取ることも珍しくなかったそうだ。さすがに最近は、そういう話は聞かないが。

「いやいや、失礼しまして、申し訳ない」児島が電子タバコを取り出してくわえた。児島は中肉中背、六十歳ぐらいの男で、よく日焼けしていた。少し薄くなった髪の隙間から見える地肌まで黒い。

「ゴルフ焼けですか」沖田はつい聞いてしまった。

「あ?　いや、サーフィン」

「サーフィン?」

「似合わないと思ってるでしょう」児島がニヤリと笑う。「でも、若い頃からの趣味でね。そろそろ仕事も引退して、関東に引っ越そうかと思ってますよ。湘南《しょうなん》か千葉《ちば》で、一年中、のんびりサーフィンをやって過ごしたいですね」

「もう余生の計画ですか？　まだお若いでしょう」

「いやいや、六十を過ぎたら、引退を考えるべきですよ」

金さえたっぷり持っていれば、引退するのもいいだろう。実際児島は、金回りが良さそうだ。着ているシャツやジャケットはいかにも上質だし、何より時計がパテック・フィリップのノーチラス、しかも高性能なクロノグラフなのが目を引く。ベゼルが、正方形を少し丸めたような独特の形なのですぐに分かる。海外の高級時計は、円安の影響もあり、ここ数年でぐっと値上がりしている。このノーチラスも数百万円するのは間違いないだろう。もしかしたら八桁価格かもしれない。札束を手首にくりつけて歩いているようなものだ。

「羽島さんのことなんですが」

「ああ」

「福岡で会社を経営していらっしゃいましたよね。ネット系の広告会社」

「そう。『HKウェーブ』……とっくに清算しましたけどね」

「児島さん、本拠地は大阪なんですか？」

「そう」

「それがどうして福岡に？」

「向こうの友だちに誘われたんですよ」

「二〇一三年ですか」

「あら、よくご存じで」児島が目を見開く。

「元々のお仕事は飲食なんですか？」

「そうね……当時はバーを二軒、洋食店とスタンド割烹《かっぽう》を一軒ずつやってました」

「青年実業家じゃないですか」

「いやいや」児島が苦笑した。「青年ではないな。その頃でも十分オヤジでしたよ。だいたい、父親が手広く商売をやっていて、その一部を引き継いだだけですから」

「他にもいろいろあるんですか？」

「一番でかいのはスポーツ用品メーカーですね。『KJ』」

「あのKJですか？」沖田はスポーツに縁がないが、響子の息子、啓介が中学校でサッカー部に入っていたので、沖田はスポーツ用品店での買い物につき合ったことが何度かあった。スパイクはKJ一択《いったく》……海外の有名選手が使っているということで、当時日本でも人気が沸騰《ふっとう》したブランドだった。二本の矢を組み合わせたロゴマークがスタイリッシュで、その後啓介は、スパイクだけでなく普段履《ば》きのスニーカーもKJにしていた時期がある。

「知っていていただいて、光栄ですよ。あの会社は、うちの爺《じい》さんが戦後すぐに作ったものでしてね。まあ、何とか令和《れいわ》の時代まで生き延びた。その会社は私の父親から兄貴に渡りました。その他は、私が引き継いだ感じですな。親父は資産管理会社を作っていて、税金対策で、その下に飲食店をいくつかぶら下げていたんですよ」

「申し訳ない、金の話になると弱いんです」沖田は苦笑した。「税金の心配をするほど給料も貰《もら》ってませんし」

「大阪の人間は、金を使うところでは惜《お》しまないけど、余計な金は払いたくないもんでね。まあ、兄貴は優秀だったから、KJを任せるなら兄貴ということだったんでしょうな。京大を出て、海外の投資法人で働いていたのを、会社を任せる腹づもりで引っ張ってきたんだから。でも、兄貴の方が親父よりも商売上手でしたね。親父の時代は、学校の体育で使うような地味な靴《くつ》ばかり作ってたんだけど、兄貴がサッカーシューズの分野に乗り出して、そこそこ成功しましたからね。サッカーのスパイクは、アディダスとプーマの二強の戦いで、そこにナイキが必死に割りこもうとしてる図式なんですよ。日本のメーカーが同じ土《ど》俵《ひょう》で戦うのは、なかなか難しい。技術力では、日本のメーカーも世界で戦えるだけのものを持ってますけどね。兄貴はマーケティングで勝負して、金を使って有名なサッカー選手を落とした。一時期は相当上手くいったんですよ」

「KJについても詳しいですね」

「一応、株主でもあるから。基本は私は、ぶらぶらと自由に遊んで生きてきたから、偉そうなことは言えないけど」

「でも、飲食店でこれだけ成功されているんですから」

「遊ぶ方の才能はあるんですよ」児島が嬉しそうに笑った。「今、一番力を入れてるのはサーフショップですね」

「関西のサーフスポットはどこなんですか?」

「和歌山《わかやま》とかね。そこでサーフショップをやってます」

　こういう風に、さまざまな商売を展開している人の精神構造はどうなっているのだろう。一つの商売をしっかりやっていくだけでも大変なのに、違う業種をいくつも……さまざまなことに詳しくならないとできないはずで、児島は遊び人風を装《よそお》いながら、しっかり勉強しているのではないだろうか。

「それで……福岡行きの話は、どういうことだったんですか？　普段のお仕事とはまったく関係ないですよね？」

「ああ、頼まれ仕事でね。サーフィン仲間の若い奴がいて、彼が地元の福岡へ帰ってネット系の広告会社を立ち上げるから協力して欲しいって言われてね」

「児島さん、ネット系も詳しいんですか？」

「いや、全然」児島が顔の前で大袈裟《おおげさ》に手を振った。「未《いま》だに、スマホの扱いで四苦八苦しているぐらいだし。その子は、経営の経験がある人間として俺に入ってくれって言ってきたのね。まあ、代表権がない会長ならばっていうことで受けたんだ。儲かるとは思っていなかったし、かなり危ない――上手くいく要素はなかったんだけど、若者が夢を持って頑張ろうとしている時には、オッサンは応援してやらないとね」

「その人――サーフィン仲間は何歳だったんですか？」

「当時は二十二――もう二十三だったかな？　大学を出て就職したんだけど、社風が合わなくてすぐに飛び出しちゃってね。それがネット系の広告会社大手だった。仕事自体は面白かったし、将来の伸び代《しろ》もあるからということで、自分でそういう商売をやろうとしたわけですよ」

当時、児島は既《すで》に五十歳だったわけだ。その年齢で二十代の趣味仲間がいるのもすごい話だが「夢を応援する」ために自分の時間と、おそらくは金も出そうとする心持ちは、沖田には想像もつかない。大したものだと思う一方、危なっかしくも感じた。

「危ないとは思っていたんですね？」

「地方だからねえ。ネット広告は、アクセス数で価格が決まるでしょう？　でも、地方の企業なんかのサイトでは、アクセス数は高が知れてる。だから、広告を出そうとする会社はほとんどないんですよ」

「……なるほど」

「案の定《じよう》苦戦してね。それでも三年は頑張ったんだけど、結局会社を畳むことになった」

「その間、ずっと福岡に？」

「いや、非常勤みたいなものだから、三年間は週一ペースで通ってた。木曜と金曜に向こうで仕事をして、金曜の夜にこっちへ帰って来る感じで」

「大変ですね」長距離移動をしながら仕事を続けるだけで、肉体的・精神的にすり減ってくるだろう。

「いやいや、シビアに責任を負《お》って仕事をしていたわけじゃないから。しかし、彼には申し訳ないことをしたな」

「潰れたことがですか？」

「それもあるけど、羽島がね……あの野郎、金を抜いていたようなんだ。三年間で二百万ぐらい。社員を解雇して、会社の清算作業をしている時に発覚したんだけど……奴がやったとしか考えられないんだけど、証拠がなかった。連絡も取れなくなっていたしな」

「警察には届けなかったんですか？」

「会社を潰した後で、後始末も大変だったからね。正直、二百万を取り戻すために、奴を追いこんでいる暇はなかった」

「追いこむ手段はあったんですか」一応真っ当な商売をしているとはいえ、児島は基本的に水商売の人だろう。裏社会の人間とのつき合いがあってもおかしくなかった。

「まあまあ、今のは言葉の綾《あや》で……二百万は痛かったけど、黙って呑みこみましたよ」

「羽島さん、働いている時から、そういう気配はあったんですか？」

「いや、まったく」児島が首を横に振る。

「勤務態度は？」

「私は四六時中見てたわけじゃないから何とも言えないけど、問題があったという報告は受けていませんよ。彼、昔IT系の企業に勤めていて、そっち系には詳しかったから、ネット広告会社の業務にもすぐ馴染《なじ》めたと聞いてます。昔も営業をやっていたから、その辺のノウハウもあったようですしね」

「でも、会社は上手くいかなかった」

「社長がねえ」児島が苦笑する。「ほんの少しIT系の広告会社で働いただけで、やれる気分になってたのが失敗の原因ですよ。やっぱり、それなりに仕事の経験を積まないと、自分で起業するにしても上手くいくわけがない。若い連中は、その辺が甘いんだよね。世間が起業、起業と言って、普通に勤め人になるのが馬鹿らしいみたいな考えがあるから、勘違いする奴が出てくる。アイディアだけで、ゼロから会社を作ろうとしても、上手くいくわけがない。まったく新しい仕事だったら成功の可能性もあるけど、同業他社が乱立している中で『新しいです』という売りだけではねえ」

「その社長さん、その後どうしたんですか？」沖田は好奇心に負けてつい訊ねた。

「ああ、今、私の会社に」

「どの会社ですか？」

「飲食店関係をまとめている会社で働いてもらってます。本当に計画性がないというか、広告会社をやっている時に結婚して、子どもも生まれて、稼《かせ》がないといけない状況だったので」

「児島さん、面倒見が良過ぎないですか」沖田は半ば呆《あき》れていた。友だちを大事にする人がいるのは分かる。しかし相手は、三十歳ぐらい年下の人間なのだ。子どもと言ってもおかしくない年齢だから、むしろ保護者意識の発露だったのだろうか。

「その、羽島さんなんですけど、どういう経緯で会社に入ったんですか？」

「詳しい話は聞いてないんだけどね。私は採用には関わっていないし……そこが知りたい？」

「色々な仕事を転々としている人なんです。東京出身で、大阪の会社で仕事をして、その後福岡へ移って、今は東京へ戻っている」

「ほう」児島の目つきが鋭くなった。「今どこにいるか、ご存じですか？　教えてもらえれば、金を取り戻せるかもしれない。時間は経ってしまったけど……」

「それは……無理な取り立てはやめた方がいいと思います」

「と言うと？」児島が目を細める。

「かなり重篤《じゅうとく》な病気で入院中です。話をするのも厳しい状況です」

「ほう」

「ですから――」

「因果応報ってやつかね。まだ若いのに、そんなに重い病気とはねえ……でも警察は調べている」

「ご本人が何か――というわけではないですが。でも、足跡を追う必要はあります」

「じゃあ、社長――元社長を紹介しますよ。電話でもいいかな」

「もちろんです」

「ちょっと待って」児島がスマートフォンを取り出した。「今、電話で話してみますから。羽島君の悪口ならいくらでも喋ると思うけど、一応、私の方から事情を説明しておくから。後で電話番号を教えますから、かけて下さい」

「助かります」

うなずいて、児島が話し出す。

「ああ、星野《ほしの》君？　ちょっと相談なんだけど、羽島君の悪口、言いたくない？」

参ったな……事情聴取はお手のものだが、電話で長時間話すと疲れる。本当は会って話したかったのだが、たまたま星野は福岡の実家へ里帰りしていて、すぐには会えない感じだったので仕方がない。

三輪が取ってくれたホテルの部屋に入り、スマートフォンをスピーカーモードにして話した。星野は、児島と違って羽島に対する恨みがかなり強いようで、早口で怒りをぶちまけた。三十分ほど、一方的に星野の話を聞いた後は、頭が痺《しび》れたような感じだった。

メモは藍美が取ってくれていたのだが、沖田も自分の手帳に肝心《かんじん》なポイントを書きつけていた。それを元に、藍美と情報を整理する。

福岡出身の星野は、二〇一一年に大阪の大学を卒業して、東京に本社がある大手のネット広告会社に就職した。しかし「使われるだけなのが嫌になって」すぐに退職。地元・福岡でローカルなネット広告会社を立ち上げるために帰郷した。一年の準備期間を経《へ》て、二〇一三年の春に起業に成功。その際集めたメンバーの一人が羽島だった。

星野は、サーフィン仲間だった小島に援助を依頼。さらに地元の友人たちを誘ったのだが「お友だちクラブ」で会社をやるわけにはいかないと、その道のプロにも声をかけた。

以前在籍していた会社の先輩や、取引先で仲良くなった人たちに声をかけ、さらにその伝手《つ》《て》で仕事ができそうな人を集めた。新卒採用などは行わず、立ち上げメンバーは基本的に、伝手とコネで集まってきた人たち――その中に羽島もいたという。元取引先の知り合いで、昔ＩＴ系企業で営業をやっていたこと、全体に若い会社なので、「抑《おさ》え」にベテランの力が欲しい――その頃羽島は四十歳ぐらいだった――ということで迎え入れたという。

広告系の会社なので、クライアントの獲得、すなわち営業が仕事の中心になる。羽島には営業部長の肩書きが与えられ、若い社員たちの教育係の役目も期待されていた。羽島の営業でまとまった話もたくさんあったが、やはりローカル特化でネット広告の会社を運営していくのは想定していたよりも大変で、会社は三年しか持たなかった――というのは、児島が説明してくれた通りである。

二百万円が抜かれているのに気づいたのは、会社を清算するために最終的に財産をチェックしている時で、見つけたのは税理士だった。さほど利益が上がっていたわけでもない会社で、それだけの横領があったら気づくはずだ、と税理士には説教されたのだが、会社清算の忙しさにかまけて、追及できなかった。

「……取り敢えず飯にしようぜ」沖田は立ち上がって伸びをした。既に午後九時。新幹線の中で食べた駅弁の昼食は、すっかり胃から消えてしまっている。

「ですね」藍美も荷物をまとめた。さすがにエネルギー切れという感じで、目をしばしばさせていた。

「この時間に、ちゃんと飯が食えるところがあるかな」ホテルはキタのすぐ近くで、呑む店はいくらでもありそうだが、今夜は腰を落ち着けて酒を楽しむ気分ではない。寒いがビールをぐっと呑んで胃を刺激したら、あとはさっと飯を食ってさっさと寝たかった。こんなに疲れたのは久しぶりだった。

「調べますか」藍美がスマートフォンを手にした。

「いや……少し歩こう」

二月の大阪はぐっと冷えこむ。キタの繁華街は少し温度が高い――繁華街はどこでもそうで、人が多いので実際に気温が上がっているのだと思うが、それでも時折路地を吹き抜ける風の冷たさには参った。沖田は、今年の冬に新調したトレンチコートを着てきていたが、暖かいウールのコートを着てくればよかったと後悔《こうかい》した。

歩き回る気は早々に失《う》せ、たまたま見つけたうどん屋に飛びこむ。入った瞬間に、出汁《だし》の香りに全身を包まれる。壁にまで出汁の匂《にお》いが染みついたような古い店で、客席は半分ほど埋まっている。だらだら酒を飲んでいる客はおらず、全員が黙々とうどんを啜《すす》っていた。

沖田は取り敢えず瓶ビールを一本頼み、食べ物はきつねうどんと、「名物」をうたうかやくごはんに決めた。藍美は肉うどんにかやくごはん。

ビールで乾杯し、コップを一気に干《ほ》す。胃の底から冷たさが這《は》い上がり、震えがきた。

「熱燗《あつかん》が正解だったな」言いながら沖田は、手酌《てじゃく》でビールをコップに注《つ》いだ。コップは、ビールメーカーのロゴ入り。それを見て、何だか嬉しくなってしまった。急に昭和にタイムスリップしたような気分である。今時、メーカーのロゴ入りコップを使っているような飲食店はないのではないだろうか。

「何だか……中途半端な気持ちです」藍美が打ち明けた。

「中途半端、とは？」

「羽島なんですけど――」

「H、だ」

「はい？」

「人が多い場所では、イニシャルトークにした方がいい」特に大阪では、と思った。この店にはひどい酔っ払いはいないようだが、大阪の人は距離の詰め方が独特だ。ちょっとでも耳を引く話を聞きつければ、初対面の人間が相手でも一気に話に乗ってくる――ような感じがする。沖田の思いこみ、偏見《へんけん》かもしれないが、三輪にもそういうところはある。

「――Hですけど、ろくでもない人間じゃないですか。さっきの二百万の話、ひどくないですか？」

「褒められた話じゃねえな」

「本当は、Hがお金を抜いていたから会社が傾いたんだったりして」

「社長も会長も否定しているから、それはねえだろう」沖田は否定した。「本当にそれで会社が潰れたとなったら、本気で探し出して警察に突き出すなり、ぶちのめすなりしていたと思う」

「でも、児島――Kさんも、Hさんも、どこかのんびりしている感じじゃないですか。趣味で仕事をしているというか、趣味が主で、仕事はしょうがなくやっているみたいな」

「ああいう人たちもいるんだろうな」児島はまさに、金のスプーンをくわえて生まれてきたような男だ。金を食い潰すだけでなく、受け継いだ商売をしっかり展開しているのは、経営の才能や努力があったから――いや、彼と話していると、そういう脂ぎった感じは一切しない。運に任せて適当にやっていたら、そこそこ上手くいってしまったという感じではないだろうか。

　経営能力や、努力する根性はなくても、運だけはあるのかもしれない。

「とにかくHに対する評価、ダダ下がりですよね」

「俺たちの間ではな」沖田は苦笑した。若いな、と思う。刑事は仕事柄、どうしようもない悪人や凶悪な性癖《せいへき》の持ち主、クソ野郎に遭遇することも珍しくない。そういう時に本気で怒っていたら神経がもたないのだが、若い頃は慣れていないせいもあって、つい感情が走りがちだ。歳を取るに連れて刑事の神経はすり減り、どんなにひどい相手を前にしても、冷静に立ち回れるようになるのだが。

「五年前の件も……」

「泥棒さんと強盗の間には、大きな差がある。泥棒さんは基本的に用心深くて、人を傷つけることは嫌うんだ」

「たまたま入ったところで家の人に出くわして暴力を振るう、みたいな話は聞きます」

「そういうのはレアケースでね。何も盗《と》らないで逃げることが多いんだ。金は盗んでも、人を傷つけることには抵抗感のある人間が多いんでね」

「なるほど……」

「しかも今回の件、本当にHがやったとしたら、親子喧嘩《げんか》みたいなものじゃないか。単純に、泥棒や強盗と考えるわけにはいかない」

ただし、羽島が実行犯である可能性は低い。誰かを操って、あるいは金で動かしていたのだ。

そこを探るには、まだ時間がかかりそうだ。

6

取り敢えずリストの精査だ。

西川は、幸運なことに問題のリストを手に入れていた。Q&Aインクの今宮昌美に頼みこむと、何と彼女は、そのリストの存在を知っていた。会社が合併する時に古い資料を整理していて、その中に「封印」された調査結果を見つけていたのだという。富田の一件はベストソフトの中で問題になっていたので、昌美も当然、把握していた。菅原は忘れていたが、このリストをデジタル化したものが残っていて、昌美は目を通していたのだ。

昌美は徹底した整理魔らしく、デジタル化した資料に関しては、頭の中にインデックスができているようだった。すぐに問題のリストは見つけ出してくれたが、ファイル形式が古いということで、データを変換するのに少し時間がかかり、西川の手元に届いたのは、菅原から話を聞いた翌日の午後だった。

それをベースに、追跡捜査係のスタッフでデータチェックを始める。

「二十三人ですか」麻衣が感心したように言った。「結構な数の顧客がいたんですね」

「貸していた総額が八百六十万円って、かなりのものですよね」牛尾が指摘する。「日付を信じるとすれば、三ヶ月でこれだけの額を貸しつけている。やり手ですね」

「牛尾君、こういう場合にやり手っていうのは……」麻衣がかすかに非難するように言った。

「ああ、適当な表現じゃなかったな。褒めるような話じゃないし」

「そういうことよ」

西川は早くも、その中で一人の名前をピックアップしていた。まったく偶然に、その人物のことを覚えていたのだ。ある程度の年齢の刑事だったら、誰でも覚えているかもしれない——いや、そんなこともないか。同じ捜査一課の同僚、岩倉剛のような異様な記憶力の持ち主か、直接事件を担当していた人間ならともかく、容疑者の名前を全て覚えているはずがない。事件は毎日のように起こり、多くの人間が逮捕されているのだ。

「門倉《かどくら》っていう名前に心当たりはないか?」西川は自分の分のリストを見ながら言った。

「いいえ」若手二人の声が揃う。西川は、二人に比べればベテランの大竹に視線を向けたが、彼は無言で首を横に振るだけだった。

「門倉富美男《とみお》。詐欺《さぎ》容疑で逮捕歴がある人間だ。逮捕されたのは、この後だけど――こいつが金を借りたのは、九七年の一月だな。逮捕されたのは確か、二〇〇一年だったと思う」

「何でそんなこと、覚えてるんですか？」麻衣が目を見開く。「西川さんが逮捕したとか」

「詐欺容疑って言っただろう？　捜査一課の獲物じゃなかった。君たちは知らないか……」

「ええ」麻衣が認める。

「まだ中学生――小学生か？」

「そうですね」

　麻衣があっさり言ったので、西川は苦笑してしまった。その頃は捜査一課の若手で、毎日先輩の叱咤《しった》激励《げきれい》を受けながら走り回っていた。そんな時代の犯罪である。

「オレオレ詐欺の初期なんだ。今の特殊詐欺な。それの走りみたいな事件の首謀者《しゅぼうしゃ》で、二〇〇一年に逮捕されている。今みたいにトクリュウでやってたわけじゃないから、首謀者の門倉が捕まって、他のメンバーも芋蔓《いもづる》式に逮捕された。被害額はそれほど大したことはなかったけど、初期に逮捕されたから、メディアでは結構大きく取り上げられてた」

「そういう人間が、富田から金を借りていた、ですか？」牛尾が怪訝《けげん》そうに眉《まゆ》をひそめた。

「まあ、金を借りてから逮捕されるまでに何年もあったから、おかしくはないかもしれないけど、富田は、こういう危ない奴とも関係があったのか……気になるな」

西川は、刑事特有の勘をあまり信じていない。勘というのは、経験と知見の集積に過ぎないと思っていた。たまたま目にしたことが過去の経験と結びつき、新しい推理として結実するだけ……ただし、捜査一課や失踪《しっそう》課で活躍した高城賢吾《たかしろけんご》の場合は、「高名な高城の勘」とまで言われており、理屈では説明できないような発想で事件を解決に導くことがあった。まあ、何でもかんでも科学的に解明できるわけではないが、今の西川が抱いたのは、勘というより疑念だろう。もしかしたら、金の貸し借りを通じて、富田と門倉の間にトラブルがあったかもしれない。門倉は後に特殊詐欺をやるほど、犯罪にかかわっていた人間だから、何かあったらトラブルの相手を殺して――そう考えるには早過ぎるが、調べておいて損はないだろう。

「牛尾と林は、ネットで当時のニュースを探してくれ。大竹は、捜査二課と話をして、門倉のデータをもらってくれないか？」

大竹が無言でうなずき、立ち上がる。その後ろ姿を見送った牛尾が、心配そうに言った。

「大竹さんって、全然喋らないですけど、どうやって仕事を成立させてるんですか？　データをもらってくるにしても、話さないと始まらないじゃないですか」

「それは俺に聞くなよ。俺も謎《なぞ》なんだから」一緒に聞き込みに行けば、いつも話すのは西川に任せてしまい、大竹自身はメモ取りに徹している。「でも、仕事はちゃんとしてる。

誰かに迷惑をかけることもない。だから、やり方についてはとやかく言うべきじゃないだろうな。アウトカムだけを評価すればいい」

「私たちが、居心地が悪いことはどうなります？」麻衣が抗議するように言った。

「奴の仕事のノウハウが気になるなら、呑みに行って聞き出せばいいじゃないか」

「やりましたよ」麻衣が牛尾に視線を向ける。

「俺たちが異動してきてすぐ、呑みに行ったんです。でも、呑んでも全然変わらないし、喋らないし。奢ってもらいましたけど、居心地悪くて、一緒に呑みに行ったのってその一回だけです」

「追跡捜査係にはいろんな人間がいるってことさ。大竹と沖田を足して二で割れば、喋る量はちょうどいいだろうけど——さあ、動こう。気になったらすぐに調べないと」

一時間ほどで、門倉に対する情報はある程度集まった。喋らないはずの大竹は、書類一式を持って捜査二課から戻って来た。事件捜査が終わって裁判も確定してしまえば、捜査資料は破棄されるのだが、重大事件に関しては別で、きちんと保管される。門倉の場合は、オレオレ詐欺の初期の摘発例ということで、二課は参考資料として残していたのだという。本当なら、大量の段ボール箱で残る膨大《ぼうだい》な資料のはずだが、大竹はどういう手を使ったのか、門倉の個人情報、それに取り調べの調書だけを抜き出して持ってきていた。捜査二課では、追跡捜査係以上に細かくデータを整理して、必要な時にすぐにでも引き出せるようにしているのかもしれない。捜査二課に頭を下げて、俺も勉強し直すべきかもしれないと西川は思った。

門倉富美男、一九七二年、山梨県生まれ。九〇年頃に上京したと見られている。大学卒業後は定職につかず、さまざまな職業を転々とした。捜査二課では彼の職歴を丸裸にしていたが、まったく脈絡《みゃくらく》がない……キャリアを積むことにはまったく関心がなかったようで、スーパーのアルバイトの次にはバーテンの仕事をしたりしている。一番長く続いたのが、新宿にある小さな広告会社のバイトで、九六年から三年間働いていた。その後は定職についた形跡はなく、今度は詐欺事件の首謀者として名前が浮上してくるのだった。

「この広告会社を、ちょっと調べてくれ」西川は麻衣に指示した。麻衣がスマートフォンで検索し、すぐに当該の会社を見つけ出す。

「これはあれですね……広告会社といっても、新聞の折り込み広告なんかを扱っている小さな会社みたいです。今もありますよ。話を聴きますか?」

「いや、今は頭の中で、チェックマークだけつけておいてくれ」西川は宙にマークを描くように手を動かした。「後で調べるかもしれない」

西川は資料を読みこんだ。この広告会社では営業の仕事をしていて、特に問題は起こしていなかった。辞めたのは一九九九年だが、この時も別に問題はなし……会社の方には「家族が病気で、面倒を見なければならない。実家の近くで新しい仕事が見つかったので、田舎《いなか》に戻る」と説明していた。

しかしこれは嘘《うそ》だった。捜査二課では当然裏を取ったのだが、家族は全員元気で、門倉は実家に戻っていなかったことが分かった。ただし、その頃住んでいた中野《なかの》のアパートを引き払ったのは間違いない。住民票は中野のアパートの住所のままだったが、世間的には門倉は「消えた」状態だったようだ。ただし捜査二課では、詐欺事件の捜査の中で、門倉の居場所を割り出していた。逮捕時に住んでいたのは、六本木のマンション。古いが高級な物件で、門倉が借りていた部屋の家賃は百万円近かった。それだけ詐欺で儲けていたということか……詐欺グループのメンバーは、最大時で十五人。渋谷の古いアパートの一室をアジトにして電話をかけまくり、高齢者を騙《だま》す、当時の典型的なオレオレ詐欺の手口だった。立件できた被害額は一億円だったが、実際には被害総額は十億円程度に及んだのでは、と見られていた。儲けた金の多くは、捜査の手が及ばないところへ消えてしまったことになる。

「なかなか手際《てぎわ》のいい男だったみたいだな」西川はつぶやいた。

「どこで修行したんでしょうね」麻衣が首を捻る。「こういうのって、誰かの下働きをやって覚えるものですよね？　暴力団とか」

「このタイプのオレオレ詐欺は、誰が初めてやったかも分かっていない。確かに暴力団関係者だと思うけど……門倉はその辺を追及されたが、まったく喋っていない。やばい人間がバックにいて、余計なことを喋ると後でひどい目に遭《あ》うと思っていたのかもしれないな。稼いだ金を上納金のような形で暴力団に流していて、それがバレたら——と恐れるのは、いかにもありそうな話だ」

「その前なんですが」牛尾が手を挙げる。「勤めていた広告会社なんですけど、新宿ですよね。ベストソフトも新宿にあって、富田の根城も新宿でした。その関係で、門倉と富田には関係ができたんでしょうか」

「遊び仲間とかかな」西川はうなずいた。「富田は顔が広い人間だったから、ディスコで知り合った遊び仲間だということは、十分考えられる」

「借りていた額は……八十万ですか。何の金ですかね」

「どうだろう……他の借金をこれで穴埋めしようとしたとか？　呑んでいる金をつけにし続けたら、八十万円ぐらいの借金になってもおかしくないんじゃないか？」

「門倉って、今どこにいるか分からないですよね？」麻衣が首を捻る。「この後オレオレ詐欺をやるような男ですから、借金をめぐって富田と揉めて、殺したということも考えられませんか」

「現在の連絡先は分かりません」突然大竹が言ったので、三人の視線が一斉に突き刺さった。しかし大竹は、それ以上何も言おうとしない。

「二課では、出所後の行方まで追っていない？」

西川は彼の説明を補足した。大竹が無言でうなずき、西川の推測を認めた。西川もうなずき、「そりゃそうだな」とつぶやいた。

「何か……どういう意味ですか？」麻衣が訊ねる。

「たぶん、捜査二課では門倉を小物と見ていたんだと思う。裁判で有罪になってしまえば、後は警察としてチェックしておくまでの価値はないと判断したんじゃないかな。この手の詐欺事件は後を断たないし、門倉だけを追いかけている余裕はなかったはずだ」

「ワルが更生《こうせい》するまで追いかけているほど、暇じゃないってことですね」

「中には、個人的に面倒を見る刑事もいるけどな。出所後に定期的に会って飯を食わせたり、就職を世話したりまでしてる人もいる。更生できる可能性があったり、どうしようもない事情で犯罪に手を染めた人間に対しては、何とかしてやろうと思うだろう。警察の仕事は、犯罪者を罰《ばっ》することだけじゃない。更生に手を貸すことだって仕事だ」

「でも、詐欺の首謀者に関しては厳しいんじゃないですか」麻衣が指摘した。「何度でも繰り返す奴が多いでしょう」

「あれはさ、一種のビジネスをやってるような気分になるらしいよ」西川は、捜査二課の同僚から以前聞いた話を思い出した。「知能犯、金融犯罪って言われるぐらいで、頭が悪い奴には詐欺はできない。しかも特殊詐欺の場合は人を使ったり、金の流れをきちんとコントロールしたりしないと、儲けは出ない。そういうノウハウは、まともなビジネスを発展させるのと同じ――そんな風に考えている詐欺師は多いそうだ」

「そんな高尚《こうしょう》なものじゃないでしょう」牛尾が皮肉を吐いた。「詐欺師は所詮《しょせん》詐欺師ですよ」

「そりゃそうだ……さ、資料を精査しよう。門倉のことを、もう少し調べたい」西川は一度書類に視線を落としたが、すぐに顔を上げた。「そうだ……門倉関係の書類は俺と大竹で見ておくから、林と牛尾は、リストの他の人間をチェックしてくれないか？　うちのデータベースをチェックするのと同時に、SNSなんかも見てくれ。前科があるような人間は要注意だ」

「了解です」麻衣がすぐに立ち上がり、自分のデスクに向かった。牛尾も後に続く。二人は何か話しながら、向かい合った席に腰を下ろした。それを見届けた西川は、眼鏡をかけかえた。通常の近視用から老眼用へ……しばらく遠近両用眼鏡を使っていたのだが、どうにも慣れず、結局書類用には老眼鏡を使うことにした。本部の自分の席に一つ、家には二つ。今はこれがないと、新聞にざっと目を通していくだけでも苦労する。

よし、やはり老眼鏡の威力は絶大だ。

逮捕後の門倉の供述調書を読みこんでいく。家族のことを聞かれた門倉は、十八歳で大学進学のために東京に出てきてから、ほとんど家には帰っていない、電話でも話していないとあっさり言っていた。家族とは折り合いが悪かったようで、「今何をしていても、自分には関係ない」と言い切っている。

両親、それに兄との関係がよくなかったようで、家族で唯一話ができるのは祖母だけだった。当時捜査を担当していた刑事たちは、家族全員に話を聞いていたが、両親と兄は「うちには関係ない」とあっさり切り捨てている。しかし祖母は、「本当は優しい子で、詐欺なんかするわけがない」「私が面倒を見る」と涙ながらに語っていたようだ。しかし供述を読み進めると、祖母自身が、オレオレ詐欺の被害に会って、五十万円を騙し取られていたことが分かった。そういうことがあったからこそ、両親や兄は門倉に対して怒りを燃やしていたのかもしれない。

門倉と家族の関係は、高校生の頃からかなり悪化していたようだ。門倉は警察のお世話になることこそなかったものの、地元の悪い連中とつき合いができて、家に帰らなくなった。高校は辛うじて卒業して、東京の大学へ進んだが、大学へはあまり通わずにぶらぶらしていた。

当時の捜査員は、わざわざ地元にいる門倉の古い友人たちにも話を聴いていたが、非常に評判が悪かった。中学まではサッカー一筋だったのが、高校に入って悪い仲間とのつき合いができると同時に、以前からの友だちとは疎遠《そえん》になり、たまに会うと馬鹿にするような態度を見せるようになったという。要するに、高校で道を踏み外したわけだ。よくあるパターンではないか。問題は、こういう人間が、人を殺すまで転落することがあるかどうかだ。

はっと気づくと、テーブルに置いたスマートフォンが鳴っていた。画面を見もせずに取り上げて出ると、沖田である。

「正俊なんだけどな、福岡で業横――窃盗《せっとう》事件を起こしていたことが分かった」

「ああ?」前置き抜きでいきなり本題を切り出すのは沖田流だ。西川は慣れているとはいえ、あまりの唐突さに驚くことも多い。「何だよ、いきなり」

「こっちの事件の被害者――羽島三郎さんの長男だ」

「それは分かってる。被害者家族として話を聴きたいのか?」話がまったく見えてこない。省略するにもほどがある、と苛立《いらだ》ちが募《つの》ってきた。「被害者家族だけど、容疑者の可能性もある」

「父親を襲った?」

「そういう可能性があるということだ。奴は福岡の広告会社に勤めていて――」

沖田が流れるように喋り出したが、言葉は西川の頭を素通りしていく。新しく捜査を始めた今の段階で、まったく関係ないことを言われても。

「――だから、正俊っていうのは相当悪い奴なんだ。ベストソフトにいた理由が分からねえが、もしかしたら、富田殺しに嚙んでるなんてことはねえかな」

「沖田」西川は溜息をついた。「お前、今どこにいるんだ?」

「今か? 東京へ戻って来て、目黒南署だ」

「戻って来たってことは、出張でもしてたのか?」

「ああ、大阪だ。三輪に世話になった」

「福岡の広告会社の話を、大阪で聞いたのか?」まったく説明がないので、この辺の筋が通らない。

「そこの元社長が、たまたま大阪にいたんだ。話せば長いんだけど――」

「長い話は結構」呆れながら西川は言った。「俺も忙しいんだ。今、追跡捜査係はフル回転で調べ物をしてる。お前の与太話《よたばなし》につき合ってる暇はないんだよ」

「どうせベストソフトのことを調べてるんだろう？　その中で、正俊の名前は出てこねえか？」

「ないね。それに、ベストソフトの社員について調べているわけじゃない」

「だけどお前のことだから、当時の社員の中にネタ元を作っただろう？」

「それは……まあ」今宮昌美の顔を思い浮かべる。立場上、あまり気楽には喋れないだろうが、よく動いてくれる。西川にとってはいいネタ元だった。

「そのネタ元に、正俊の当時の様子を聞いてくれねえか？　家を出てからあちこち転々としていたんだが、ベストソフトには一年ぐらい勤めている。履歴書の空白部分をできるだけしっかり埋めてえんだよ」

「そんなことしている余裕はない。こっちの仕事の目処《めど》がついたら、やってやるよ」

「そんなの、いつになるか分からねえだろうが……じゃあ、こうしようぜ。お前のネタ元を教えろ。俺が直接連絡して、話をする」

「待て待て」西川は慌てて言った。「それはやめておけ。ルール違反だ」

「ネタ元は共有するな——そうだよな？」

「ああ」

「じゃあ、どうする？　俺が今からベストソフトの関係者を捜し出して話を聞いてたら、どれだけ時間がかかるか分からねえ」

「ああ、分かった、分かった」まったく面倒臭い奴だ。「俺が聞いておく。会社での正俊の様子が知りたいんだな?」

「そういうこと」

「俺のネタ元は、開発畑の人だ。お前が調べた限りでは、この人は営業畑の人間だろう? 直接面識があるかどうかも分からない」

「人事データなんかは残ってねえのか」

「それは——あるかもしれない」今回、あるかどうかも分からない富田の「顧客リスト」が比較的簡単に出てきたのだから、社員の勤務状況を記録したデータぐらいはすぐに見つかるかもしれない。ただし、昌美にはかなり面倒をかけているから、そんなに頻繁《ひんぱん》に調査を頼むわけにはいかない。これだけ短時間にベストソフトの元社員について警察が調べていると知ったら、嫌な気分になるのではないだろうか。既に会社がなくなってかなり時間が経っているというのに。

「どうするよ? 俺が聴く分には全然構わねえぞ」

「いいネタ元なんだ。お前みたいに乱暴な奴を絡ませて、嫌われるわけにはいかない。俺が聴くよ」

「あいよ。じゃあ、よろしく。俺はしばらく目黒南署に詰めてる予定だから」

沖田はいきなり電話を切ってしまった。勝手なことを——西川はスマートフォンの通話記録を呼び出し、昌美の番号を表示させた。沖田に対する軽い憤《いきどお》りは残っているが、興味を覚えぬでもない。あの男は気まぐれというか、常にフラットな状態で仕事をしているわけではない。いい手がかりが出てきた時には興奮して喜び、それが潰れた時には悪態をまき散らす。今の喜びようは、いい手がかりが見つかった時の典型的な様子なのだが、そんなに……先ほど、勘について考えたことを思い出す。沖田は、勘に頼りがちなタイプだが、それは悪いことばかりではない。思いつきが事件の解決につながったことも一度や二度ではないのだ。

自分の勘は経験や知見の積み重ね——現在の手がかりが過去のデータと合致して、可能性が浮かび上がってくる。沖田のように分析不可能な勘をどこまで信じていいか分からないが、無視できるものでもない。

ただし沖田が今取り組んでいるのは強盗傷害事件で、こっちの殺人事件とは重みが違うのだが。

「事件に軽重をつけたら駄目だよな」

つぶやいた瞬間、ふっと場の空気が変わったことに気づく。顔を上げると、大竹と目が合う。大竹は「我が意を得たり」といった感じで、真顔でうなずくのだった。まあ、今自分が言ったことは完全な正論で、全《すべ》ての刑事が肝《きも》に銘じておくべきことなのだが……大竹も、どうしてこんなところに引っかかってくるのだろう。

追跡捜査係には、変な人間を送りこむべし、という人事の内規でもあるのだろうか。仮にそうだとしても、自分はその内規から外れているはずだが。

7

今週は働いた気がしない……月曜日が三連休の最後に当たっていて、ウィークデーが四日しかなかったせいだ。そのうち二日間は、大阪出張で潰れてしまった。

金曜日、沖田は目黒南署に出勤したものの、朝から手詰まりな感覚を覚えて苛《いら》ついていた。正俊の足取りは徐々に分かってきたものの、それが捜査に直接結びつくわけではない。西川にはベストソフト時代のことについて調査を頼んだが、当時の勤務状況が分かっても、事件の解決に結びつく保証はない。昨日は出張帰りでテンションが上がっていたのかもしれないと、珍しく反省した。

そして西川は、何も言ってこない。

臨時の捜査本部になっている会議室で、沖田は朝のコーヒーを飲みながら手帳を見返した。このところ多くの人と会い、手帳のページは黒く埋まってきたが、「これは」という情報はない。

鳩山が、「よう、お疲れ」と言いながら入って来る。藍美と井村は緊張して立ち上がったが、鳩山は「まあまあ、お平らに」と言って二人に右手を差し伸べた。お平らに？　丁寧な物言いだということは分かるのだが、いったいいつの時代の台詞だろう？

「差し入れだ。頑張ってるみたいだからな」鳩山が、クッキーの缶をテーブルに置いた。

銀座にある老舗《しにせ》の洋菓子店のものだが、警察でこんな差し入れは見たことがない。定番は栄養ドリンクである。

「ありがとうございます」藍美は嬉しそうだった。

「前に、こいつは好きだって言ってただろう」

「覚えていて下さったんですか？」

「部下の好みを覚えるのも上司の仕事さ」鳩山が、さも当然といった感じで言った。

初耳だ、と皮肉に考える。追跡捜査係にいる頃は、気遣いとは無縁の人間だったが……とにかく部下の邪魔をしないという一点だけは、評価できる男だった。実はそれは、組織の中ではかなり大事なことなのだが。

沖田は手を伸ばして缶を取った。蓋《ふた》を固定してあるテープを剝《は》がして開ける。途端に、バターと砂糖の甘く柔らかな香りが鼻を刺激した。沖田はこの手の甘いものがあまり好きではないのだが、小さめのクッキーを手にして頰張《ほおば》る。ブラックのコーヒーで流しこむと、悪くない……昭和の時代には、こういうのが最高のコーヒーブレークだっただろうと想像できた。すぐに藍美に渡して「君たちも食べろ」と勧める。十時のお茶には少し早いが。

「一つずつ食べたら、厳重に保管しておくように」鳩山を見ながら、沖田は二人に言った。

「おいおい、何だよ……」鳩山が恨めしそうに文句をつぶやく。

「課長が絶対に見つけられない場所に隠しておけよ」沖田は溜息を漏らしながら、鳩山に忠告した。「若い奴を出汁にして、甘い物を食べたら駄目ですよ」

「あのな、糖分は人間が活動していく中で必須《ひっす》の栄養素なんだ」

「摂《と》り過ぎたら、意味ないでしょう。マジで死にますよ。本当に、奥さんにタレコミますからね」

「まあ……」鳩山が咳払いした。「ゆっくり食べてくれ。それより、大阪での成果を聞かせてもらおうか」

鳩山が急に真顔になった。昨日は会議で一日、三方面本部に出かけていて、大阪出張から戻った沖田とは話せなかったのだ。沖田は藍美に目配せして、出張の成果を報告させた。ここでの主役はやはり、鳩山の二人の部下である。自分たちの仕事ぶりをしっかり上司にアピールした方がいい。

藍美は少し話が前後する癖があるものの、内容は鳩山にしっかり伝わったようだ。

「結構、結構。羽島正俊の危ない人間像が浮かび上がってきてるわけか」鳩山が満足そうにうなずく。

「ただし容疑者というわけじゃないですよ。それに本人は入院中で、かなり危ない感じだ」沖田は釘を刺した。

「とはいえ、今のところは容疑者候補と言っていいんじゃないか？」鳩山がこだわった。

「あくまで候補ですよ。あまり期待されても困ります」

「まあまあ……上手く捜査を進めてくれ。期待している」

最後はいかにも優秀な上司という雰囲気を演出する真顔で言って、鳩山は会議室を出て行った。沖田は妙な疲れを感じて、コーヒーを一気に飲み干した。

「オッサン、隙を見て甘いもの食ってねえか？」沖田は二人に訊ねた。

「ああー、それは……」井村が声を上げかけ、口を閉ざした。

「食ってるんだな？」沖田は声を尖らせた。

「たまに見ます」井村が認めた。

「見つけたら、ぶん殴《なぐ》ってでも止めろ」沖田は拳《こぶし》を握ってみせた。「腕一本折るぐらいは構わない。オッサン、肝炎だし、血糖値も血圧も高いし、甘いものや酒は控えなくちゃいけないんだ。こっそり甘いものを食べるのは、緩慢な自殺なんだよ。部下が気を遣ってやらなくちゃな」

「そんなにひどいんですか？」藍美が心配そうに言った。

「このまま同じような生活を続けていたら、ひどくなるのは間違いねえよ。目の前で上司が倒れて死んだら、気分悪いだろうが」

「それは……そうですね」藍美が認めて、井村と視線を交わした。二人の様子から見ると、鳩山は沖田が想像しているよりも頻繁《ひんぱん》に、甘い物を食べているのかもしれない。それこそ十時と三時には毎日必ず、とか。本人の意思が弱いなら、周りの人間が強硬にでも止めなければならない。

「沖田さんって、課長大好きですよね」藍美が言った。

「ああ？」

「普通、家族でもないのにそこまで気を遣わないでしょう。やっぱり、追跡捜査係で長く一緒に苦労されていたからこその、同志の感覚なんですか？」

「いやいや、あのオッサンは別に苦労してないから。いかに仕事をしないで楽に生きていくか、しか考えてない。そんな人でも、目の前で倒れられたら気分が悪いと思わねえか？」

「はあ」

「それだけのことで、他意はないから。さあ、仕事、仕事」

とはいっても、今日はこれまでの事情聴取の結果を見直すぐらいしか、することがない。大切な仕事ではあるが、動きがないのはどうにも好きになれない……ふと思いついて、沖田は羽島の妹、尾沢里子と話してみることにした。

「おはようございます」里子はすぐに電話に出た。沖田に対しては、特に敵意はない――いきなり訪ねて行ったから、いい印象は持っていないだろうと覚悟していたのだが、状況はそれほど悪くないようだ。

「朝からすみません。正俊さんに会いました」

「ああ……具合はよくないでしょう」

「元気ではないですね。でも、きちんと話はできましたよ。そこまで悪くはないんじゃないですか」

「そうだといいんですけど……そうだ、電話しようかと思っていたんです」

「私にですか？」沖田は少し緊張するのを意識した。関係者の方から警察に電話しようとする時には、だいたいろくなことがない。悪い情報か、あるいはクレームか。「何かありましたか？」

「実は、病院でちょっとした揉め事があったそうで」

「正俊さん絡みですか？」

「見舞いに来た人が、正俊と言い合いになって、病院の人が止めに入って……」

「病院の中で？　大事《おおごと》じゃないですか」病院の警備員は、基本的に院内の見回りをしているだけで、「容疑者に事情聴取」などまずないはずだ——そもそも病院でトラブルが起きることは少ない。「警察には？」

「そこまでじゃないとは思うんですけど、病院から私の方に電話がかかってきまして」

「その人は——見舞い客はどうしたんですか？」

「病院の方で、厳重注意して帰ってもらったそうです。それが昨日の夜で……面会時間が終わる直前だったそうです」

「何者ですか？」

「それは分からないんです。私は名前も教えてもらえなかったので。ただ、こういうことがあって、という報告だけがありました。私も心配になったんですけど、警察に言うような話なのかどうか、判断できなくて……沖田さんに連絡しようかどうか、迷ったんです。今、話ができる警察の人は、沖田さんぐらいですから」

「いつでも電話してもらって構いませんよ。これからは遠慮しないで連絡して下さい。でも、正俊さんにも見舞ってくれる知り合いがいるんですね」

「私も不思議でした。何をやってるか分からない人なので……自分の甥《おい》ですけど、距離はありますから」身内とはいえ、不可解な存在なのは間違いないだろう。

「それなのに、今は世話しているわけですから、大変ですね」沖田は同情して言った。

「世話しているっていうほどではありません。退院したらどうしようかとは思ってますけど。悩みますね」

「正俊さん、基本的には一人暮らしですよね」

「ええ」

「あの状態だと、同じように一人暮らしを続けていくのはきついかもしれませんね」

「本人は大丈夫だと言ってますけど、放《ほう》っておくわけにもいかないですよねえ」

「心配ですね」この感覚は、鳩山に対する自分の感情と似ているかもしれない。面倒臭い奴だと思いながら、どうしても気になってあれこれ世話を焼いてしまう……。「とにかく、何か変わったことがあったら教えて下さい。いつでも構いませんから」

「動けない人間が二人も身内にいると、あれこれ大変です」

「お察ししますよ。お兄さんはどうなんですか」

「意思の疎通も難しいですけど、生きてはいますからね」里子が溜息をついた。「本当に、歳取ってから、身内でこういうことがあるとは思ってもいませんでした」

同情したものの、今の沖田にできることは何もない。丁寧に労《ねぎら》って電話を切ったが、その瞬間、次にやることを思いついた。ただし、沖田自身がやらなくてもいいだろう。

「そこのコンビ、ちょっといいかい？」沖田は藍美と井村に声をかけた。テーブルに積み上げた段ボール箱の隙間から、二人が顔を覗かせる。「井村は、正俊が入院してる病院に行ったよな？」

「一緒に行ったじゃないですか」井村が指摘した。

「ああ……そこでだ、もう一回行ってくれねえか。小池も一緒に」

「何かありましたか？　今の電話……」勘鋭く藍美が言った。

「あったんだよ、昨夜」沖田は事情を説明した。二人の表情が見る間に険しくなる。「これが何か関係あるかどうかは分からない。でも、今の正俊の人間関係を把握しておいてもいいいんじゃねえかな。というわけで、二人で病院に行って、警備にきっちり事情聴取してきてくれ。問題の相手の名前と連絡先が分かれば、新しい材料になるかもしれない」

「了解です」二人が同時に言って立ち上がった。

「俺はここに残って、さっきのクッキーの隠し場所を確保しておく」

言いながら、口中にバターと砂糖の味わいが蘇《よみがえ》るのを感じた。普段甘いものは食べないのだが、悪くない……ああいう昭和の味は、やはり自分には合っているようだ。今夜は響子の家に行くから、土産《みやげ》に買っていこうか、とふと思った。

昼前、井村から連絡が入った。病院はプライバシー保護を盾《たて》に事情を明かさないかもしれないと思ったが、「あっさり話してくれた」という。

「かなり揉めたそうです。寝たきりの正俊さんに摑みかかりそうになっていたとか」

「そいつはひでえな」沖田は顔をしかめた。「正俊さん、怪我《けが》はないのか？」

「たまたま看護師さんが通りかかって、止めに入ったそうです。ただ、問題の男が暴れそうになったので、急いで警備の人を呼んだということで」

「そいつは、警察沙汰《ざた》になってもおかしくなかったぜ、何しろ病院だからな」

「警備の人が、柔道二段の猛者《もさ》で、体重百キロもある人だったので、何とか収まったようですけど……その後で事情を聞いて、連絡先を控えたそうです」

「名前は？」

「門倉富美男。住所も控えてありますよ」

「よし――ちょっと待った」

「何か問題ですか？」

「いや、その名前に聞き覚えがあるような……」沖田はスマートフォンをデスクに置き、パソコンで「門倉富美男」を検索した。ああ、こいつか。二十年ほど前に、特殊詐欺の首謀者として逮捕された人間だった。

詐欺？

「昨日、門倉を取り押さえた警備の人とは会えたか？」沖田は改めて、スマートフォンを耳に押し当てた。

「いえ、昨夜は夜勤だったので、今は病院にはいません」

「叩き起こすことになるかもしれないけど、連絡先を教えてもらって、昨夜の詳しい状況を聞き出してくれ。それと、正俊さんに会って、門倉という人間がどういう知り合いなのか、確認してくれないか?」

「分かりました——何かあるんですか?」

「二十年以上前だけど、門倉というのは、特殊詐欺の首謀者として逮捕された人間だった。正俊がそういう人間と知り合いだとすると……引っかからないか?」

「ヤバい感じがしますね。門倉の連絡先も分かりますけど、話してみますか?」

「いきなり突っこむとまずい感じがするから、まず周辺を調べよう」

「了解です」

「俺の方で、捜査二課の知り合いに聞いておくよ。そっちで聞き出せることを聞き出したら、戻ってくれ」

「分かりました」

妙だ……いや、正俊はかなり危ない人生を送ってきたから、何らかの形で詐欺師と接点があってもおかしくない。例えば、門倉が逮捕された詐欺事件で、実は共犯だったとか。門倉が逮捕されたのは二〇〇一年だと分かっている。正俊が大阪へ引っ越して働き始めたのはその翌年。ということは、共犯ではないのか?　オレオレ詐欺は電話一本あればできるし、何らかの形で正俊が関わっていても不自然ではない。

捜査二課には、所轄時代の後輩、桜木久美子《さくらぎくみこ》がいる。二人の女の子の母親で、子育てと仕事を両立しながら、ずっと捜査二課で頑張ってきた。産休・育休の時期があったせいで出世ルートには乗っていないが、データ分析に異常な能力を発揮し、今では捜査二課の知恵袋と呼ばれている。捜査二課の刑事には必須のネタ元との夜のつき合いや、長時間の張り込みなどは暗黙の了解で免除されているものの、その分析能力はベテラン刑事たちからも頼りにされている。

「あら、どうしたんですか」

「ちょいと知恵を貸してくれよ」

「沖田さんが捜査二課に頼み事なんて、珍しいですね」

「まあまあ……子どもさんたち、元気か？」

「上の子が今年就職で、下の子が大学受験の真っ最中」

「あら、そいつは大変だ」

「でも、上の子は手がかからなくなるから。どこに就職だと思います？」

「クイズか？」

「ギブアップですか？」久美子が笑う。昔からこういう感じだった。明るく、その場の空気を和ませてしまうタイプ。警察の仕事はとかくシビアになりがちで、冗談を飛ばす人間は「場違いだ」と叱《しか》り飛ばされたりするのだが、何故か彼女の場合、そういう日には一度も合わなかった。こうなると、人格としか言いようがない。

「まだ何も言ってない——でも教えてくれ」

「弁護士事務所」

「あら。大学は法学部だっけ？」

「ええ」

「それなら、弁護士でも目指せばよかったのに」

「そこまでじゃないっていうのは、自分でも分かってたんでしょう。事務職員を募集していたから、それに乗っかって。大学の先輩がいるから、働きやすいんでしょうね」

「それなら、いい就職先だ」警察にとっては敵のようなものだが……母親が刑事というのは、何かとやりにくいのではないだろうか。家では、互いの仕事の話は絶対にできないだろう。

「いいかどうかは、何十年も経ってみないと分からないでしょうけど。それで？　どういうご用件ですか？」

「ある人物のことを知りたい。門倉富美男」

「ああ、オレオレのパイオニアですね」久美子がさらりと言った。

「そんな風に言われてるのか？」何だか偉人のように聞こえる。

「ああいう事件が流行《はや》り始めたごく初期に摘発された人間ですよ。懲役《ちょうえき》三年の実刑判決を受けて、確定してます」

「詐欺で実刑三年は厳しいな」沖田は顔をしかめた。

「そんなことないですよ。詐欺に関しては、一罰百戒的なところがあるじゃないですか。首謀者に対しては、特に厳しくしないと」

「出所は？」

「ええと……ごめんなさい。さすがにすぐには出てこないです。調べ直して電話します」

――追跡捜査係にデータを持って行きますけど、それでいいですか？」

「いや、今目黒南署にいるんだ。ちょっとこっちの手伝いでね」

「じゃあ、午後にでも行きますから、お茶ぐらい奢って下さいよ。目黒南署の管内だったら、お洒落《しゃれ》カフェとかあるでしょう」

「ああ……おお」予想外の要求に動揺した。そういうカフェには縁のない人生だが、この署の管内には自由が丘や都立大など、洒落た街がある。お洒落カフェの存在は、沖田が知らないだけだろう。後で藍美にでも紹介してもらえばいい。

さて――久美子に会うまでには、まだ数時間ある。それまで別の方法で情報収集を続けるか。再びスマートフォンを手にしたが、捜査二課には他に知り合いがいないことに気づく。所轄から本部に上がって以降は、ずっと捜査一課にいたから仕方がないが、もう少し外交を展開して人脈を広げておくべきだった。

五十過ぎても、人脈作りは可能だろうか。

しばらく会わないうちに、久美子は少しふっくらしていた。約束通り、どこかお洒落カフェでお茶を——とも考えたのだが、店に移動している時間がもったいないし、客の多い店内では内密の話はしにくい。沖田は刑事課のコーヒーメーカーを借りて熱いコーヒーを用意し、藍美がどこからか調達してきた皿に鳩山のクッキーを盛って、久美子をもてなした。

「あらあら、沖田さん、家庭的な感じになってきたんですか？　人の家に招かれたみたいですよ」

「こいつは差し入れの流用だよ」沖田は正直に打ち明けた。

「こういうのも嬉しいですね。じゃあ、お洒落カフェは次回に、ということで」

「酒でもいいぜ」沖田が知る久美子は酒豪である。所轄時代には、今と違って頻繁に呑み会が行われていたのだが、久美子はいつも嬉々《きき》として参加し、先輩たちを潰していた。悪気があるわけではなく、純粋に酒が好きな感じで呑み続けていた。

「ああ……今、禁酒中なんです」

「どうした」沖田は目を見開いた。「お前は、日本の酒産業に一人で貢献してると思ったよ」

「この年になると、健康診断で色々引っかかるんですよ」

「健康体に見えるけど」

「体の中までは分からないでしょう？　うちはまだ、子どもに手がかかるし、元気でいないと」

「大学に入れば、もう子どもじゃねえだろう」

「昔はね。今の子たちはそうもいかないですよ……いただきます」

久美子がクッキーをつまみ、コーヒーを一口飲んだ。嬉しそうに頬を緩めて「懐《なつ》かしい味」と言った。しかし次の瞬間には表情を引き締め、バッグから書類を取り出す。

「お渡しできるものはあまりないんです。特殊詐欺の走りみたいな事件だから、ある程度資料は保管してあったんですけど、そんなに多くはないです。特に門倉の個人情報に関しては……刑期を終えて出所した後のことについては、ほとんどフォローしていないですね。釈放後の住所だけは分かっていますけど、その後は……私、念のために確認しましたけど、その住所には今は住んでいません」

「いや、今の住所は分かるんだ。携帯の番号も」

「何だ、じゃあ、私の情報はいらないじゃないですか」

「いや、逮捕以前の話が知りたい。この男、オレオレ詐欺に手を出す前は、何をしていたんだろう」

「バイトをあれこれ——スーパーでレジ打ちしたり、バーテンをやったり……会社員をしていた時期もあります。九六年からは、新宿にある広告会社で働いてました」

「新宿？」沖田の勘に、その地名が引っかかった。ベストソフト——当時正俊が勤めていた会社も新宿にあった。

「そうです」久美子が手にしていた書類を確認した。「そこに三年ぐらい、いたんですかね。小さい広告会社で、新聞の折り込み広告なんかの仕事をやっていたみたいですね。そこを辞めてから、オレオレ詐欺に手を出したようなんです」

「きっかけは？　師匠《ししょう》格の人間がいたんだろうか？　マル暴とか」

「そこは、逮捕当時も散々突っこんで確認したんですけど、自供しなかったですね。当時の担当者は、沖田さんが考えたみたいに、誰かにノウハウを教わったと思っていたようですけど、本人は自分のアイディアだと主張し続けました」

「誰かを庇《かば》ってたんだろうな」

「でしょうね」久美子がうなずく。「バックに、怖いヤクザのお兄さんでもいたんでしょう」

「つまり門倉は、それほどワルじゃない――誰かの手足になっていただけだったんだろうか」

「当時の捜査担当者は、そういう印象を持っていたようです。ただ、こういう詐欺事件の捜査は難しいんですよ。被害者の範囲はかなり広いんですけど、確実に立件できるところを絞りこんで、そこを詰めていく作業は面倒です。組織の方も、上までは捜査が及ばないように手を打っているし」

「ああ――それでだ、こいつが今何してるかまでは分からねえよな？」

「フォローはしてないです、はっきり言って」申し訳なさそうに久美子が言った。

「いや、それはしょうがねえだろう。何かヒントがあればと思っただけだ」

「当時の弁護士は分かります。彼が逮捕されたのは二十年も前ですけど、出所後の身元引受人にもなってましたから、もしかしたら今でも彼のことを知っているかもしれません」

「助かるぜ。その弁護士を教えてくれ」

久美子がメモを差し出し、沖田は受け取った――懐かしいなと思いながら。久美子はいつの間にか、こういうメモを用意しているタイプだった。手帳を破いたものだったり大きめの付箋《ふせん》だったり様々だが、こちらが知りたい要点をさりげなく渡してくれた。どういう勘で用意したのかは分からないが……所轄時代、沖田の手帳は、彼女が渡してくれたメモで膨《ふく》れ上がっていた。

「ちなみに、どうして大昔の詐欺事件の犯人が気になるんですか？」

「うちの視界に入ってきたんだ。ある事件の容疑者かもしれない人間と接触して、危うく殺しそうになった」

「沖田さん……」藍美が小声で忠告した。「それ、話を盛ってます」

「ああ、そうだな」沖田はヒラヒラと手を振った。「入院中の知り合いのところに行って揉めた、ということだ。その知り合いはがんで闘病中で、まともに動けないにもかかわらず、だ」

「なかなかにひどい話ですね」

「大昔――それこそ詐欺で逮捕される以前に、揉めていた可能性がある。門倉もその男も、新宿を根城にしていた」

「新宿も広いですよ」久美子が苦笑する。「根城って……新宿の会社に勤めていた、という程度の共通性じゃないですか」

「とはいえ、引っかかるんだ」

「昔から知り合いだったとして、今揉めている——別におかしくはないですよね。古い友人と、年齢を重ねてから喧嘩することもあるでしょう」

「そこを知りたいんだ。こっちが追ってる男は、話をするにも難しい状態でね。門倉のことを調べて、外堀を埋めておきたいんだ」

「知りたいのは昔のことですか」

「ああ。現在の門倉については、自分たちで何とか調べる。どうだろう？　誰かベテランを摑まえて、当時のことを聞いてみてくれないか」

「いやあ、そういうのは沖田さんが自分でやって下さいよ」久美子が苦笑して、別のメモを渡した。竹井《たけい》春紀《はるき》、練馬《ねりま》西《にし》署。

「この人は？」

「今、練馬西署の副署長です。忙しくないでしょうから、摑まえやすいですよ」久美子がにこりと笑った。

「初期のオレオレ詐欺事件を挙げて、出世したわけだ」今何歳ぐらいだろう。門倉が逮捕されたのは二十三年も前だ。本部の捜査二課で取り調べを任せられるとなったら、三十歳は超えていただろう。とすると、今は自分と同年代ということか。出世する人間と、好きな仕事を続けて現場に居続ける人間と、どっちが幸せなのか、などとつい考えてしまう。まだまだ人生の総決算をするような年齢ではないのに。

8

「何度もすみません」西川は心底申し訳なく思い、宙に向かって頭を下げた。電話の相手は、Q&Aインクの今宮昌美。

「いえいえ」昌美が苦笑しながら言った。「何かありましたか？」

「実は、当時ベストソフトに在籍していた社員の方のことで、確認したいんですけど」

「何だか、うちが犯罪者集団みたいな感じになってきましたね」冗談めかして昌美が言ったが、声は尖っている。

「申し訳ないです。一部社員に問題があったのは間違いないですけど……ベストソフトそのものに問題があったとは思っていません」

「今さら問題と言われても、会社がなくなっていますけどね」昌美が皮肉を吐いた。

「その通りです」

「――それで、誰のことをお知りになりたいんですか」

「羽島正俊さん」

「ああ」昌美がすぐに反応した。「羽島君ですか」

「ご存じですか」

「知ってはいますよ。当時は小さい会社でしたからね。彼は中途採用で入社して、営業をやってました。宴会部長タイプでしたよ」

「場を楽しく盛り上げて?」

「そんな感じです。まあ、うちの会社の宴会は学生ノリで、私は毎回うんざりしていたんですけど、彼は会社にマッチしていたと思います」

「そもそも、どうしてベストソフトに?　そういう業種での勤務経験はなかったはずですよね?」

「それはあまり関係ないんじゃないですか?　プログラマーだったら専門の教育を受けて、いろんな会社で働いてステップアップ、みたいなルートがありますけど、営業の人は他業種からの転職でもやっていけるでしょう。扱う商品のことがよく分かっていれば、営業のテクニックはどこでも変わらないんじゃないですかね」

「なるほど」

「あ、そうか。彼は、よく富田君と組んで回ってました」

「新人とメンター、みたいな感じで?」

「ですね。気が合ったということもあるみたいで、仕事以外でもよくつるんでたんじゃなかったかな——もしかして、富田さんの件で何か関係しているとでも?」

西川と何回か話したせいだろうか、昌美は妙に疑り深くなっている。自分が在籍していた会社で起きた事件とは言っても、古い話だ。今は、自分に関係ないゴシップとして、ネタにできる感覚かもしれない。

「それは分かりません。一応、富田さんの当時の人脈を調べておこうと思っただけです」

「ずいぶん細かいところまで調べるんですね」

「それが仕事ですから……とにかく二人は、仕事でも遊びでもつるんでいたんですね？」

「私が知っている限りでは、そんな感じでした」

「羽島さんは、その後は？」

「あの事件が起きるちょっと前に辞めたんじゃなかったかな？　でも、はっきりしません。あの頃色々あって、記憶が混同しているんですよ」

「会社での羽島さんのデータは残っていますか？」

「それならすぐ引っ張り出せます。それを送ればいいですか？」急にせかせかした口調になって、昌美が言った。仕事の邪魔をしているな、と西川は気づいた。

「ありがとうございます。お待ちしています」

電話を切って三十分ほどして、昌美からメールが届いた。正俊の人事記録……かなり詳しいもので、今、こんな情報が流出したら大問題になるだろう。

それによると、正俊は一九九六年八月にベストソフトに入社している。営業社員の臨時募集に応募してきて、それに合格したのだった。前職として、家電量販店での営業経験があるようだった。パソコン売り場で働いていて、パソコンに詳しかったとでもいうのだろうか。

勤めていたのは、わずか一年ほど。賞罰は一つだけ——辞める二ヶ月前に、営業成績がトップを記録していた。ただし、ベストソフトで定番だった報奨金は得ていない。確か、半期ごとの成績で、正式な褒賞対象が決まったのではないだろうか。

そして、九七年八月に退職。タイミング的には、富田が殺される一ヶ月前になる。それに関係あるかどうかといえば——関係している証拠は一切ない。ただ、沖田だったら、ここで勘が動き出すところかもしれない。

西川にも勘が降りてきた。富田を調べていた男——菅原なら、正俊についても何か知っているのではないか？　西川は牛尾を連れて、再び菅原の事務所を訪れた。

短い間隔での訪問に菅原は驚いたものの、二人を歓迎してはくれた。今日はたまたま他のスタッフがいなかったので、気楽に話せると思ったのかもしれない。基本的には半リタイアというか、仕事も呑気にやっているだけで、暇を持て余しているのではないだろうか。

「羽島正俊という元社員なんですが」

「はいはい」西川の言葉に、菅原がすぐに反応した。しかし声は暗い。「——あの、あなたたちは、昔の事件を本格的にひっくり返している？」

「参考までに調べているだけです」菅原の過敏な反応が気になった。「当時、何かあったんですか」

「この前あなたたちが訪ねて来てから、気になって、昔のことを色々調べてみたんだよね」

「ええ」

「それで、まさに羽島君のことを思い出していた」

「何かあったんですね？」西川は念押しした。

「あった、わけじゃない。疑っていたんだ」

「もしかしたら闇金に関わっていた？」

西川が指摘すると、菅原がびくりと身を震わせた。自分の膝に置いた手が小刻《こきざ》みに動き、人差し指と中指で腿を叩き始める。無意識の動きだったようで、顔は西川の方を向いたままだった。

「さすが刑事と褒めるべきですか？」菅原が皮肉っぽく言った。「勘が鋭い」

「勘ではなく、様々な材料を検討・吟味《ぎんみ》した結果です」

「なるほど」菅原が手を広げ、膝をポンと叩いた。軽い動作だったが、顔面に広がった渋い表情は変わらない。「率直に伺っていいかな」

「はい」

「今から、ベストソフトやその関係者が罪に問われることはない？」

「厳密に言えば、闇金に関しては時効が成立しています。捜査するのは難しいでしょう。肝心の富田さんが亡くなっていますしね。もちろん、富田さんの事件を捜査する中で、闇金の事実は明るみに出るかもしれません。でもそれを、事件として立件するのは、事実上実際には、安心できないかもしれないが。

「そうですか」少し安心したようで、菅原の表情が緩んだ。

「無理でしょう」

仮にこれから、富田事件の真犯人が見つかり、それが彼のやっていた闇金と関係があれば、そのように広報せざるを得ない。そうしたら、物好きなマスコミの連中は、三十年近く前のベストソフトの事情について、取材を敢行《かんこう》するかもしれない。警察は事件化できなくても、マスコミの連中が記事として書くことは可能だろう。当時の社長も亡くなり、ベストソフトという会社自体は消えてしまっていても、そういう記事を読めば、元社員は嫌な思いをするはずだ。

「話を戻します。富田さんと羽島さんは、組んで闇金をやっていたんですか？」

「あの二人は妙に気が合ったみたいで、羽島君が入社してからずっと、富田君が先輩社員として面倒を見ていました。営業の基本を教えたり、夜の遊びも一緒だったんじゃないかな。我々は、羽島君にもいい先輩ができてよかったと思っていたんですが——」

「闇金の噂が出た」

菅原が無言でうなずく。また表情は厳しくなっていた。

「最初は、富田君だけの話だったんですよ。でも調べていくうちに、羽島君も一緒にやっているという情報が出てきて。富田君が『主』で羽島君が『従』という感じだったようですね。要するに羽島君は、富田君の子分格だったということです。富田君にすれば、使いやすい相手ができた感覚だったかもしれません。それで、先に羽島君に事情聴取したんですよ」

「それがいつ頃ですか？」

「はっきり記録は残っていないけど、富田君が亡くなる前——一九九七年の夏頃だったですね。六月か七月ぐらい」

「羽島さんは認めたんですか？」

「いえ」菅原が力無く首を横に振った。「まったく身に覚えがないと。あまりにもびっくりしていたから、逆に演技っぽい感じがして、私は怪しいと思いましたけどね」

菅原の勘は激しく刺激されていたわけだ。そこでもう少し厳しく突っこんでいたら、状況はまったく変わっていたかもしれない。

「事情聴取は何度行ったんですか？」

「一回ですね。警察じゃないですから、そんなに頻繁に何度もは……難しかったですよ。それに羽島君は、その直後に会社を辞めてしまった」

「疑われたからですか？　バレるとまずいと判断して？」

「それはもう、分かりません。一身上の都合で辞職する、と辞表を書いてきて、次の日からもう、出社してきませんでしたから」

「夜逃げみたいなものじゃないですか」西川は目を見開いた。

「正直、そんな感じでした。一応、給料の残りと、規定に従った退職金は出しましたけど、スズメの涙みたいなものでした」

「一年ぐらい勤めただけで、退職金が出たんですか?」

「そういう規定だったので」菅原が少しむっとした口調で言った。「民間企業には、公務員の方には理解しがたい決まりもあるんですよ。公務員の方と違って身分が安定していない分、給与などで配慮することもあります」

「失礼しました……でも、いかにも逃げ出した感じじゃないですか。追わなかったんですか?」

「企業は警察ではないのでね」少し怒りがこもった口調を崩さず、菅原が続ける。「仕方ないでしょう。彼は辞めてすぐに携帯の番号を変えてしまって、家も引き払った。連絡を取る方法がなくなったんですよ」

「実家には?」折り合いの悪い実家ではあったはずだが。

「連絡しました。ただし、息子のことは分からないとあっさり言われましてね。とりつく島もなかった」

「なるほど……結局、それ以上の追及はできなかったんですね」

「本人が否定していましたし、具体的な証拠もなかった。我々も、もう少し慎重に調査を進めてから話を聞くべきでした」

「いえいえ、それこそ警察じゃないんですから」

「まあねえ」菅原が溜息をついた。「その直後に富田君が殺されて、会社も大騒ぎになって、そんな調査を続けている余裕はなくなった」

やはり、当時警察に話してくれていたら、という悔いは残る。今さらどうしようもないことだが、当時の特捜の捜査も甘かった、と西川はむかついた。すぐに怪しい人物が見つかって逮捕した――それはいい。しかし本人が否認を続けていたのだから、容疑者の野澤をしぼり上げ、周辺捜査で状況を固めると同時に、他の可能性を探るべきだったのだ。その特捜に岩倉剛がいれば、とふと思った。かすかな疑問であっても口にする岩倉だったら、どこかで「待った」をかけていたのではないだろうか。捜査一課の強行犯は複数の係に分かれ、特捜本部が設置される凶悪事件が起きると、順番に現地に投入される。それはローテーションで決まっており、待機中の係が、順番に捜査を担当するわけだ。いかに難事件であっても、捜査一課のエース級の刑事を常に投入するわけではない。まあ、あの当時は、岩倉もまだ駆け出しの刑事だったはずで、今のように捜査会議で堂々と「待った」をかけられるほど、大胆ではなかったかもしれないが。

「羽島さんがどういう社員だったか、覚えていらっしゃいますか」

「宴会部長。何かと調子がいい子でね」この証言は、昌美のそれと一致する。

「ベストソフトに入る前は、家電量販店にいたとか」

「パソコン売り場で働いていたはずです。だから、パソコンの基本的なことは分かっていた。営業としてはなかなか優秀だったと思いますよ。彼の場合、ノリで相手と友だちになって――というタイプだった」

「そういうのもありなんですか」

「相手に合わせるのが得意だったんじゃないかな。彼の経費は毎月かなりの額――そうそう、思い出しました。接待費がすごくてね。当時はバブル崩壊後で、昔みたいに接待費は青天井で認められてたわけじゃないけど、彼は自腹を切ってまで、呑ます食わすをやっていたみたいです」

「それでは、羽島さん本人が赤字じゃないですか」

「そういうのはあまり気にしてなかったみたいですね。本人も、人と呑むのが楽しかったんじゃないかな。そういう人、いますよね？　一人で呑むのは嫌いで、常に誰かと一緒じゃないと嫌な人。バーのカウンターで一人で呑んでいても、他のお客さんと友だちになって、すぐに二軒目に誘えるような人」

「なかなか羨ましい能力ですね」西川にはそういうフランクな面はない。どちらかというと、人間関係には慎重になってしまう方だ。

「だから営業向きではあったんだけど、ちょっと危ない感じもしましたよね。自腹で接待は、いつかは絶対行き詰まる。金に困って変なことに手を出す、ということもありますから。そんな中で闇金の話が出てきて、そういうことかと私も膝を打ちましたよ」

「金に困って、副業で闇金を始めた」

「証拠は摑めなかったですけどね」菅原がうなずいた。いかにも悔しそうだった。

そう、西川も悔しく思う。この闇金の話が当時分かっていれば、今自分たちがこんな捜査をする必要もなかったはずである。当時の特捜本部の粗探《あら》しだ……。

「富田さんの存在が、会社を危なくしていた可能性もあるんじゃないですか」

「否定できないですけど、富田君は亡くなっていますからね。今になって悪口は言えない。当時のメンバーも、その後は別々の人生を送っています。私のように半引退の人間もいるし、既に亡くなったり、現役を退いたり……まだ現役で頑張っている連中には、迷惑をかけたくないですね」

「そういうことがないようにケアしますが……菅原さん、ここではっきり言っていただいた方がありがたいです。富田さんと羽島さんの他に、ベストソフトで闇金に関わっていた人はいませんか？」

「それはさすがに――」菅原が声を張り上げかけたが、すぐに普通の声に戻る。「百パーセント否定はできませんけど、私はそれ以上の情報は摑んでいませんよ」

「そうですか……」

「私は今、そんなにいい気分ではないけど、あなたたちも大変ですね。三十年近く前の事件だと、新しい証拠を見つけるのも難しいのでは？」

「話を聴ける人も少なくなっています。ですから、菅原さんは貴重な存在ですよ」

「勘弁して下さいよ」菅原は苦笑する。「あの頃のことを思い出す機会が多くなって、暗くなります」

「申し訳ありません」西川は頭を下げた。「そういう仕事なので……でも、亡くなった人の恨みを晴らしたいという気持ちは本物です」

「ただねえ……確かに当時は、富田君が可哀想《かわいそう》だと思いましたよ。でも、あなたと話していると、因果応報というか、悪いことをしていると結局ひどい目に遭《あ》うんだ、なんて考えてしまいます。私はひどい人間ですかね」

そうだ、とは言えなかった。犯罪に手を染めた人間がいれば、警察は捜査する。逮捕して、然《しか》るべき判決が出るように、証拠を集める。どんなにクソみたいな犯人でも、身柄を拘束《こうそく》して厳しく取り調べ、裁判で有罪判決が出るのを目の当たりにしていれば、警察官としては溜飲《りゅういん》が下がる。しかし一般の人の感覚では、悪いことをした人が逮捕されなくてもひどい目に遭えば——例えば殺されたりすれば、それだけですっきりするのが普通ではないだろうか。そういう感情の動きは、必ずしも非難されるべきものではないだろう。本能を理性でコントロールするのが人間という生き物だろうが、否定されるべきではない暗い本能もある。

菅原の事務所を辞し、追跡捜査係に戻る。何だか頭が混乱してしまった。今週は様々な情報が集まってきたが、まだ捜査を一気に前へ進めるほどではない。全て、頭をもやもやさせる話ばかりで、西川はこういう状況が好きではなかった。

今日最後のコーヒーを飲んで引き上げるか。美也子のコーヒーをカップに注《つ》いだ瞬間、スマートフォンが鳴る。沖田……この混乱した状況であいつが入ってくると、さらに混乱しそうだが、無視するわけにもいかない。

「門倉を知ってるよな？　門倉富美男」

「ああ」沖田の口からその名前が出てきて、西川は本当に混乱した。何であいつが門倉の名前を知っている？

「門倉と羽島正俊が知り合いらしい。あいつら、今トラブルを起こしている」

「今どこにいる？」西川は思わず立ち上がった。

「目黒南署だけど」

「上がってきてくれ。俺も話すことがある」

第三章　闇のつながり

1

「何だ、何だ」沖田はむっつりした表情を浮かべたまま、西川に文句をぶつけた。

「一致だ」

「ああ？」

「情報の一致」

「だから、羽島正俊のことは言ったじゃないか。ベストソフトで働いていて――」

「そのことじゃない」西川がぴしりと言った。「門倉だ。門倉富美男」

「門倉は羽島正俊と揉《も》めてたんだよ。そう言っただろう？」

「門倉は、富田の顧客だった」

「何だって？」

　そこで初めて、沖田は椅子《いす》を引いて座った。目の前には西川、その横には牛尾。空《あ》いている椅子は、沖田の横の一つだけ――藍美と井村は、困ったような表情を浮かべて立ったままだ。研修のつもりで連れてきたのだが、この話はどう転がっていくか分からない。単なる時間の無駄になる可能性もある。

「その辺の椅子を持ってきて座ってくれ」沖田は二人に指示した。二人が座ると、改めて切り出す。

「三十年近く前に、富田の闇金《やみきん》の顧客だった門倉富美男が、羽島正俊の知り合いらしい――そういうことだな？」

「ああ。その羽島正俊は、お前が追いかけている強盗事件の容疑者だ」西川が確認した。

「容疑者兼被害者の息子――いや、被害者兼容疑者か。どうでもいいな」

「ああ、どうでもいい」

済ました顔で西川がうなずいたので、沖田はむっとした。自分で言う分にはいいが、人に言われるとむかつく。沖田は西川を睨《にら》んだが、まったく反応しない。ゾーンに入っているな、と沖田は判断した。何かいい手がかりを摑《つか》んでフル回転で考えている時に、西川は感情を失う。脳の感情を司《つかさど》る部分まで、論理的に考えるために使っているのかもしれない。

「それと、羽島正俊は、ベストソフトにいた頃《ころ》、富田とつるんでいたらしい」

「おいおい」沖田はテーブルの上に身を乗り出した。「マジか？　どういう関係だ？」

「富田が、羽島の先輩。営業でよく一緒に回っていたし、遊び仲間でもあったらしい。何より、富田の闇金のビジネスパートナーだったという話がある」

「そいつはとんでもねえ情報だぞ」沖田は、頭の中心部が沸騰《ふっとう》するような興奮を覚えた。

西川は涼しい顔で、とんでもない情報を引っ張ってくることがある。今がまさにその時だ。

「ベストソフトでは、富田が副業で闇金をやっているという話は把《は》握《あく》していて、内偵捜査をしていた。捜査というか調査だな。その中で、いつもつるんでいた羽島が一緒に闇金をやっているという情報を摑んで、羽島に対する事情聴取は行っていたんだ。ただし、羽島は全面否定して、その直後に会社を辞めてる」

「いきなり怪しいじゃねえか」

「しかも、羽島が辞めた翌月には富田が殺されている」

「奴《やつ》がやったのか？　闇金商売の仲間割れとか……羽島っていうのも、相当やんちゃな人間なんだ。福岡の会社では、金を持ち逃げしている」

「羽島がやったかどうかは分からない。お前は会ったんだろう？」

「ああ。まともに話をするのも大変だけど。がんで、かなり弱っている」

「そうか……」西川が顎《あご》を撫《な》でた。

「ややこしい人間関係だな。チャート図でも作って整理するか」

「どこがややこしい？」

西川が不思議そうな表情を浮かべたが、沖田は無視してホワイトボードを引っ張ってきた。

「字が上手《うま》いのは——井村だよな？」

沖田は井村に太いボードマーカーを差し出した。井村が受け取って、ホワイトボードの前に立つ。

「上に三人の名前を書いてくれ。門倉富美男、羽島正俊、富田幸樹」

沖田が指示すると、井村がすぐに三人の名前を書きつける。やはり達筆だ。非常に読みやすい。

「富田と羽島を二重線でつないで、門倉と富田を実線で……そうそう」

やはり、図式化すると一気に分かりやすくなる。相棒の関係、そして闇金と顧客の関係。

沖田は立ち上がって、井村からマーカーを受け取った。羽島の名前の下に、これまで分かっている事実を細かく書きつけていく。大阪のディベロッパーで働いたこと、その後福岡でネット系広告会社に勤めたものの、その会社が清算した後で、会社の金を持ち逃げしていたと発覚したこと、六年前に母親が亡くなって東京へ戻り、その一年後に父親が襲われたこと。そして現在の「入院中」。

西川も立ち上がって、腕組みをしたままホワイトボードを上から下へ見下ろした。手を伸ばしてきたので、マーカーを渡してやる。

「お前、パソコンがなかったら刑事を辞めてたんじゃないか。この字は人泣かせだよ」西川が溜息《ためいき》をついた。

「うるせえな、読めればいいじゃねえか」

「読むのに苦労してるんだが」

皮肉を飛ばした後、西川が門倉富美男の名前の下に書きこみをしていく。二〇〇〇年、門倉が首謀者だった詐欺《さぎ》事件が発覚、二〇〇一年、門倉らが逮捕《たいほ》される。二〇〇四年に懲《ちょう》役《えき》三年の実刑判決が確定、門倉は収監された。出所後の動向は不明。

「分からねえことが多過ぎる——空白だらけだな」沖田は溜息をついた。「捜査二課にいる後輩にも調査を頼んだんだが、逮捕された当時、門倉は必要最低限のことしか喋っていなかった。誰《だれ》か、奴をコントロールしている上の人間——マル暴とかがいたと思われてたんだけど、それについては絶対に供述しなかった。事実関係は争わなかったから、実刑になったわけだけどな。当時、オレオレ詐欺の摘発はまだ珍《めずら》しかったから、捜査二課もかなり力を入れたみたいだ」

「門倉の名前が最初に出てくるのは、富田に金を借りた時期——一九九七年だった。それから逮捕されるまで、四年ほど空白期間がある」

「しかし、羽島とは他の理由でずっと繋《つな》がっていた可能性があるな」沖田は指摘した。

「九六年とか九七年頃に、金を貸した人間と借りた人間ということで関係があったにしても、その後途切れて今になって復活するのは、どこか不自然じゃねえか？　そもそも今の羽島は、病気で動けねえんだし。ずっと何らかの関係があって……例えば、富田はかなりの額の金を貸していたんだけど、彼が死んだ後、その金はどうなったんだろう？　宙に浮いた？」

「羽島が回収していた可能性、か」西川がぽつりと言った。

「そういうこと。羽島はすぐに会社を辞めたんだろう？」

「ああ。しかもタイミング的に、会社側の事情聴取を受けた直後だった。そしてその翌月には、富田が殺されている」

「一々怪しいんだよなあ」沖田は顎を撫でた。「やるべきことがいくつかある」

「門倉の所在の確認」西川が応じた。

「野澤さんに話を聴く手もある」沖田は提案した。「野澤さんは富田殺しには関係ない。その前提があるから、話をしてくれるかどうかは分からないけど、当時、富田の近くにいたのは間違いないだろう？　門倉や羽島のことを知っているかもしれねえ」

「分かった。どう割り振る？」

「俺《おれ》は野澤さんに話を聴くわ」言いながら沖田は暗い気分になった。彼と会った時に感じた暗い絶望感……しかし話を聴く価値はある。真犯人に迫る捜査ができていると分かれば、彼も少しは元気が出るのではないか。「林はどうしてる？」

「大竹と組んで聞き込みをしている。間もなく戻るはずだ」西川が手首を覗《のぞ》き、スマートフォンを確認した。

「今どの辺にいるだろう」

「午後に話した時には、渋谷にいた」

「分かった」林には動かないように——いや、取り敢《あ》えず、野澤の自宅の最寄《もより》駅である京王永山駅へ向かうように指示しようと沖田は決めた。週末に残業になってしまうのは申し訳ないが、麻衣の場合、美味《うま》い飯を奢《おご》れば大抵の無理な指示は受け入れてくれる。永山ではまだ、美味い飯屋を見つけていないが。「じゃあ、俺は林と一緒に、野澤さんの家へ行って来るわ」

「ちょっと待て。野澤さん、警備の仕事してるって言わなかったか？」西川が訊《たず》ねる。

「ああ」

「だったら、いるかどうか分からないだろう。夜勤の可能性もある」

「それは確認するさ。取り敢えず林を足止めしておく。門倉の所在の方は——そこの若いコンビ、任せた。自分たちで頑張ってやってみてくれ」

「はい」藍美と井村が声を合わせて答える。この二人は妙に気が合っているようだ。

「ちょっと待てよ」西川がストップをかける。「所轄《しょかつ》の二人に任せきりか？　それは無責任だろう。お前、鳩山さんに二人の教育係も任されたんじゃないか？」

「よし、分かった。じゃあ牛尾、後はお前にバトンタッチする。お前だって、若手の教育係をやってもいい年齢だ」

「分かりました」牛尾がすぐに反応する。少し誇らしげだった。

「どうしても今日中にってわけじゃねえから、週明けに持ち越してもかまわねえ。ただ、絶対に所在は割ってくれ」

「羽島はまだ入院中なんだよな？」西川が確認する。

「ああ」

「俺が行って、話が聴けるか？」

「話すかどうか、保証はできない」

「顔が繋がってるお前が行った方が、可能性は高いか？」

「――いや」一瞬間を置いて沖田は否定した。「誰が行っても同じだと思う。話し出せば、口は悪いけどな。基本的に元気はある」

「だったらそっちは、俺がやってみるか。顔つなぎから始めるよ」西川がまたスマートウォッチを見た。「面会時間が終わるまでには、まだ間があるだろう」

「お前はここに残って、司令塔でもいいんだぜ」

「急に何かを決めて、今夜中に動き出さないとまずいってことはないだろうな」西川がうなずいた。「それに、こっちの若者二人を夜遅くまで動かすには、鳩山さんの許可が必要になる。今日はやれるところまで、だ」

「よし、了解」沖田は両手を叩《たた》き合わせて立ち上がった。スマートフォンを持って自席に行き、麻衣と連絡を取る。

事態は動き出しそうだ。

どんな方向へ？


京王永山駅に着いた時には、午後六時になっていた。麻衣は指示した通りに、改札を抜けた先で待っていた。ここは高さからすると地上二階という感じで、横に移動すればすぐに、小田急線の乗り場になる。

「冷えますねえ」分厚いコートに身を包んだ麻衣は足踏みしていた。

「今年は、春が遅いみたいだな」

「暖冬とか、地球温暖化とか、そういうことから外れる冬もあるんですかねえ……野澤さん、在宅ですか？」

「ああ、確認した」

「家で大丈夫なんですか？　またどこか、外で会った方が……」

「家でいいそうだ」沖田も少し恐れてはいた。野澤は、半《なか》ば世を捨ててしまったような人である。家はゴミ屋敷になっていて、足の踏み場もないかもしれない。

人間は、絶望すると、まず身の回りのことがどうでもよくなる。

しかし嫌な予感に反して、野澤の家は片づいていた。というより、そもそも物がない。八畳《はちじょう》のワンルームで、家具らしい家具といえばベッドとローテーブルだけだ。そこで食事も済ませているのだろう。作りつけのキッチンには、ガス台にやかんが置いてあるだけ。冷蔵庫の上に置かれた電子レンジはかなり使いこまれている感じで、彼の食生活が窺《うかが》い知れる。家ではお湯を沸《わ》かして、インスタント食品を作るぐらいではないか。インスタント食品と冷凍食品に頼る毎日……それでも、響子と出会う前の沖田よりはましかもしれない。あの頃沖田は、家でお湯を沸かすこともせず、食事は全《すべ》て外食だった。自宅で食事しているだけ、野澤の方が健康的ではないだろうか。

「すみませんね、急に」沖田は謝って、ローテーブルの前であぐらをかいた。横に座った麻衣が、袋からペットボトル入りの温かいお茶を取り出す。

「どうぞ」

「ああ……」力なく言って、野澤がペットボトルを手にした。しかしすぐに開けようとはせず、両手で握ったまま。暖を取っているのかもしれない。実際、この部屋にはエアコンはあるものの、野澤はつけていなかった。電気代も節約か……外よりはましだが、かなり冷えこむ。沖田は、コートを脱《ぬ》いだことを後悔するぐらいだった。

「エアコン、つけませんか?」沖田は提案した。こんなに寒いと、集中して話もできないかもしれない。

「いや、ちょっと調子が悪くて、暖房の効《き》きが悪いんで」

「それじゃ、冬の夜は辛《つら》いでしょう」

「布団をひっかぶって我慢《がまん》してるけど、まあ……今日はそういうわけにはいかないか」

野澤がノロノロ立ち上がり、クローゼットを開けて小さなファンヒーターを引っ張り出してきた。スウィッチを入れると、しばらくヒーターの前に座りこんで、両手を擦《こす》り合わせる。彼がどくと、沖田の方にも何とか温風が届くようになった。あれは、足元を温めるにはいいだろうが、部屋全体の温度を上げるには熱量不足だろう。それでも、ないよりはましか。

「この部屋に他人が入ったのは、初めてだね」野澤が言った。自虐《じぎゃく》するような表情が浮かんでいる。

「俺も他人なんか入れませんよ。東京で一人暮らししている人間は、皆同じようなものじゃないですか」響子は別だ。しかし彼女を除いては、家に来る人間などいない。

「私もそうです。寂《さび》しい部屋に帰るだけですよ」麻衣も同調した。

「あんたらの年齢では、寂しいっていっても高が知れてる」野澤が皮肉っぽく言った。

「この年になって、会う人もいないのは本当にきつい」

愚痴《ぐち》が続きそうだと判断したのか、麻衣が「お茶、どうぞ」と声をかけた。それで野澤が、ようやくペットボトルのキャップを開ける。一口飲んで、はあ、と息を漏《も》らした。

「その後、捜査の進展があったのでそのご報告と、できれば知恵をお借りしたいんですよ」沖田は切り出した。

「俺にできることなんか、ねえよ」

「亡くなった富田さんが、闇金をやっていたのは間違いなかったようです。会社でもそれに気づいて調査を始めていたんですが、その矢先に彼は亡くなった」

「ああ……じゃあ、俺の金も、その闇金の原資になったのかね」

「その可能性はあります」沖田はうなずいた。

「今さらながらだけど、取り返せない……無理だろうな。富田から借りていた人から取り立てるとか」

「それは物理的にも無理だと思います。残念ですが、諦《あきら》めていただくしかない」

「……だな」力なくうなずき、野澤がまたお茶を飲んだ。「まあ、言ってみただけですよ」

「その富田さんと組んで闇金をやっていた若い人が一人、分かっています。羽島正俊という名前を聞いたことはないですか？」

「羽島？　知ってるよ」野澤があっさり認めた。「富田の会社の若い人だよな？　富田がよくつるんでた——いや、俺も一緒に呑《の》んだことがあるな」

「どんな人でした？」

「何だかとっぽい野郎でさ」野澤が麻衣の顔を見た。「あんたの年齢だと、そういう言い方は分からないか」

「尖《とが》っていた、という感じですか」麻衣がすかさず答える。

「まあ、そんなニュアンスかな。ただし、尖って喧嘩《けんか》ばかりしているような感じではなくて、呑み会では悪ノリで大騒ぎ、みたいなところもある。遊び人的な感じだよ」

「はい」麻衣が素直にうなずく。

「俺はあまり好きじゃなかった——調子がいい奴でさ。ただ、富田は可愛《かわい》がってたな。しかし、あの二人が組んでた？」

「会社の方で、富田さんの副業に気づいて調査していたんですが、その過程で羽島さんの名前も出てきたそうです」沖田は話を引き取った。

「実際にやってた？」

「本人は否定していましたけど、怪しいですね」

「言われてみれば、そういうことをやってもおかしくない人間だったな。妙に馴《な》れ馴れしい奴で、初めて会った時から俺をちゃんづけだったからね。自分より若い奴に『野澤ちゃん』なんて呼ばれたら、むっとするだろう」

「最初に会ったのがいつ頃だったか、覚えてますか？」

「年明け……かな？　もう富田には金を貸していた時期だと思う。あ、そうか」

突然思い出したように、野澤がうなずいた。ペットボトルをローテーブルに置いて、腕組みをし、天井《てんじょう》を仰《あお》ぐ。埋《う》もれた記憶を必死に引っ張り出そうとしている感じ……こういう時は余計なことを言わない方がいい。

「俺、際《きわ》どい話でそいつに会ってるな」

「際どいと言いますと？」沖田は敢えて淡々と訊ねた。野澤は孤独な人間である。警察に対しては不信感もあるだろうが、訪ねて来て、何かを期待して質問してくる人に対しては、つい喜ばせてやろうと思ってしまうかもしれない。その結果、事実を膨《ふく》らませたり、まったくの嘘を喋《しゃべ》ってしまうこともある。

「富田がまったく金を返そうとしないから、俺は膝詰《ひざづ》め談判するようになった。何度もね……そのうち一回で、その羽島が同席していた」

「どういうことですか？」

「どういうことかは……夏だったな。富田が殺される少し前。俺は奴の家を訪ねて、金の話をしたんだ。そこに、羽島が最初からいた。たまたま来たんじゃないような気がしたな。今思えば、用心棒的な感じだったのかもしれない」

「何かあったら仲裁に入るように？」

「仲裁と言えば聞こえはいいけど、暴力だろう。普段はヘラヘラ笑って調子がいい奴なのに、指をバキバキ鳴らし続けてさ。ぶん殴《なぐ》る準備ＯＫ、みたいな感じで」

「じゃあ、羽島さんも、富田さんの借金を知っていた」

「そうなるな」野澤がうなずく。

「実際に暴力沙汰《ざた》になったりしたんですか」

「それはなかった」野澤が即座に否定した。「気味が悪くなって、その日は早々に引き上げたんだ。もしかしたらそれも、富田の作戦だったのかもしれない」

「確かに」沖田はうなずいた。そもそも数で二対一。それだけでも、相手にプレッシャーをかけられる。「二」の方に正義があっても同じことではないだろうか。「羽島さんはその後、会社を離れています。そのことを富田さんに聞いたりしましたか？」

「聞いた……かな？　いや、覚えてない。嫌な奴だったから、富田と話したらそれは覚えていると思う。どうしたんだろう」

「辞めました。会社が闇金の関係で事情聴取したその後、すぐに」

「完全にクロじゃねえか」野澤が顔をしかめる。

「そうとは決めつけられないんですが」

「だけど、一緒に闇金をやっていたとすれば、いかにも揉めそうじゃねえか」

「否定はできませんけど、会社を辞めた後の羽島の足取りは途絶えているんです。数年後に大阪に現れていますが」

「ひっそり暮らしていて、ほとぼりが冷《さ》めた頃に、東京以外の場所で活動再開したとか」

「そうかもしれません。しかし、富田さんを殺した証拠もないんです」

「揺さぶってやればいいじゃねえか。強引に——俺にやったみたいにすれば、吐くんじゃねえか」

「それが今、入院中なんです。無理な事情聴取はできない状態です」

「しょうがねえな……勝手なことして、最後は入院して病院に守られているなんてさ」

「ただし、長生きはできないような感じです」

「重い病気か？」

「詳しいことは言えない——私たちも知らないんですけどね。本人は言いませんし、病院もプライベートに関《かか》わることは、明かしてくれませんからね」

「ザマアミロとは言えないけど……まあ、そんな気持ちではあるな」野澤が皮肉に言って唇《くちびる》を歪《ゆが》める。

「もう一人、名前を知っているかどうか確認させて下さい」沖田は話を修正した。「門倉富美男——どうですか？」

「いや」野澤が首を捻《ひね》った。「門倉って、そんなにない苗字《みょうじ》だよな」

「珍名とまではいきませんけど、それほど一般的な苗字ではないですね」

「知り合いだったら覚えていると思うけど、記憶にない」

「俺も歳《とし》だ。体は年々きつくなっている。でもまだ、頭ははっきりしている」

「あのな」野澤が急に不機嫌《ふきげん》な表情になった。「俺も歳だ。体は年々きつくなっている。警察に奪われた数年間のせいで、自分では気づいていないダメージもあるだろう。でもまだ、頭ははっきりしている」

「失礼しました」沖田としては頭を下げるしかなかった。

「まあ……とにかく、俺の人生には門倉っていう男はいなかったはずだ。そいつは誰なんだ？」

「金を借りていた人です」

「要するに、闇金の客か」

「そして、今も羽島さんと関係があるようです」

「何だい、それ？」野澤が首を傾《かし》げる。「金を貸していた方と借りていた方？　三十年近く経《た》つのに、まだ取り立てとかしてるのか？」

「それは分かりませんが、あまりいい関係ではないようです」

「まあ、当時揉めたことは想像できるけど、時間が経ちすぎてないか？　いくら何でも、あれから三十年だぞ。どんな恨《うら》みや問題があっても、そんなに長くは持たないだろう」

そんなことはない。野澤自身、過去の嫌な記憶を未《いま》だに引きずって生きているではないか。警察に頭を下げさせ、賠償金まで得たのに、未だに立ち直れていない。門倉が借りていた金額は八十万円ほどだが、それが未だに何らかの形で尾を引いているのか。

「しかし……まあ、三十年経っても恨んでいるとか、悔しいとか、そういうこともあるだろうな。俺がそうであるように」

「真犯人が分かれば、鬱憤《うっぷん》は晴れますか？」

「あんたが会いに来てから、じっくり考えたんだ。俺が無罪判決を受けたことなんて、誰も知らないんじゃねえかと……逆に、犯人として逮捕されたことは、誰でも知ってる。やっぱり、逮捕されたことのインパクトは大きいんだよ。だから、今真犯人が明らかになっても、結局俺が殺しの犯人として逮捕されたことが思い出されるだけじゃないかね。結局、俺の名誉なんか、絶対に回復されないんじゃねえかな。あんた、どう思う？」

「確かに、逮捕のインパクトは大きいです」沖田は認めた。「そして、その後の裁判までフォローしている人は少ないと思います。マスコミも、逮捕の時は大きく取り上げますけど、裁判の扱いは小さいですね」

「だろう？　だから正直言って、真犯人が分からない方がいいんじゃないかなって思うんだ。蒸し返されたら、結局俺がまた悪人になる。この家だって、追い出されるかもしれない」

「オーナーさんには、そんなことをする権利はないですよ」沖田はかすかな憤《いきど》りを感じながら言った。「あなたは犯罪者でも何でもないんです。仮に犯罪者であっても、罪を償《つぐな》ったら、世間からあれこれ言われる理由はない」

「理想はそうだろうね」寂しげに言って、野澤がうなずく。「でも現実は違う。警察のお世話になった人間は、いつまでも経っても悪い奴だと思われるのさ。俺も、住む家を確保するだけでもずっと苦労していた。せめて、この家は追い出されないようにしたい。これからジイさんになって、一人暮らしができなくなることを考えるとぞっとするよ。施設に入る金もないけど、この家で一人で死んで、大家さんに迷惑はかけたくないしな。金さえあれば何とかなるんだろうけど、その金もない。誰か一緒に住んでいる人がいれば……俺のアリバイを証言してくれた女——彼女と結婚するつもりだったんだ。彼女の離婚が無事成立した後で」

「ええ」

「その後、俺の人生に女はいなかった。一人も、だ。どうしても結婚したかったわけじゃないが、他人との関わりが最低限の人生、どんなもんだったと思う？　自分が生きている実感さえなくなるんだ」

野澤が失った人生のイメージが、沖田の心に闇のように広がっていく。

2

「……何だよ、何で警察が何度も来るんだよ。俺は死にそうなんだぜ」

西川は正俊の悪態を聞き流し、椅子を引いて座った。正俊はベッドに横たわったまま。眼光だけは鋭く、西川を睨みつけてはいるが、寝たままなので脅威《きょうい》は感じない。ただし、この姿勢では話しにくいのではないだろうか。西川は事情聴取に立ち会っている看護師に「ベッドを起こして大丈夫ですか」と確認した。

「ご本人が大丈夫なら」看護師はあまり賛成していない感じだった。

「いいよ、起きるよ」正俊が咳《せ》きこみながら言った。震える手でベッドの上を探り、コードがついたリモコンを探し出す。ボタンを押すと、ベッドの上体側がゆっくり上がっていって、正俊の顔がはっきり見えるようになった。頰《ほお》は不自然にこけていて、髪もまばらになっている。ベッドが静止すると、溜息をついた——本人は盛大に溜息をついたつもりだったかもしれないが、西川の感覚では、そっと息を吐いたようにしか見えなかった。

「話せそうですか？」

「面倒臭い話じゃなければ、いいよ」

「あなたが率直に話してくれれば、すぐに終わります——門倉登美男さんとはどういう関係ですか」

「ああ……」正俊が唾《つば》を呑んだ。異様に大きく見える喉仏《のどぼとけ》が、ゆっくりと上下する。

「ここへ見舞いに来て、あなたに暴行した人間です。本来安全なはずの病院で、そんなことが起きたら、警察は当然問題視します。病院とも相談して、捜査したいと思います」

「そんなの、別にいいよ」正俊が面倒臭そうに言った。

「告訴しませんか？　自由に動けない状態で暴行を受けたんですよ？　死んでもおかしくなかった」西川は話を膨らませた。

「必要ない」

正俊がまた溜息をつく。西川はベッド脇《わき》のモニターに視線をやった。血圧はすぐに分かったが——上が100というのは低血圧ではないだろうか——他のデータの意味は分からない。心臓にショックを与えるような警戒音が鳴らないから、体調は悪くないとは思うが。

「知り合いなんですよね？　だから見舞いに来た」

「ああ。古い馴染《なじ》みだよ」正俊が認めた。

「いつ頃からの知り合いですか？　東京時代？　大阪？　それとも福岡ですか」

「あんた、俺の足跡を調べたのか」正俊の顔が強張《こわば》る。

「調べたというほどではありません。あなたはあちこちに足跡を残していますから、すぐに分かりましたよ」そもそも沖田に聞いただけで、西川は何も調べていない。「それで、いつからの知り合いですか」

「古いよ」

「仕事上での知り合いですか？　遊び仲間ですか？」

「まあ、両方かな」

「あなたが入院してから、何度も見舞いに来てるんですか？」

「いや、この前が初めて」正俊がのろのろと右手を挙《あ》げて顔を擦《こす》った。左手には点滴——そちら側は完全に自由を奪われているようだ。

「それで、どうして揉めたんですか」

「それは、色々ある……つき合いが長いと、遠慮《えんりょ》なく物を言うようになるから、それでカチンとくることもあるだろう」

「門倉さんとは、東京時代——あなたがベストソフトに勤《つと》めていた時代からの知り合いですよね」

「ずいぶんご丁寧《ていねい》に調べたんだな」正俊が睨みつけてくる。先ほどより視線が鋭くなっていた。

「どうですか？　あなたは九〇年代半《なか》ば、一年ほどベストソフトに勤めていた。その時に門倉さんとつき合いができたんですか？」

「さあ……その頃だったかねえ」正俊がとぼける。「よく覚えてないな。腐れ縁だから、そもそもどうやって知り合ったかなんて、忘れたよ」

「今でもよく会うんですか？」

「たまにね」

「それで、今回は何で揉めたんですか？」

「何か……ちょっとあいつをからかっただけなんだけどさ。急に太ったから、怠慢《たいまん》してるからそうなるって言ったら、いきなりキレやがった。実際、奴が節制できてないのが原因なのにさ」

「それだけで殴りかかってきたんですか？」

「そう」

「門倉さんは怒りっぽいタイプなんですか？」

「まあ、昔からよく切れてたね」

「これで絶縁ですか」

「どうかな。俺は来るなとも何とも言わなかったけど、奴がどんな風に考えてるかは分からない」

「門倉さんの住所を教えて下さい」今、若手がチェックしているはずだが、こちらでもサポートできればと思った。

「知らない」

「何十年ものつき合いなのに？」

「昔は知ってたけど、俺もあちこち引っ越したりして……別に年賀状をやり取りしてたわけじゃねえし。だいたい今は、スマホがあれば連絡は取れるから、相手がどこに住んでるか知らなくても、おかしくねえだろう」

「まったく知らないんですか？」

「小田急線沿線かもしれねえな。新宿で呑んで別れた時、あいつは小田急に乗ったから。ただそれも、二年ぐらい前だ」

「小田急のどこですか？」

「知らねえよ……面倒臭えな」

西川は正俊の文句を無視して、スマートフォンを取り出した。メモしてきた門倉の電話番号を読み上げる。

「これが門倉さんの電話番号じゃないですか」

「言われても分からねえよ」

西川は、サイドテーブルに置かれたスマートフォンに目を止めた。取り上げて正俊に渡し「確認して下さい」と頼む。

「あんた、乱暴だな」

「捜査ですので、暴行犯を野放しにするわけにはいきません」

「マジで奴を逮捕するのか？」

「話を聴いて判断します」

「番号、何番だっけ？」正俊が震える手でスマートフォンを操作した。西川がもう一度番号を読み上げると、「合ってるよ」と認めた。

「本当に、住所が分かるとありがたいんですけどね」

「分からない」

「スマホの電話帳、私がチェックしてもいいですか」

「駄目だ」正俊の目つきがさらに厳しくなる。「何か変じゃないか？　別に俺は怪我《けが》したわけでもないのに、どうしてそんなに真面目《まじめ》に捜査するんだよ。この前来た刑事は、親父《おやじ》の事件のことを聴いていったけど、それと関係あるのか？」

「あるんですか？」西川は逆に聞き返した。

「ねえよ。っていうか、知らねえ。親父の事件を捜査してるのは、そっちだろう。俺が知るわけない」

「そうですか……ちなみに門倉さんは、ベストソフトの顧客でもないですよね？　どうやって知り合ったんですか」

「はっきり覚えてないけど、呑み屋じゃねえかな。あの頃は、毎晩呑み歩いていたから」

「富田幸樹さんと、ですか」西川は一歩踏みこんだ。普通は、容疑者、関係者に捜査途中の情報をぶつけたりしない。かなり捜査が進んで、最終的に相手に確認したい時まで手元に置いておくのが筋だ。下手《へた》に勘づかれて、証拠隠滅などに走られても困る。しかし今の正俊は、動くに動けない状態だ。証拠隠滅するにしても、誰かに電話かメールで依頼するぐらいしかできないだろう。そしてその可能性も低いのでは、と西川は読んでいた。正俊は既に、何かをやろうとする気力を失っているようだ。治療《ちりょう》は進んでいるはずだが、どこまで効果が出ているか……。

「何の話？」

「ベストソフトで、富田幸樹さんと仕事をしていましたよね」

「ああ、あの富田さん」正俊が冷たい声で言った。「可愛がってもらったよ。富田さん、今で言うとパリピでさ。毎晩あちこち呑み歩いて……仕事はできる人だけど、その分遊びも激しかったというか」

「富田さんは殺されました」

「知ってるよ」正俊の目が暗くなる。

「あなたが会社を辞めた翌月じゃないですか」

「何だよ、まさか俺を疑ってるんじゃねえだろうな。あんな事件、三十年も前だし……そもそも、犯人は逮捕されたんじゃなかったか？　事件が起きてからすぐに。流石《さすが》に俺も、あの時はちゃんとニュースをチェックしてたから知ってるぜ」

「その犯人は、その後無罪判決を受けました」

「――ああ」

「ご存じでしたか？」

「知ってる。ベストソフト時代の同僚《どうりょう》と、どういうことなんだって話した記憶があるよ」

「昔の同僚と、ずっとつき合いがあったんですか？」

「そんなに頻繁《ひんぱん》に会うわけじゃねえけど、富田さんのことは大変な事件だったから。特別ってことだよ」

「当時の容疑者が無罪になったということは、真犯人はまだ捕まっていないということです。当然、警察には調べる義務があります」

「それはそっちの事情でさ……俺には関係ねえよ」

「失礼しました」

西川は頭を下げた。急に事件の話を振られた時の反応としては、不自然ではないだろう。被害者とつるんでいて、闇金を一緒にやっていた仲だから、何かを知っているはず――と西川は読んでいたが、まだ今は突っこむわけにはいかない。材料が弱過ぎる。

「では、お大事になさって下さい」西川は立ち上がった。「もしもまた門倉さんが訪ねてきて揉めたら、いつでも電話していただいて結構です。何とかしますから」

「警察の世話にはならねえよ」正俊が突っ張った。

「警察は嫌なものですか？　お父上の事件の時に、何か不快な思いでもさせましたか？　同僚に失礼があったら、謝罪しますよ」

「あんた、慇懃《いんぎん》無礼って言われねえか？」

「よく言われます。ただ、関係者に不快感を与えないように、丁寧に気をつけていこうと思っているだけなんですが」

「ご自由にどうぞ。でも、俺には関わらないで欲しいね。今は、自分の体のことだけで精一杯なんだ。治療で体力を消耗《しょうもう》するからね。俺はまだ、死ぬ覚悟はできてねえんだ。治るかもしれない――そう思ってるから、治療だけに専念したい」

「お邪魔にならないようにします」

この男は、小さな悪事を積み重ねてきた可能性が高い。ろくでもない人生……それでも生には執着《しゅうちゃく》するわけだ。もちろん、どんな人間にも生きる権利はあるのだが、正俊は、今まで迷惑をかけてきた人たちに対して、どんな気持ちなのだろう。

実りのない事情聴取だった。一つだけはっきりしているのは、自分はこの男を絶対に好きにならない、ということだった。

夜になっていたので、警視庁には戻らず、直帰することにした。帰宅するまでの間に、あちこちから電話がかかってきて、この夜の捜査状況が入った。

牛尾は第一声で「すみません」ときた。

「どうした」

「門倉ですが、病院に伝えた住所は嘘でした」

「お前が謝ることはないさ。そんなことじゃないかと思ってたよ。ただ、携帯の番号は合っている。週明け、そっちの筋から住所を割り出してくれないか」

「分かりました」

「うちの事件か、沖田がやっている事件か分からないけど、まあ、合同捜査みたいなもので。若い奴らの世話を押しつけて申し訳なかったな」

「いいえ、あの二人、使えますよ。追跡捜査係にスカウトしてもいいぐらいです」

「うちに来るには、特殊能力がないと無理だぞ」

「そうですか？」

「沖田の戯言《ざれごと》を我慢できる能力だ」

「ああ……はい」

「お前は平気なのか？」

「特に気にならないですけど」

「じゃあ、お前にはそういう能力があるってことだ。月曜に、追跡捜査係に普通に出勤してくれ。あの二人にもそう伝えてくれないか？　目黒南署——鳩山さんには、俺から連絡しておくから」

「了解です——では」

自宅の最寄り駅から家に向かって歩き出したところで、今度は沖田から電話がかかってきた。

「野澤さんは、羽島を知ってた。呑んだこともあるはずだ、という話だった。ただし、羽島が闇金をやっていたかどうかは分からない」沖田がいきなり結論を口にした。

「そうか……つながりが弱いな」

「まあ、野澤さんは、当時の闇金の事情までは知らないだろうから、しょうがない。そっちはどうだ？」

「いろいろはっきりしないな。羽島は、門倉と知り合いだったことは認めているけど、どういう知り合いだったかははっきりとは言わない。この前揉めたのも、些細《ささい》なことが原因だったと」

「そうか……」

「何だよ、お前、どうかしたか？」今夜の沖田は妙に元気がない。聞き込みなどの後は、結果がよかろうが悪かろうが、興奮してテンションが上がっているのが普通なのだが。

「いや、野澤さんと話してると、どんよりしてくるんだ」

「そりゃあ、きつい人生を送ってる人だからな」

「お前が想像しているより、何倍もきついと思うぞ。六十を過ぎて頼れる人間もいなくて、もう、どう死ぬかなんて考えてる。人に迷惑をかけずに死ぬ方法……お前、そんなこと、考えたことあるか？」

「まさか」五十を過ぎたばかりで、死ぬなど……健康体のせいもあるが。

「俺は時々考える。一応独身だし、これからの生活設計もまったくないし。響子に迷惑をかけるのも筋が違う気がするんだよな」

「そういうことは、響子さんとちゃんと話し合えよ」

「彼女は俺より若いから、老後とか、死ぬこととか、全くリアリティがないと思う。ただ、俺たちは自分で頑張れば何とかなるかもしれない。それこそ、老後は静岡で喫茶店をやってのんびり暮らしてもいいし。ただ、野澤さんの場合は、警察のミスで人生が完全におかしくなった。賠償金を得ても、それで楽々暮らしていたわけじゃない。病気でも苦しんだ」

「責任を感じてるのか」

「俺が感じてもしょうがねえんだけど、実際、感じるんだよ。真犯人を捕まえても、野澤さんはすっきりするわけでもないんだ」

「俺たちは、野澤さんのために仕事をしているわけじゃない。純粋に真犯人を追うのが仕事だ」

「西川先生はドライだねえ」

「お前がウェット過ぎるんだよ」実際沖田は、関係者に感情移入し過ぎて、動きが止まってしまうことがある。刑事は常に冷静でいるべき——というのも一つの考え方だろうが、沖田のように熱い気持ちを持たない刑事には、人の痛みは分からないだろうし、捜査にかける熱も違ってくる。もちろん西川にもそういう熱さはあり、だからこそ二十年以上も刑事を続けてこられた。沖田のように、簡単に表に出ないだけである。

「月曜の朝、追跡捜査係に集合。小池と井村にも、うちに来てもらう」

「その方がいいな。目黒南署の捜査と被《かぶ》ってきてるから……鳩山さんには仁義を切った方がいいぜ」

「俺が、今夜にでも電話しておくよ」

「ああ。頼む」

「美味いものでも食って、気持ちを上げろよ」

「それは無理だ」沖田があっさり言った。「やっぱりここはニュータウンの街だから、チェーン店ぐらいしかねえんだ」

「だったら新宿にもでも出ろよ。林も腹を空《す》かしてるだろう」

「移動している間に、また落ちこんじまうよ。しょうがねえから、今日はうどんでも食って解散する」

沖田はだいぶ重症のようだ。あいつのことだから、そのうち自然に復活するだろうが、あまりにも引っかかっていたら困る。まあ……月曜日に話そう。何で俺があいつの面倒をみないといけないんだ、という根本的な疑念はあったが。


夕食はグラタンだった。

「これを手作りで？」綺麗《きれい》な焦《こ》げ目がついたグラタンを前に、西川は困惑していた。夕飯にグラタンを食べたことなどないし、そもそも美也子がグラタンを作るのも初めてではないだろうか？　それにたっぷりのサラダとパンがついていて、栄養のバランスは一応取れている感じだ。

「ご飯の方がよかった？」

「いや、それはいいんだけど、大変じゃなかったか？」西川は料理の知識はさっぱりだが、グラタンを一から作るのが大変そうなのは、容易《ようい》に想像できる。

「今バイトしているお店、グラタンが名物なのよ。レシピを聞き出してきたから、取り敢えずお試しで。グラタンも、喫茶店の定番メニューじゃない？」

「ナポリタンとか、ピラフとかと同じで？」

「そうそう」美也子は嬉《うれ》しそうだった。

「でも、フードメニューにそんなに凝《こ》る必要あるのかな。吟味したコーヒーと紅茶を出せばいいんじゃないか？」

「そのつもりだけど、何でも勉強しておけば、いざという時に役に立ちそうじゃない」

「そうか……じゃあ」

西川はグラタンにフォークを入れた。途端に、大量の湯気が噴き上がる。これは気をつけないと、週末は口中の火傷《やけど》と戦うことになるだろう。慎重に冷《さ》まして口に入れる——上品な味だ、と西川は感心した。人生で何回グラタンを食べたか覚えていないが、これを味わった今は、「好物だ」と言ってもいいだろう。ホワイトソースはなめらかで、適度な塩味が効いている。チーズのコクも上等だった。それらがマカロニに絡みつく。パセリが大量に散らしてあるせいか、かすかに爽《さわ》やかな感じもあった。

「これ、完全自家製？」

「そう」

「ホワイトソースなんか、缶詰で売ってるじゃないか」

「でもね、ホワイトソースの基本的な材料って小麦粉とミルク、バターだけだから。手作りした方が安いのよ」

「なるほど」

「ただ、驚異的なカロリーになるけど」

言われて西川は下腹部を撫《な》でた。歳を取るに連れて食べる量は少しずつ減っているのに、最近は体重が増えてきている。

「こういうのを揃《そろ》えておけば、洋食の美味《おい》しい喫茶店《きっさてん》、みたいになるでしょう」西川が美味そうに食べているせいか、美也子は上機嫌だった。

「しかし君も、着々と次のステップを考えてるな」

「こういうのは、考えている時が楽しいのかもしれないわね。実際に自分で商売なんか始めたら、毎日お金の計算に追われて、大変かもしれないわ」

「老後資金を食い潰《つぶ》すかもしれない」

「そこはあなたが、ちゃんと計画を立ててくれないと」

「まあな」

夫婦の間で金のことを話すと、大抵西川がリードすることになる。西川が家計を仕切っているわけではなく、単に金の計算が得意だからだが。

グラタンはそれほど大きくないように見えたが、ホワイトソースのコクのせいで腹は膨れた。食後のコーヒーで胃をさっぱりさせて、スマートフォンを取り出す。久しく話していない鳩山の電話番号を呼び出した。

「おう」鳩山は上機嫌だった——適度なアルコールが入っている感じ。

「まさか呑んでないでしょうね」

「いやいや」

「今日の夕飯、何ですか」

「鯖《さば》だよ。鯖の塩焼きに筑前煮《ちくぜんに》だ。サラダも食べたぞ」

「結構です。健康的な食事ですね」

「お前も沖田も、俺の食生活に口を出し過ぎだ」鳩山が文句を言った。

「鳩山さんが気を遣わないからでしょう？　自分の体のことなんですよ」

「はいはい――で、何だ？」

「そちらの小池君と井村君、週明けもこっちに貸してもらえないですか？　うちで追っている事件と、そちらで調べている事件、関係者が被ってきたんです。一緒に調べた方が、効率がいい」

「今日、本部に上がっていたことは、奴らから報告を受けてるよ」

「じゃあ、いいですか？」

「構わない。がっちり鍛《きた》えてやってくれ」

「上手くつながるといいんですが」

「それは、何とも言えないな」今までも、全然関係ないと思っていた二つの事件が、実は根っこでつながっていたこともあった。毎回そういうわけにはいかないだろうが。「そっちはどうだ？　解決の可能性はあるのか？　三十年近く前の事件だろう？」

「ええ」

「さすがに、古過ぎないか？」

「今までも、それぐらい古い事件は捜査してきましたよ。それに今回は、どうしても解決したい」

「何でまた」

「解決しないと、立ち直れない人がいるからですよ。逮捕された野澤さんは、無罪判決を受けたし、賠償金も受け取ったけど、その後の人生はひどいものです。老後が見えてきた今になっても、暗い過去の記憶に悩まされるのは辛いでしょう。本人はもう、あの事件のことは思い出したくもないようですけど、真犯人が分かれば、少しは気が楽になるんじゃないですか？　警察のミスで苦しんだ人ですから、警察がフォローするのが筋だと思います」

「何だよ、お前も沖田みたいなことを言い出すんだな。長年コンビを組んでいると、考え方も似てくるのか？」

「やめて下さいよ。否定します」

「はいよ――じゃあ、若い二人をよろしく頼むぞ」

「なかなか使えそうな二人ですけど、追跡捜査係にどうですか」

「それはなあ」鳩山が渋《しぶ》い口調で言った。「一応、普通の部署に行かせるつもりなんだ。小池は捜査三課志望、井村は機動捜査隊で経験を積みたいと思ってる」

「二人の耳に、追跡捜査係のことを吹きこんでおいて下さい。価値のある仕事だって」

「構わないよ。言うのはタダだからな。それじゃ、よろしく頼むよ」

相変わらず呑気《のんき》なことで……電話を切って、西川は苦笑した。鳩山は、仕事では「余計なことはしない」「無理はしない」がモットーで、そこにいる間はプラスマイナスなしで過ごせればいいと思っている。私生活は……病気の問題はあるが、何が起きても気にしない性格だから、意外と長生きできるかもしれない。

呑気な会話を終えて、もう一ヶ所——今度は少し厄介《やっかい》だ。しかし今日のうちに話しておかないと、月曜の朝、ゼロから説明しなくてはいけなくなるので、スタートが遅れる。ダッシュが大事なのだ——いかに対象が古い事件であっても。

3

月曜日、沖田が追跡捜査係に出勤すると、既に全メンバーが集まっていた。全員が気合い十分という感じ。沖田が席につくと、京佳がすぐに打ち合わせ開始を宣言する。京佳本人は立ったまま——係長が、一番気合いが入っている。

「ではまず、今回一緒に仕事をすることになった目黒南署のお二人、自己紹介して」

そんな正式な話になるとは思っていなかったのか、藍美も井村も困惑気味だ。沖田は「名前だけちゃんと言えばいいよ」と助け舟を出した。藍美、井村の順番で立ち上がって自己紹介する。京佳がうなずき、本格的に話を始めた。

「三十年近く前の事件と五年前の事件がリンクしている可能性が出てきました。実際に何らかの形で関係していて、一気に解決できれば、追跡捜査係にとっては大きなプラスになります。所轄の二人も、表彰のチャンスなので頑張って下さい」

「係長」沖田は手を挙げた。「正確にいかせて下さい。富田事件と、五年前の強盗傷害事件は、関係者が共通しているだけで、基本的にはまったく別の事件ですよ。あまり無理やりくっつけ過ぎると、筋を読み違えます」

「それは承知の上よ」京佳は引かなかった。「人が共通しているということは、事件にも何らかの共通性がある――そう考えるのが追跡捜査係の基本でしょう」

勘弁してくれ――沖田は頭を抱えたくなった。最初からシナリオを書いて突っ走っていったら、後から修正するのが難しくなる。徐々に情報を積み重ねて、どこかで大きな絵が見えてきた時に、一気に方向を決めるのが、捜査の基本だ。実務をあまり知らない京佳に「追跡捜査係の基本」と言われても……この人は、富田事件を捜査した特捜の刑事たちと同じメンタリティの持ち主ではないだろうか。目の前に輝く材料が落ちているとすぐに拾い上げ、その光に目がくらんで他の材料が見えなくなってしまう。冤罪《えんざい》を生みかねない、危ないタイプだ。

「西川さん、捜査の方針を確認して下さい」

「はい……」西川が手帳に視線を落としたまま、ぼそぼそと話し出す。「まず、門倉富美男の所在を確認します。携帯電話の番号が分かっていますから、ここから調査を進めます。それと、門倉と関係があった羽島正俊の周辺も、念の為に調査します。羽島は入院中で、時間をかけた事情聴取は不可能ですが、逆に退院の目処《めど》が立っていないので、証拠隠滅などをされる恐れは低い。この隙《すき》に周辺捜査を進める予定です。富田と羽島が在籍していたベストソフトの関係者はネタ元として摑んでいますので、再度事情聴取して、記憶を新たにしてもらいます」

「了解。割り振りは？」

「目黒南署の二人は、念の為《ため》に携帯電話会社に頼んで、門倉の住所を確認して下さい。そのやり方は、牛尾、教えてやってくれ」西川が顔を上げて指示した。

「了解です」

「沖田と林は、羽島の関係で聞き込みを頼む」

「分かった。門倉の写真、手に入らねえかな」

「免許証の写真が入手できてる」

「免許があるなら、住所――それも古い住所か」

「ああ。病院に伝えた住所のすぐ近くだ」西川がまた手帳を見る。「免許の住所は五丁目、病院に伝えた住所は三丁目だ。とっさに聞かれて、完全に嘘はつけずに、自宅に近いところを言ってしまったんだと思う」

「その近くに本当の家がある可能性もあるが……いや、そこは期待しない方がいいな。携帯からの割り出しを期待するぜ――お前はどうする」

「俺と大竹はここに残って、データの精査をする。連絡係もするけど、何かあったら俺も出る」

「あいよ、了解」沖田は立ち上がった。「もういいですね、係長？」

「この二件は、ぜひ解決しましょう。追跡捜査係が高得点を稼ぐチャンスです。それに何より、面白い状況よね」

「オス」沖田は小声でつぶやき、追跡捜査係を出た。捜査一課の大部屋を通り過ぎ、廊下に出ると、西川が追いかけて来て呼び止めた。

「何だよ」面倒臭いなと思いながら、沖田は振り返った。追跡捜査係では話せないややこしい話だろう。

「係長、テンションがおかしいだろう」

「いつもあんな感じじゃねえか？」

「いや、あそこまで露骨に、手柄《てがら》を云々《うんぬん》は言わないぞ」

「まあ……そうだな。はっきり言って、シャブを使ってる連中の目を思い出した」

「さすがにそれはないだろうけど、俺も一瞬想像したよ」

「マジかよ。二対ゼロで確定じゃねえか」

「馬鹿言うな……異動の話が来てるらしい」

「どこだ？」

「渋谷中央署の刑事課長だとさ」

「それは、ステップアップし過ぎじゃねえか？」

　警視庁管内の各組織には、明確なランクがある。特に警察署は、Sランクと呼ばれる大規模署、その下がA、Bと、規模によって格付けされている。どこが偉いということはないのだが、Sランクの署は管内人口が多い、すなわち事件も多い繁華街や都心部に置かれており、署員も多い。渋谷中央署はまさにSランクの代表のような署だ。本部の係長から所轄の課長というのはよくある異動だが、初めて所轄の課長に転出する時は、渋谷中央署のようなSクラスではなく、AないしBクラスの署に出るのが普通なのだが……。

「一応、追跡捜査係での成績が考慮されているらしい」

「係長が、何かしたかよ?」沖田は肩をすくめた。「俺たちの尻《しり》を蹴飛《けと》ばしてただけじゃねえか」

「それが、管理職として評価されたんだろうな。とにかくご栄転だから、もう一つ箔《はく》が欲しいところだろう」

「そういう話を聞くと、この仕事はのんびりやりたくなるな――しかし、本当に二つの事件がくっつくと思うか?」

「まだ判断しない」西川が顔の前で両手をクロスさせてバツ印を作る。

「慎重だな」

「この件では、お前も慎重だろう?」

「目の前であんなに熱くなってる人がいたら、こっちは一歩引いて冷静になるさ」

「俺がいつもそうだ。お前を見てると冷静になれる」

「ああ?」

「――すみません、お待たせしました」

麻衣が慌てて追いかけて来た。既にコートを着てバッグも持ち、出動準備完了である。

「あ、いや……俺はトイレなんだ」トイレというか、少し頭を冷やそうと思って廊下へ出て来ただけなのだ。「一階で待っててくれ。すぐに降りる」

「分かりました」

「ほらほら、急げよ」西川が急《せ》かした。

「分かってるよ」沖田は踵《きびす》を返して追跡捜査係に戻った。トイレに行く気は——そもそもなかった。


正俊の自宅は、実家——主《あるじ》のいなくなった家の隣駅、東急自由が丘駅の近くにあった。いや、最寄駅は自由が丘というより、大井町《おおいまち》線の緑《みどり》が丘《おか》だろう。緑道沿いにある低層マンションで、賃貸《ちんたい》だったら二十万ぐらいはしそうな物件だ。

「奴、金持ちなのか？」沖田は思わず麻衣に問いかけた。

「私は知りませんよ。今日、初めてこっちの捜査に投入されたんですから」

「ああ、そうだった——失礼」

「でも、本当の金持ちは、タワマンよりも低層の大規模マンションを好むって言いますよね」

「俺には縁のない世界だけど、何でそんなこと知ってるんだ？」

「ネットニュースで読みました。『金持ちは』みたいな見出しを見ると、つい読んじゃうんですよ」

「ネットニュースの編集者の思う壺《つぼ》じゃねえか」

「返す言葉もないです。でも、一応世の中の流行《はや》り廃《すた》りに通じておこうと思って」

「でかいといっても、ここはそこまで大きくないか」五階建てで、東西に細長い造りだ。ワンフロアに何部屋あるか……いずれにせよ、正俊がかなり金を持っていたのは間違いない。「どうも変だな。奴に金があったかどうか……」

「それこそ、実家から盗んだ金とか」

「そう考えたくなるよな」

福岡の会社にいた時に盗んだとされるのは、二百万円。決して小さい額ではないが、それから何年も経っている。何もしないで遊んで暮らせるわけがない。

「管理人がいるはずだ。こういう高級マンションだと、管理人じゃなくてコンシェルジュかな？　ちょっと話を聞いて、普段の暮らしぶりを確認してくれないか？　ついでに、賃貸かどうか分からないけど、仲介した不動産屋を確認してくれるとありがたい」

「沖田さんは？」

「羽島のことを一番よく知っている人と電話で話してみる――叔母《おば》さんだ。話ができる相手なんで」

「じゃあ、こっちは任せて下さい」麻衣だったら、一人で大丈夫だろう。

「頼むぜ」

沖田は緑道に足を踏み入れた。元は小川だったのを、塞《ふさ》いで暗渠《あんきょ》にした感じだろうか。木立がずっと続く細い散歩道になっていて、ウォーキングする高齢者の姿が目立つ。ベンチでもあればいいのだが、座る場所はない……沖田は仕方なく、街路樹に背中を預けてスマートフォンを取り出した。里子はすぐに電話に出た。

「申し訳ありません、度々」

「いえいえ、とんでもないです。週末、病院に行かなかったんですけど、正俊は大丈夫でしたか？」

「同僚が会いました。特に問題はない——暴行を受けても怪我はしていません。友だち同士の軽い喧嘩だと言っていました。警察に訴えるつもりはないそうですし、病院も大事にしたくないそうですので、警察としては捜査はしません」

「そうですか……無事ならそれでいいんですけど」

「大丈夫ですよ。すみません、一つ確認させていただいていいですか？」

「分かることでしたら」

「早めにお聞きしておけばよかったんですが、正俊さん、仕事は何かしているんですか？」

「コンサルティングのようなことをしていると言ってました。私にはよく分からない仕事ですけど」

「事務所でもあるんですか？」

「いえ、自宅でやっていると思います。用事がある時は、自分から相手のところへ出向くそうです」

「儲《もう》かってたんですかね」沖田はズバリ聞いた。

「どうなんでしょう。そういうことは、あまりはっきり聞けませんよね」里子は腰が引けていた。

「今のご自宅、結構高級なマンションじゃないですか」

「そうですか？　私は行ったことがないのでよく分かりませんが」

「コンサルの仕事は、そんなに儲かりますかね」沖田は図々しく聞いた。

「どうなんでしょう。そういう仕事には詳しくないので、何とも言えないんですが」

「こちらにはお一人ですよね？」沖田は念押しして聴いた。

「だと思います。ずっと独身で飽《あ》きてきたって言ってましたから」

「変なことを聴きますけど、正俊さん、そんなに金があるんですか？」

「それは……」里子が言い淀《よど》む。「甥《おい》っ子の懐《ふところ》具合なんて、分かりませんよ」

「失礼しました。ちなみに、東京へ戻ってきてからずっと、このマンションですか？」

「そうだと思います」

「今の病院の治療費は……」

「それも自分で払ってますよ。私はたまに見舞いに行くだけで、金銭面では手助けしていません」

「そうですか……それだけお金があるのは不自然だとは思いませんでしたか？」

「何がおっしゃりたいんですか？」

「率直なお気持ちを聞きたいだけです」

「聞かない方がいいこともあるでしょう」里子の声が尖った。

「まずいことだと思ったからですか？」沖田はさらに追及した。

「あなた、今日はだいぶ失礼ですよ。何かあったんですか？」里子が非難する。

「色々調べているだけです」沖田はさらりと言い訳した。

「こういうことでは、私は申し上げることがないですね。失礼します」

里子はいきなり電話を切ってしまった。失敗だ……正俊に対する疑念が膨らんでいるせいで、焦《あせ》って乱暴な質問を重ねてしまった。里子と正俊の間にそれほど親密な関係がなかったにしても、里子にすれば、残った数少ない、血のつながった親族なのは間違いない。里子自身も、甥の行動、ライフスタイルに疑念を感じているかもしれないが、それでも他人に指摘されると不機嫌になるだろう。

マンションの出入り口に向かうと、ちょうど麻衣が出て来たところだった。

「管理人に確認できました」麻衣が自分のスマートフォンをかざした。画面には門倉の免許証の写真が表示されている。「門倉さん、何度かここに顔を出していたそうです」

「それだけで覚えていたのか？」

「門倉さんの顔……結構インパクト強いですよ」

狐顔《きつねがお》と言うのだろうか、顎が尖り、耳が大きい。目は細く、いかにも不機嫌そう、というかカメラを視線で壊そうというぐらいの鋭い目つきだった。よくこの写真が免許証でOKになったと思う。実際の顔とは違うのではないか……本当にこの通りの顔だとしたら、一度見た人は忘れないだろう。

「確かにな」

「それと、一度揉めたそうです。訪ねて来てインタフォンを鳴らした時に、反応がなくて、管理人に『部屋に入れてくれ』って詰め寄ったとか」

「いやいや、それはないだろう」沖田は呆《あき》れて首を横に振った。「それじゃ、オートロックの意味がない」

「一年ぐらい前なんですけど、そういうことがあったので、よく覚えていたそうです。その時は、その後すぐ羽島さんが帰って来たので、ことなきを得た——そういうことがあった後も、ここへ来る度《たび》に管理人さんを睨みつけるので、よく覚えていたそうです」

「何だかなあ」沖田は情けない気分になった。「気に食わない相手がいたら睨む——一回なら分からないでもないけど、毎回ってのは何なんだよ。喧嘩を売って歩いてるようなものじゃないか」

「危ないですよね」うなずいて麻衣が同意した。「でもこれで、二人が本当に関係あったことは証明できたんじゃないですか?」

「そう考えていいだろうな」

「それと、二人で連れ立って出かけていくこともあったそうです。午後に訪ねて来て、管理人の勤務が終わる午後五時頃——いかにもどこかに吞みに行く感じだったそうです」

「分かった。じゃあ、この辺の飲食店で聞き込みだな。二人でどこかへ吞みに出かけていた感じじゃないか」

「どっちでしょうね。自由が丘か、緑が丘か」

「どっちが賑《にぎ》やかだ？」

「それは、自由が丘だと思いますよ。東横線と大井町線のターミナル駅ですし。ただ、オッサン二人が呑むような店があるかどうか……二十歳《はたち》前後の若い子が喜ぶようなお店なら、いくらでもあると思いますけど」

「二人とも下戸《げこ》で、スイーツの食べ歩きが趣味かもしれない」

「沖田さん……本気で言ってます？」

「すまん――ちょっと待て」スマートフォンが鳴った。背広のポケットから取り出すと、西川からメッセージが届いていた。門倉の住所が確認できたようだ。すぐに西川に電話をかける。

「俺が行ってみようか？」

「いても声はかけるなよ」西川が忠告した。

「分かってるよ。まず、動向確認だな？」

「そういうこと」

「それと、門倉が比較的頻繁に羽島の家を訪ねていたことが分かった。二人で連れ立って呑みに行くことも多かったらしい。行きつけの店を探し出して話を聴けば、二人の普段の様子が分かるかもしれない」

「了解。じゃあ、若い連中をそっちに出すよ。自由が丘か？」

「だと思うけど、自宅から近いのは緑が丘なんだ。そっちに店があるかどうか調べて、もしもオッサン好みの店があったら、聞き込みしてもいいな」

「分かった。人手がいるな。俺も出る」

「おうおう、西川さん自ら御出座か」沖田は冷やかした。書類の分析などでは警視庁随一《ずいいち》と言われる力を発揮するのに対して、基本的に聞き込みなどは好きではないのだ。

「総力戦だ。ここは係長と大竹に守ってもらう」

「余計なことはしないように釘を刺しておいてくれ」沖田は本気で頼んだ。「あの人が現場で聞き込みでも始めたら、何が起きるか分からない」

「あのな、どうしてうちには問題児の係長ばかりがくると思う？」

「修業だ」沖田は真顔でうなずいた。「警視庁の上層部が、俺とお前の精神力を鍛えるために、どうしようもない上司を送ってくる」

「それが本当だったら、俺は人事に本気の喧嘩を売るよ」

「その時は俺にも声をかけてくれ」

「了解」

何の話だ……しかし沖田は、少しだけ気が楽になっているのを感じた。いつでも馬鹿話ができる相手がいるのは幸せだと考えるべきだろう。

沖田は、すぐに門倉の自宅がある大井町線下神明《しもしんめい》駅まで移動した。同じ路線に住んでいるわけか……普段から何か一緒にやっているから、近くに住んでいる方が便利だったのか。悪事の相談、ということが頭に浮かぶ。

この駅では、一度も降りたことがなかった。スマートフォンの地図で見ると、近くに大きな公園——しながわ中央公園があるが、基本的には住宅街である。駅前にも繁華街はなく、すぐに集合住宅が建ち並んでいる。二人は巨大な団地の脇を通り抜け、細い道路を足早に進んだ。途中から商店街という感じになってきて、飲食店などがちらほら……今日の昼飯は、この辺で済ませることになるだろう。

家を確認。見ただけで高級そうだった羽島のマンションとは違い、かなり古びた、コンパクトなマンションである。築三十年……いや、もっと経っているだろうか、外壁には黒い汚れが目立つ。道路側を向いているドアの間隔《かんかく》から判断して、部屋は比較的狭い1LDKか2DKではないだろうか。子どもが二人いたら、かなり狭い感じになるかもしれない。

オートロックでもないので、ロビーに入って郵便受けを確認する。住所はこのマンションの二〇二号室だが、郵便受けに名前は入っていなかった。扉はロックされていて、中は確認できない……沖田は管理人室に向かい、初老の管理員に挨拶《あいさつ》してバッジを見せた。バッジには威力があったようで、管理人はすぐに外へ出て来た。

「こちらの二〇二号室に住んでいる門倉さんのことなんですが」

「門倉さん、はい」

「いつからここにお住まいですか？」

「それはちょっと、ここでは分かりませんね。管理会社に聞いてもらわないと」

「管理会社を教えてもらえますか？」

「ちょっと待って下さい」

一度管理人室に引っこんだ管理人が、バインダーを持って戻って来た。ぱらぱらとめくって確認すると、管理会社の名前と電話番号を告《つ》げる。麻衣が素早くそれを書き取った。

「門倉さん、どんな人ですか？」

「どうですかね……よく分かりません。あまりお会いしないので」

「ここにはあまりいないんですか？」

「そんな感じです。朝、私が来る時に戻られる時もあるみたいで。夜の商売かなとも思ってました」

「夜勤？　警備員とか？」

「いや、そんな感じではないですね。いつも小綺麗《こぎれい》な格好してますし」

「水商売？」

「あ、そうかもしれません。でも、話しかけにくい人でねえ」管理人が苦笑した。

「そうなんですか？」

「こんなこと、本人の耳には入らないようにして下さいよ」管理人が手を合わせる。

「もちろんです」今度は沖田が苦笑する番だった。「ここで聴いたことは、秘密厳守にします」

「そうですか……とにかく目つきが悪い人でね。何だかいつもきょろきょろして、警戒しているような感じもするし、目が合うと睨みつけてきたりするんです」

「それは、あまり感心しませんね」沖田は深刻な表情でうなずいた。

「実は、他の住人の方と軽いトラブルもありまして」

「そうなんですか?」

「門倉さんがエレベーターに乗ろうとして、閉まってしまって……門倉さん、エレベーターが壊れるんじゃないかっていうぐらいの勢いで、ドアを蹴飛ばしてたんですよ。その翌日かな? エレベーターを閉めちゃった人とロビーで一緒になって、『ふざけるな!』って怒鳴《どな》りつけてて。若い女の人だったんですけど、怖がっちゃって、私のところに相談に来たんです。私も勝手に話せないから、管理会社に話して、結局そちらから注意してもらったんですけど……」

「マンションのご近所トラブルとしては、レアケースじゃないですか? 騒音トラブルとかはよく聞きますけど」

「ですよね」管理人がうなずく。「結局、その女の人は引っ越しちゃいましたけど」

「いつ頃ですか?」

「一年ぐらい前ですかね」

「他にもトラブルがありそうですね」気の短い乱暴な男、という印象が頭の中で膨れ上がってくる。

「私が聞いたのはそれだけですけど、ええ……そうですね。表に出ないだけで、何かあるかもしれません」

「ちなみに、この人をマンションで見かけたことはないですか?」沖田はスマートフォンを取り出し、正俊の写真を見せた。四年前に更新された免許証の写真なので、今ではかなり顔が変わってしまっているのだが。

「ええと……」管理人が眼鏡《めがね》をかけ直してスマートフォンを覗きこむ。「いや、見たことはないですね。まあ、マンションは人の出入りが多いから、一々覚えてないですけどね」

二人が会うのは正俊の地元で、というルールでもあるのだろうか。

礼を言ってマンションを出る。他の住人にも当たってみたかったが、昼間のこの時間だと、在宅している人は少ないだろう。

今日はここで長丁場の勝負になる。それが、事件を一気に解決するためのきっかけになるのでは、と沖田は期待した。

4

こういう捜査は、海の中から真珠《しんじゅ》を一粒見つけ出すようなものだと西川はいつも思っていた。成功する確率は、ゼロをいくつ並べたぐらいになるだろう。

目黒南署からの応援二人組も含めて、五人。本来なら、自由が丘駅付近の飲食店の正確なリストを作って、一つずつ潰していきたいところだ。その準備をする時間も惜《お》しいので、駅前で地図を確認し、大まかな分担を決めて、話が聴けた店は間違いなくマークしておくこと、と西川は若い四人に指示した。麻衣と井村、牛尾と藍美にコンビを組ませ、西川は一人で回ることにする。

自由が丘の駅前はかなりごちゃごちゃしている。道路は、碁盤の目状でも、ロータリーを中心にした放射状でもなく、あみだくじのようにでこぼこだ。道路が混みいっているうえにレンガ貼《ば》りの歩道が多いせいか、どことなくヨーロッパの街並みを彷彿《ほうふつ》させる――西川は渡欧したことはないのだが。

西川は、大井町線と並行する緑道沿いの店を担当した。聞き込みは慣れたものだが、想定よりも難儀する。こういうところの店はアルバイトが多く、長く勤めている人は少ないだろうし、とにかく賑わっているから、客をじっくり観察している暇もないだろう。

駅前はカフェなどが多い。どの店でも、客のほとんどが若い女性で、羽島や門倉が気楽に入るような雰囲気ではなかった。どの店でも店長、ないし責任者を呼んでもらって羽島と門倉の写真を見せたが、見覚えのある人はいない。

時折居酒屋や中華料理店にも出くわす。そういう店では二人が目撃されているかと思ったが、やはりヒットなし……三十分続けただけで、げっそりしてきた。緑道にあるベンチに腰かけて、目を擦る。一休憩《ひときゅうけい》だ。

これはまさに、大海から真珠一粒を探す行為かもしれない。溜息をついて、両手で腿《もも》を叩き、気合いを入れ直そうとしたところでスマートフォンが鳴った。牛尾……当たりを引き当てたか？　慌てて電話に出ると、牛尾が申し訳なさそうに切り出した。

「すみません、勝手に調べたんですけど……」

「どうした？」

「SNSをチェックしました。門倉のものらしきSNSを見つけたんですが」

「しまった、そっちはノーチェックだった」羽島はあちこちで怪しい動きをしてきた人間だし、門倉もその羽島をいきなり暴行するような乱暴者である。しかも二人とも、年齢は五十代。SNSをやるようなタイプではないだろうという先入観もあって、調べていなかった。

「小池さんが思いついて調べてくれました……もちろん、聞き込みはちゃんとやってましたけど、移動の時間を利用して」

「分かれば、何でもいいんだよ」西川はうなずいた。「よくやった。彼女に、昼飯は奢《おご》りだと言ってくれ――君は自腹な」

「分かってます」牛尾がむっとして言った。

「具体的に何か情報があったか？」

「出入りしていた店が分かります」

「よし、ちょっと落ち合って打ち合わせよう。どこか分かりやすい場所はあるか？」

「北口に、自由が丘デパートがあります」牛尾が即答した。

「ああ、あの昭和の……あれってデパートなのか？」

「よく分かりませんけど、そういう名前です」

「じゃあ、そこの入り口で。林たちにも連絡して、全員集合してくれ」

「了解です」

電話を切って、「よし」と声に出して立ち上がる。さて、北口へはどうやって行けばいいんだ？


自由が丘デパートは、東急東横線の線路沿いにある四階建てのショッピングセンターで、一階部分を見ながら歩いている限り、自由が丘というお洒落《しゃれ》タウンの中で、そこだけ過去から来たように見える。雑貨店、寿司屋、呉服屋、文具店など、昭和の商店街ではお馴染みだった店が軒を並べていた。上階は飲食店が多いようだが、西川の好みの渋い店が中心だろう。ここはじっくり探検する価値がありそうだ。

各店舗が道路に向かって店を開いている中、デパートそのものの出入り口は小さく分かりにくかった。牛尾たちが集まっていなかったら、見落としていたかもしれない。こちらに気づいた牛尾が、さっと頭を下げる。それから藍美にうなずきかけた。藍美が緊張した面持《おもも》ちでうなずき返す。

「ＳＮＳをチェックしました」

「ああ」

「門倉が写っている写真がありました。その中に、羽島らしき人物も一緒にいます。マスクで顔を半分隠しているので、確証はないですが」

藍美がスマートフォンを見せてくれた。確かに……免許証の写真よりも少し髪が長い門倉が、テーブルの上に伏せるような姿勢を取って、右手でこちらにグラスを突き出している。中にミントの葉が見える。モヒートか、と西川は思った。その背後に、もう一人の男。確かにマスクで顔半分が隠れているが、目の辺りは羽島に見える。

「これで場所が特定できるか？」西川は藍美にスマートフォンを返した。

「はい。拡大してみると……ここなんですが」藍美が西川の横に来て、スマートフォンを見せた。人差し指で画面を示し、「ここ、分かります？」と遠慮がちに訊ねる。

「最近、老眼がきつくてさ」西川は眼鏡をかけ直した。「どこだ？」

「壁です。コースターが貼ってありますよね」

「ああ」ごく普通のコースターで、直径十センチ弱、だろうか。白地で、赤いロゴマークのようなものが入っている。店名も——英語で「alkaline」と読めた。アルカライン……アルカリ性？　変わった店名だ。

「この店なのか？」本当に店のコースターなのだろうか。

「テーブルに、同じコースターがあります」藍美が指摘した。「だから、この『alkaline』は店名だと考えるのが自然かと思います。そして実際にこの店は、自由が丘にあります」

「バーか？」

「そのようです。調べましたが、オープンは午後五時です」

「よし——午後五時に、その店に突っこもう」ここなら話が聞ける、と西川は判断した。くつろいだ様子を見る限り、門倉はこの店では常連のようだ。おそらくは羽島も。二人の様子を確認できるのではないだろうか。「それまでは、他の店のチェックだ」

「了解です」

牛尾がうなずく。ちょうど麻衣と井村もやって来たので、西川は事情を説明した。さらに、藍美と牛尾には、ＳＮＳのチェックを進めるように指示した。これならどこでもできるし、門倉は迂闊《うかつ》なタイプ——自分がどこに出没しているか、他人に知られることが問題だとは思わないタイプではないだろうか。「alkaline」の他にも、足跡が見つかるかもしれない。

手がかりを得るためなら、それまでの時間はどれだけ長くても我慢できる。

「しかし君、よく見つけたな」西川は本気で感心して藍美を褒めた。

「視力はいいんです」

「視力とは違う目の良さってあるんだよ。人が気づかないところに気づく——ＳＣＵ(Special Case Unit＝特殊事件対策班)の八神《やがみ》という刑事がそのタイプなんだ」

「はあ」

「別に、ＳＣＵを推薦《すいせん》するわけじゃないけど、警察官としては大事な能力だから。視力も落ちないようにした方がいい。俺みたいに老眼がひどくなってくると、目を酷使《こくし》する仕事は厳しいから」

「遠くを見るようにします」

「そうしてくれ——さて」西川は腕時計を見た。唐突に空腹を覚える。本部での打ち合わせ、移動、聞き込み。いつの間にか十一時半になっていた。「少し早いけど、飯を食っておくか。この自由が丘デパートでどうだ?」

「二階に、食べるお店はたくさんありますよ」麻衣が指摘した。「この時間ならそんなに混んでいません」

「じゃあ、そうしよう。林は自由が丘、詳しいか?」

「昔はよく来ました——二十代の頃は、です」

「でもこの街、そんなに若い人向け限定という感じでもないよな」

「三十代になると、人混みがきつくなるんです」

そんなことを言ったら、俺なんか通勤電車にも乗れなくなる。西川は厳しい表情を浮かべてうなずいた。

五人がゆったり座れて、あまり混んでいない店という条件で探すと、トンカツ屋になった。奥に座敷があり、そちらに籠《こも》ってしまえば、他の客に聞かれず話もできそうだった。昼からトンカツは重いのだが、仕方がない。

トンカツ屋といいつつ、メニューにはすき焼きやしゃぶしゃぶもある不思議な店で、ランチにも揚げ物とすき焼き、しゃぶしゃぶの定食が並立している。ただしすき焼きとしゃぶしゃぶは千九百円と高い……何となく、全員がヒレカツランチになった。こちらは千百円。約束通り、藍美には奢った。藍美は恐縮しきりだったが、いい仕事をすれば先輩が褒めてちょっとした褒美《ほうび》を出すのは当然だ——と、西川は若い頃に先輩から教わった。捜査一課に上がって来たばかりの頃、当時は珍しい女性刑事、それもベテランの女性刑事が同じ班にいて、西川がちょっといい仕事をすると「はい、ご褒美」と言って飴《あめ》をくれたものだ。大阪出身と聞いて、その行動には合点《がてん》がいき、飴一粒でも人は機嫌がよくなるのだと思い知った。その後、その女性刑事は聞き込みや事情聴取の際にも、相手に飴を与えていることが分かった。

食事を終え、午後の仕事の手順を確認する。西川は、牛尾たちには目黒南署へ行くように命じた。ＳＮＳのチェックはどこでもできるが、やはり落ち着いた場所の方がいいだろう。

「どこか、署内に使える場所はあるかな？」西川は藍美に訊ねた。

「はい、今回の捜査に使っている部屋が」

「牛尾、鳩山係長に挨拶して、そこを使わせてもらってくれ」

「了解です」

「それと、鳩山係長が甘いものを食べていたら、殴ってでも阻止《そし》しろ」

「……了解です」

「内臓損傷か骨折でもない限り、徹底してやっていい」

「西川さん……」

「まあ」西川は咳払《せきばら》いした。「とにかく、監視も頼む」


午後の時間は徒労に終わった。成果を上げたのは牛尾たちだけ……自由が丘で、二人の行きつけと見られる店を計三軒、見つけていた。うち一軒は居酒屋で、昼にはランチ営業をしている。その情報を摑んだのが、ランチ営業が終わるぎりぎりの午後一時五十五分。西川は少し迷った末、二時過ぎに店に飛びこんだ。

「ああ、門倉さんね」タオルを鉢巻にした中年の店主が、微妙に嫌そうな表情を浮かべる。

「ご存じですか？」

「まあ、ねえ……何かありました？」急に興味が湧《わ》いたように、西川に一歩近づく。

「そういうわけではないんですが」

「あ、そう」店主が白けたように首を横に振った。「てっきり何かやらかしたかと」

「どうしてそう思います？」

「こっちの筋の人かと思ってたよ」店主が、右頰を人差し指で撫でた。最近、こういうジェスチャーはあまり見ないが……。

「そういう感じですか？」

「警察の人の方が、よく知ってるんじゃないの」

「実は私は、会ったことがありません。ちなみに、前科や逮捕歴はありませんよ」

「あ、そう。いつもピリピリしていて、こっちが何かヘマしたら怒鳴り散らしそうな雰囲気なんだけどね」

「普通にランチを食べに来たり、呑みに来たりじゃないんですか？」

「いや、昼は見たことないね。基本的に夜。よく呑む人でさ、一度、ハイボール十杯ってことがあった」

「それはなかなか……」いかにも目つきが悪く、ピリピリした雰囲気を周囲に振りまいている客だったら、店側も警戒するだろう。そんな男がハイボールを十杯呑んで酔っ払ったら、他の客とトラブルになるかもしれないと恐れるのが普通の感覚だ。

「まあ、いつも相方が一緒で、その人は揉めそうになったら止めてたから」

「この人ですか？」西川はスマートフォンを示し、羽島の写真を見せた。

「そうそう、この人。あまり呑まないで、いつも門倉さんの愚痴を聞いてる感じだったな。上手くコントロールしてたみたいだ」

「払いは？」

「だいたい門倉さん。カードが多かったな」

「クレジットカード？」

「そう」

クレジットカードが使えるということは、門倉は普通に仕事をしていた可能性が高い。信用がないと、カードは作れないからだ。

「門倉さんが何の仕事をしていたか、分かります？」

「さあ……なるべく近づかないようにしてたから。話を盗み聞きしてるって分かったら、ぶっ飛ばされそうだしね」

「そんなにピリピリしてました？」

「だから、その筋の人じゃないかと思ったんだけど」

「そういう事実もないですね」西川は、データで把握できる限りの情報を集めていた。門倉も羽島も、前科、逮捕歴はなく、交通違反で切符を切られてもいない。表面上は、社会規範に従って生きている真面目な市民だ。

「そういえば、相方さんはしばらく見てないね」

「入院中なんです」

「そうか、それで門倉さん、一人でね……毎回こっちはびくびくしてますよ」

「何かあったら、迷わず警察に連絡して下さい。すぐに駆けつけますから」

「頼みますよ。自由が丘は元々品のいい街なんだから。ああいう人が闊歩《かっぽ》してると困る
——そんなこと言っちゃいけないか」

いけない。しかし気持ちは分かる。

　夕方五時、西川は「alkaline」に赴《おもむ》いた。大勢で押しかけるわけにもいかないので、柔道三段で腕に覚えのある牛尾一人を、護衛役として同行する。目黒南署には藍美が残り、井村と麻衣は、門倉と羽島が一緒に訪れていた、もう一軒のバーに回った。

「alkaline」は駅前の飲食店ビルに入ったバーで、中はこぢんまりとして清潔だった。カウンターとテーブル席が二つしかなく、長居を拒否する造り……さっと一杯呑んで、すぐに金を払って出て行くのが粋《いき》だ、と無言で圧力をかけられるような店だ。

　こういうバーは、暗い色合いのインテリアを使い、照明を落として酒に向き合えるようにするのだが、この店の長いカウンターは薄い茶色で、ところどころに当たるスポットライトのせいで明るい印象になっている。カウンターの手元と足元にある長いバーも、金色だ。

　バーテンは四十歳ぐらいの男で、白いワイシャツに、腰から下の長さのエプロン姿だった。髪は綺麗な七三分けで髭《ひげ》はなし。バーテンというより、高級なレストランのシェフという趣《おもむき》もあった。

　西川が警察官だと名乗ると、バーテンは一瞬嫌そうな表情を浮かべた。

「ややこしい話ですか?」

「客のことです」

「どなた?」

「門倉さん。門倉富美男さんと羽島正俊さん」

「ああ」バーテンの表情がさらに厳しくなる。激怒する一歩手前という感じだ。

「その二人、何か？」

「そっちが調べるんじゃないんですか？」

「そうですけど」

バーテンは奥の扉——こちらからはほとんど見えなかった——を開け、中に声をかける。二十歳ぐらいの若者が、エプロンをつけながら慌てて出てきた。バーテンは「お客さんを頼む」と指示してから——開店したばかりなのに、カウンターにはもう三人の客がいた——西川と牛尾をテーブル席に案内した。二人の向かいに座ったものの、一度立ち上がってカウンターの中に戻り、ペットボトルを持ってくる。これは自分用の水のようだ。

「何か飲みます？」

「いや、公務中なので」

「そうですか……それで、何ですか？」

「門倉さんと羽島さん。このお二人は、こちらのお客さんですよね」

「お客さんっていうか、うちを事務所だとでも思ってるんじゃねえかな」

「と言いますと？」

「二人で来ると、とにかく粘《ねば》るんだよ。この席で」バーテンが両手の人差し指を下に向けた。「うちは、さっと呑んでさっと帰るのが粋っていう方針でやってるのに、三時間ぐらい平気で粘ってる。酒は頼むからいいんだけど、他のお客さんが入れなくなるからね」

「迷惑客ということですか?」

「態度も悪いしさ。ヤバい奴がゲストで来たりするんだ」

「どういう相手ですか?」

「マル暴だよ。この辺にいる連中……橋場《はしば》組の若い奴なんだけど、そいつに呑ませてる」

「橋場組の人間は、みかじめ料とかの担当ですか?」

「そういうわけじゃないけど」バーテンが一瞬、口籠る。「まあ、中途半端な奴なんだけどね」

「知り合いですか?」

「実は、俺の小中の後輩だ。中学の頃から悪くなって、結局このザマですよ。会えば昔の知り合いって感じで普通に話すけど、門倉たちといる時は態度が悪くてね。何だか、スポンサーと一緒で気が大きくなってるスポーツ選手みたいな感じだ」

「なるほど。橋場組はよくないですね」西川はうなずいた。橋場組は犯罪にネットを積極的に活用しており、最近はトクリュウを裏からコントロールしていると言われている。裏サイトの情報でバイト感覚で集まった連中が各地で起こしている強盗事件——その背後にいるのが橋場組だと噂されている。それ故か、今は組織犯罪対策部の最大のターゲットだ。

「まあ、奴も可哀想なところがあるんだけどさ。母子家庭で、しかも別れた父親が時々金をせびりにきて、子どもをぶん殴っていくっていう……悪くならない方がおかしいよ。聞いた話だと、そいつは組に入ってしばらくしてから、若い連中と一緒に自分の父親をボコボコにしたらしい」

「その三人はいつも一緒ですか？」

「いや、三人一緒の時もあったし、色々な組み合わせで二人、たまには一人……一人の時は、門倉も羽島もカウンターで一杯だけ呑んで帰るんだ。いつもこうだと助かるんだけどねえ」

「あなたの後輩は門倉と羽島、どちらの知り合いという感じですか？」

「羽島かな？　あの人も、何やってるかよく分からない人だけど……働いてないかもな」

「コンサルをやっているという情報もあります」

「どうかなあ」バーテンが首を捻《ひね》る。「コンサルって、特に資格とか必要ないんでしょう？本人が名乗ればそれでＯＫみたいな」

「そういう風にも言われてますね」西川は同意した。

「羽島とそいつ――俺の後輩は、よく密談してたよ。いつも電卓を持っててさ。何か計算してそれを相手に見せて、メモして……電卓なんて、スマホに入ってるのに、でかい電卓なんだよ。会社で経理の人が使うようなやつ、あるでしょう？」

「今やそういうのも、絶滅寸前かもしれませんけどね」

「まあね。でも、景気はよかったっていうか、懐具合は豊かだったみたいですね。つけにしたことは一度もないし、チップみたいに金を置いていくこともあったし。一度、『でかいヤマをこなしたから、しばらく遊んで暮らせる』なんて言ってましたよ。『でかいヤマ』とか『こなす』っていう言い方が、素人《しろうと》っぽくないですよね」

「ああ……確かに。それ、いつ頃のことですか？」

「だいぶ前だよ。三年か、四年前かな？　羽島ってあまり呑まないんだけど、その時は珍しく酔っ払って声がでかくて、カウンターの中まで聞こえてきたから覚えてる」

「迷惑な客だったんですね」

「他のお客さんからクレームが入ったこともある」バーテンが渋い表情を浮かべた。「だけどこっちも、なかなか言いだしにくくてね。呑み屋っていうのは、言うべき時はきちんと言った方がいいんだけど、難しい……俺が雇《やと》われ店長だったら、ブチ切れて注意してたかもしれないけど、自分の店だとそうもいかないんですよ」

「ああ……城ですからね。揉め事なく、何とか穏やかにいきたいですよね」

「だから、警察に入ってこられるのも困るんですよね。うちは、酒好きな人がスマートに呑んで帰る店でありたいんだ。酒の品揃《しなぞろ》えで勝負してるんだし」

「そちらにご迷惑をおかけすることはありませんよ」また来る可能性もあるが。「最後に一つ、教えて下さい。あなたの後輩の、橋場組の組員の名前は？」

　西川たちは、目黒南署に集合した。藍美は空いた時間にずっとSNSのチェックをしていたようで、目は真っ赤――いくらネットのネイティブ世代とはいえ、何時間もスマートフォンを見続けていたら、目が疲れるだろう。彼女を労《ねぎら》ってから、聞き込みの成果を報告し合う。

麻衣たちが事情聴取したバーでは、さほど成果なし……「alkaline」に比べれば、二人が訪れる頻度は高くなかったようだ。西川は、自分で聴きこんできた情報の中で、橋場組の君津《きみつ》という男のことが気になった。この男が、羽島と組んで悪さをしていた可能性もあるのではないか?

報告が終わったところで、沖田から電話がかかってきた。

「まだ門倉のところで張り込み中か?」

「ああ」沖田は不機嫌だった。張り込みはあまり好きではない——動きがないのに耐《た》えられないのだ。この男を見ていると、西川は自分の息子——間もなく結婚予定だ——の子ども時代を思い出す。子どもというのはとにかく落ち着きがなく、じっとしているのが苦手なもので、沖田はそれがそのまま大人になった感じだ。「まだいるけどよ、ここで一晩中は勘弁して欲しいな」

「一晩中張り込む意味はあるか?」

「どうかね。門倉は何の仕事をしているか分からないし、いつ家にいるかもはっきりしない。毎日帰ってくる保証もないな」

「じゃあ、もう引き上げろよ」

「ああ?」

「二十四時間監視をするなら、ローテーションを組まないといけない。今日、絶対に門倉を摑まえないといけないわけじゃないんだから、無理する必要はないだろう」

「まあな」

「そもそも昼間は、管理人とかがいるんじゃないか？　その人に頼んで、出入りを確認してもらえばいいじゃないか。オートロックの開閉記録とかで分かるんじゃないか？」

「ところが結構古いマンションで、オートロックじゃないし、管理人だって、ずっと管理人室に張りついて人の出入りをチェックしてるわけじゃねえ」

「そうか」

「まあ、どうするかは明日決めようぜ。今夜は適当に引き上げるよ」

「お前には、それより合う仕事がある」西川は、君津の扱いを沖田に任せようと決めた。沖田は暴力団捜査の経験はないのだが、乱暴な人間の相手なら得意だろう。それに柔道有段者の牛尾をボディガードでつける。それを説明すると、沖田は乗ってきた。

「強盗事件、そいつが実行犯だったりしてな」

「俺もそれは考えてた」

「よし、明日引いて叩こうぜ。家は分かるか？」

「まだ割ってない」

「何だよ、仕事が遅えな」沖田が鼻で笑った。

「ついさっき分かったばかりなんだよ」西川は反論した。

「あ、そう。じゃあ、暴対に話を聞いて、さっさと割り出せ。誰か話ができる人間がいるだろう？　分かったら、明日の朝六時に、俺は君津の家のドアを蹴破ってやる」

「はいはい」西川は溜息をついた。やることができたと分かった瞬間に、この張り切りよう……沖田は、京佳と似ているのかもしれない。結果を求める——手柄を欲しがる。いや、違うか。沖田は表彰も、有利な異動も望んではいない。「分かったら電話するよ。今夜はもう引き上げろ」

「お前から電話がかかってきて、明日の仕事の割り振りがはっきりしたら引き上げる」

「さっさと引き上げた方がいい。今は、門倉が帰ってきても、話しかけるべきじゃない。もう少し情報を集めて、攻める材料を増やしてからだ」

「だったら、俺が早く帰れるように、さっさと情報を集めてくれ」

電話は切れた。あの野郎……一瞬怒りが噴き上げたが、ああいうタイプの人間を上手くコントロールするのも仕事のうちだろう。西川は未だに、沖田のコントローラーを手に入れていないのだが。

5

沖田はドアを蹴破らなかった。ただ静かにインタフォンのボタンを押しただけだった。そもそもオートロックなので、君津の部屋のドアは遠い。

反応、なし。午前六時にインタフォンを鳴らされても、無視する人の方が多いのではないだろうか。二度、三度と鳴らしたものの、やはり返事はなかった。

「家にいない可能性もありますね」牛尾が指摘した。

「まあな」沖田はコートの前のボタンを開けた。この時期の定番・トレンチコートを着てきたのだが、今日は暖かい……最高気温が二十三度ぐらいになるという予報で、午前六時でも、コートがいらないぐらいだった。まだ二月なのに——と地球温暖化を実感する。

君津の自宅は、橋場組の事務所に近い、西新宿にあった。君津は若頭補佐という肩書きを持っているのだが、そんなに偉いわけではなく、若い組員が毎朝車で迎えにくるような身分ではない。かといって、組員が電車通勤ともいかないだろうから、歩いて行ける場所に部屋を借りたのだろう。学生用のワンルームというわけではないが、さほど大きくはないマンション……君津も、あまり稼いでいる様子ではない。

「どうします？」

「ドアを蹴破りたいところだが……まず、中に入りこもう」

「了解です」

オートロックのマンション内に入りこむ方法は百種類ぐらいあるのだが、沖田は一番簡単な手を使った。住民が出てくるのを待って、さりげなく中に入る。時には、不審者と思って文句を言ってくる人もいるのだが、そういう時はバッジを見せれば、だいたい解決する。

今朝はバッジを見せる必要もなかった。スーツにコート、かっちりしたデザインのリュックを背負ったサラリーマン風の若い男が出て来る。沖田たちに気づいた様子もなく――早朝の会議か出張かもしれない――出て行ったので、沖田たちはドアが閉まる前にロビーに入りこんだ。

専用のキーで、自分の部屋のあるフロアにしかエレベーターが止まらないマンションもあるのだが、ここはそこまでセキュリティがしっかりしていなかった。三階のボタンを押し、静かな朝のマンションの中を移動する。各フロアは外廊下で、ドアは大通りに面していた。ここで騒ぎを起こすと、通りを行く人たちから丸見えになってしまう……と心配になる。

沖田は最初、ドア横のインタフォンを鳴らした。中でかすかに音がしたが、反応はなし。もう一度インタフォンを鳴らした後で、一歩下がる。

「沖田さん、本当に蹴破るのは――」牛尾が心配そうに言った。

「馬鹿言うな。こんな分厚いドアを蹴ったら、足が折れちまう」

ドアの横には小さな窓。その横に換気扇《かんきせん》もあるから、そこがキッチンだろう。灯《あか》りは漏れてこない。沖田はドアに近づき、思い切り拳《こぶし》で叩いた。ただし声は上げない。左手に切り替えてドアを叩き、右手でインタフォンのボタンを押す。それでとうとう、中から「うるせえ!」と怒鳴り声が聞こえてきた。

沖田は一瞬手の動きを止めた。しかし五秒待って、またノックとインタフォンの連打を繰り返す。

「うるせえ！　殺すぞ！」声がドアに近づいてきた。沖田は一歩下がり、バッジを取り出した。

ドアが開き、君津が裸足《はだし》で飛び出してくる。沖田は彼の眼前にバッジをつきつけた。

「何だよ、こんな朝っぱらから」君津が吐き捨てたが、怒りのトーンは下がっていた。

「警察だよ。あんたのお得意の暴対じゃなくて、捜査一課だ。殺しだよ、殺し」

「ああ？」君津の顔が引き攣《つ》る。小柄で細身、迫力ある体形ではないが、眼光は鋭い。普通の人なら、睨みつけられただけで黙ってしまうだろう。ただし今は、くたびれたジャージに、襟《えり》が伸びた長袖Tシャツ――つまり寝巻きの格好である。髪は乱れ、目の下には隈《くま》ができている。

「殺しの捜査をしてる。ちょいと顔を貸してくれねえか？　家に入ってもいいが、俺らが座る場所はねえだろう」

「何よ」部屋の奥から、しわがれた女性の声が聞こえてきた。

「女がいるのか？」沖田は声を低くして確認した。

「どうでもいいだろう」

「女がいるなら、部屋の中では話せない。ちょいと出てもらおうか」

「任意か？」

「ああ」

「じゃあ、拒否するかね」

「別に構わねえよ」沖田はさらりと言った。「だがよ、あんたの家《ヤサ》は割れてる。何だったら一緒に事務所に行って、組長にご挨拶してから、そこで話をしてもいいんだぜ？　俺はマル暴の事務所にはあまり行ったことがないから、いい経験になる」

「何の話だよ」君津が睨んだ。しかし声に元気はない。

「ちょいと、あんたとある人の関係を教えて欲しいんだ。俺の推測だが、組には関係ねえと思う。だから、組で話を聴くのは筋違い——組に知られたらまずいことかもしれねえな。穏便に行こうぜ」

「何も、こんな朝早く来なくてもいいじゃねえか」

「俺もオッサンになって、朝が早くなってきてるんだよ。時間を無駄にしないように、さっさと出てこいよ。早く話せば早く終わる。事務所に出勤して、掃除しなくちゃいけないんじゃねえか？」

「俺はもう、そういうことはしねえんだよ」

「こいつは失礼、若頭補佐」

「余計なこと言うな」

君津が玄関に戻った。沖田は急いでドアを押さえ、牛尾に目配せした。牛尾が警戒のために中に入る。三階だから、ベランダから飛び降りる恐れはないと思うが……君津が振り返り、牛尾にきつい一瞥《いちべつ》をくれた。その直後、部屋の奥から「ちょっと！」とまた女の声が聞こえてくる。

「うるせえよ！　黙ってろ！」君津が怒鳴り散らしたが、どうにも元気がない。

五分後、君津が戻って来た。ジーンズに茶色いネルシャツ、薄手のコートという格好で、休日のお父さんファッションという感じである。顔は洗ったようだが、髪はまだ跳《は》ねたまま。まあ、しょうがない……ヤクザというと、ぴしりとした着こなしで隙を見せないイメージがあるのだが、二十四時間三百六十五日、そういうわけにはいくまい。

「それで？　署にでも行くのか」この近くには新宿中央署がある。

「いや、そこまで大袈裟《おおげさ》な話じゃないんだ。下に覆面《ふくめん》パトを用意してあるから、その中で」

「何だかケチ臭いな」君津が皮肉を飛ばす。

「署まで行く時間がもったいない。パトには飲み物も用意してある」

「そりゃどうも」

沖田は、マンションの近くに停《と》めた覆面パトカーの後部座席に君津を座らせた。自分はその横に、牛尾は運転席に陣取る。沖田は、予《あらかじ》め買っておいた缶コーヒーをバッグから取り出し、君津に渡した。

「何だよ、飲み物って缶コーヒーかよ」

「文句があるなら返せよ。俺が飲むから」

「――いいよ」君津がプルタブを開け、コーヒーを飲んだ。「今日は熱いコーヒーの気分じゃねえな」

「文句の多い奴だな。暴対の刑事は、一々そういうのに反応してくれるのか」

「どうでもいいじゃねえか。それで、何の用だよ」

「羽島正俊。門倉富美男。二人ともあんたの知り合いだよな？」

「知らねえな」即座に否定だった。

「否定するなよ。時間の無駄だ。あんたが二人といたところを見た人がいる」

「たまたまかもしれねえだろう」

「何度も？」

「おいおい。何なんだよ。あの二人が何か、やばいことでもしたのか？」

「さあ……そうなのか？」

「禅問答なら勘弁してくれよ。俺だって忙しいし、昨夜は寝てないんだ」

「お楽しみか？　それとも事務所で夜勤か？」

「大きなお世話だ」

君津は、突っ張り通すつもりかもしれない。「知らない」「分からない」を貫いて、時間切れを待つ作戦だ。ヤクザは短気な人間も多いが、自分の身を守るためにはいくらでも時間をかける。警察のやり口を知っているが故に、どうすれば任意の取り調べから逃げ切れるか、ノウハウを知っているものだ。

君津が缶コーヒーを持ったまま、手を腿に打ちつける。大した音がするわけでないが、何だか苛《いら》つく。沖田は早々、一歩踏みこむことにした。

「おたくら、今えらいことになってるそうじゃねえか」

「ああ?」

「この前逮捕された奴、橋場組との関係を謳《うた》ってるらしいな。やべえぞ。このままだと、暴対は本気で橋場組を潰しにかかる」

この話は、既に新聞などでも報道されている。都内で、宝石店を営業時間内に襲う雑な強盗事件が発生。その捜査を進めていた捜査一課の強行班が、実行犯を逮捕して、黒幕の存在を明らかにしつつあるのだ。闇サイトで実行犯を集めた首謀者も逮捕され、「橋場組の命令でやった。取り分は四対六」という供述が得られている。トクリュウの事件で暴力団の名前が具体的に出てくるのは珍しく、暴対が捜査一課に協力して、特別な捜査を展開していた。

「マスコミにもだいぶ書かれたよな。今は橋場組がターゲットだ。どれぐらい捜査が進んでいるかは、俺は知らねえが、今回は警察も本気になってるということは警告しておくよ。それぐらいは、あんたらももう察知してると思うが」

「だから何だよ。何か取り引きでもしてえのか?」

「いや、しない。俺はトクリュウの事件を捜査しているわけじゃねえし、そもそも捜査で誰かと取り引きするのは好きじゃねえんだ。取り敢えず、忠告みたいなもんだよ。あんたも、大人しく身を引くことを考えた方がいいんじゃねえか。もう三十七だろう?」

「だから?」

「ギリギリやり直せる年齢じゃねえか？　何だったら、俺が仕事を世話してやってもいい。きつい仕事しか知らねえけどな」

「あんた、いったい何が言いたいんだよ」君津の声が尖った。「俺を脅《おど》してるのか、諭《さと》してるのか」

「探ってるんだ」沖田は平然と言った。「どういう持ち出し方をしたら素直に話してくれるか、気になってね。理詰めで攻めた方がいいのか、脅した方が効果的か。どっちだ？」

「俺はサツの話には乗らねえよ」

「羽島とか門倉が、ヤバいことをやってる可能性もあるなあ」沖田は顎を撫でた。「だから、俺たちは二人のことを調べてるんだ」

「どうだかね」

答えが曖昧《あいまい》になる。否定ではなく「知らない」でもない。その微妙なニュアンスの真意を、沖田は読み損ねた。ちらりと横を見ると、まだ缶コーヒーを持った手を、そこそこのスピードで上下させている。あんなことを続けていたら、コーヒーのミルク分が泡立って味が変わってしまうのではないか？

「あの二人が何をやったのかははっきりしてねえんだが、俺のターゲットは羽島だ。奴は、大阪や福岡でも仕事をしてきたが、ろくでもねえこともやらかしている。横領とかな。知ってるか？」

「さあな」

「若い頃は東京で働いていたが、副業で闇金をやっていた。一緒にやっていた相棒は殺されて、犯人はまだ捕まっていない」

「その犯人が羽島？」

「さあな」沖田は肩をすくめた。「一度犯人は逮捕されたけど、その後無罪判決を受けた。異例のケースで、俺たちはまだ捜査を続けている」

「無罪判決……知らねえな」

「仮にも違法な世界に生きる人間なら、事件のことぐらい頭に入れておけよ」ただし、判決が確定した頃も、君津は未成年だったはずだ。それでももう、ヤクザの世界に足を踏み入れて、いっぱしのワルになっていただろうか。

「大きなお世話だ」

「この羽島が、最近何かでかいことをやったそうじゃねえか。あんた、聞いてるだろう」

「さあな」

「否定じゃねえのか」

「ただで喋れるかよ」

「コーヒー、奢っただろうが」

「ふざけんな」君津が憤った。「こんなもんで、俺を買収できると思うか？」

「だったら、何なら買収できる？」

「情報だよ、情報。確かに例のトクリュウの事件では、うちの組の名前が上がってる。だけど、捜査の実態が分からない。それを是非知りたいね。警察は本当に、うちにまで手をつけるつもりなのか？」

「さあな」今度は沖田がとぼけた。「担当部署じゃないところの捜査については、何も言えねえんだよな」

「だけど、同じ警察の中のことだ。調べられるだろう。その情報をもらえれば……」

「組の中であんたの立場がよくなって、肩書きの『補佐』が外れるってことか。いよいよ若頭か？」

「生きるか死ぬかの瀬戸際なんだよ。肩書きなんかどうでもいい」

「暴力団も大変だねえ」沖田は肩をすくめた。

「どうなんだよ。情報、渡すのか渡さないのか。こっちが一方的に喋るのは損だ。ちゃんとした情報をくれれば、喋らねえでもない」

「牛尾」沖田は運転席に座る牛尾に、呑気な口調で声をかけた。

「オス」

「今の、録音してたか？」

「当然です」

「よし、牛尾、今の展開、容疑は何だ？」

「贈収賄《ぞうしゅうわい》に関しては、金のやり取りの話がないので難しいかもしれません。むしろ、地方公務員法違反だと思います。第34条。守秘義務に反して秘密を漏洩《ろうえい》したことに関する規定です」

「さすがだ。しかし、俺は勝手に情報を渡すように申しこまれただけなんだが」

「幇助《ほうじょ》の適用ができるかもしれません。うちでやってもいいですし、暴対に持って行ってもいいです。見せしめとしては悪くないですね」

「ちょっと――ちょっと待て！」君津が声を張り上げた。「あんたら、何言ってるんだよ」

「単なる法律談義だ」沖田はしれっとして言った。

「暴対の刑事とは、情報交換する。警察と俺たちは、ずっと同じようにやってきたんだぜ？　今更拒否する理由はねえだろう」

「牛尾、今のは録音してないな？」

「オス、止めました」

「こんな話が録音に残ってたらヤバい。今まで、暴対がヤクザに情報を渡したなんて話が、法廷で出たことがあるか？」

「裁判のことなんか知らねえよ」君津の声に怒りが滲《にじ》む。「暗黙の了解だろうが」

「暴対のどの刑事に聞いても、あんたらに情報を渡したなんて認めねえよ。それなのにあんたは、俺に情報を寄越せと要求した。駄目だねえ。明らかに異法な誘いだから、じっくり取り調べさせてもらってもいいんだぜ？　俺じゃなくて、もっと厳しい人間が担当した方がいいか？」

「何言ってるんだ……」君津が困惑する。

「やっぱり、所轄で話した方がいいな。女はどうする？　電話だけしておくか？　会わせるわけにはいかねえけど、電話ならかけてもいいぜ。ただし、ここでかけてくれ。あんたを放流するわけにはいかないから」

「おいおい、何なんだよ。もう逮捕かよ」

「組事務所にも連絡するか？　当直の人間がいるだろう？」

「本気で逮捕する気か？」君津の声が揺らいだ。この男に逮捕歴がないのは分かっている。若い頃から散々悪さに手を染めてきたのに逮捕されていないのは、幸運だったとしか言いようがないが、そのせいか、逮捕に対する恐怖感があるようだ。

「それは、署でじっくり話を聴いてから決める。今日は長くなるから覚悟してくれよ。歯ブラシ、持ってるか？　タオルは？」

「ああ？」

「逮捕に備えて、そういうものは普段から持ち歩いてないとな。今回の件は組には関係ないから、助けてくれるかどうかは分からない。女にしっかり頼んでおくんだな」

「待てよ。ちょっと待てって。でかい情報があるんだよ」

「ほう」沖田は無関心を装って、ぼんやりとした声で言った。両手を組み合わせ、狭い後部座席で無理して足も組む。「でかい情報ねえ……牛尾、俺らが情報をもらうのは、何か問題あるか？」

「いえ、通常の捜査活動の範囲内です。何も問題ありません」

「了解。じゃあ、録音再開して」

「――はい、ＯＫです」

「俺らが、任意であんたに話を聴いて情報を得る、それは問題ないんだとさ。だったら、ぜひ教えてくれよ。こんな朝早くから仕事してるんだから、さっさと終わって一休みしたい。あんたも、二度寝してえだろう？」

「今さら寝られねえよ」君津が鼻を鳴らす。「喋ったら解放してくれるか？」

「今はな」

「今？」君津が怪訝そうに訊ねる。

「ああ。どうせならこのまま、羽島や門倉とつき合っていてくれ。それで何か情報を確保したら、こっちに流してもらえるかな」

「俺をスパイにするのかよ」

「そんな感じだな」沖田はうなずいた。

「冗談じゃねえ」君津が面倒臭そうに言った。「スパイはお断りだ。俺もそろそろヤバいと思ってたんだよ」

「あの二人が？」

「奴ら、マジでヤバい。俺から見てもヤバいんだから……そろそろ関係を切る頃だと思ってたんだ」

「結構だね」沖田はうなずいた。「悪い奴とは手を切った方がいい。ついでに橋場組からも抜けて、真っ当な人生を送ったらどうだ」

「そんなことを、あんたに言われる筋合いはない」

「じゃあ、暴対課の刑事に言っておくよ。真面目に生きろよ」

「……ほざけ」

不機嫌なまま、君津が語り出す。しかし不機嫌だろうが何だろうが、彼の情報は大きな価値を持っていた。

大き過ぎるかもしれない。

「ちょいと脅かし過ぎたかな」たっぷり喋った君津を解放した時には、午前七時になっていた。

「いえ……テクニックですよね」牛尾が感心したように言った。

「悪いテクニックだ。お前は真似《まね》するなよ」

「冷や汗ものでしたよ。録音なんかしてないのに」

「だけどお前、よく話を合わせたな。二人でコンビを組んで、コントでもやるか?」

「沖田さん……」牛尾が溜息をつく。「よくこの状況で、冗談が言えますね」

「緊張を緩和するためだよ。取り敢えず、本部に戻ろう。どこかで朝飯でも仕入れていくか」

「了解です」

追跡捜査係に戻って、午前八時前。沖田は、途中で調達してきたサンドウィッチにかぶりつきながら、先ほどのやり取りをメモに落とした。隣のデスクで、牛尾も同じようにしている。後で擦り合わせて整合性を取るのだが……牛尾はソーセージの載った長いパンを咥《くわ》えたまま、キーボードを打っている。

「牛尾、そこまで焦ってねえって。食い終わってからゆっくりやれよ」

牛尾が喉の奥で何か言ったが、当然聞こえない。仕事熱心なのはいいが……牛尾が右手一本でキーボードを打ち続け、パンは左手だけで食べていく。片手でキーボードを自在に打てるのは、一種の特技だろうか……。

二人はメモを突き合わせ、最後に牛尾が一本にまとめた。そのタイミングで、西川がやって来る。

「やべえぞ」

沖田は言って、プリンターのところへ行った。今まとめたメモが出てきたところ……西川がうなずき、コーヒーのポットだけを持って打ち合わせスペースに向かった。コーヒーを注《つ》いで朝の一杯——カップを口元に持って行こうとしたところで、メモを渡してやる。

途端に西川の動きが止まった。

「お前、これ……」

「早朝の作業の成果だ。ただし、マル暴の言ってることだし、本当かどうかは分からない」

「それで、門倉の行方《ゆくえ》は？」

「それは裏を取る——実際に、本人に聴いてみるしかないな。それが分からねえんだ。家で張りこむか、何らかの形で網をかけるしかねえだろうな」

「しかし、これが本当だとしたら……」

「ああ。一件落着だ。本人が自供すればだけどな」

「門倉も、かなり扱いにくい人間だと思うけどな。何をしているか、全然分からないのが困る。追っていく先がないんだから」

「しょうがねえよ。ただ、人間は生きている限り、どこかに痕跡《こんせき》を残す。それを追いかけていくのは、俺らの得意技じゃねえか」

「まあな……この件、係長にはどうする？」

「お前、話しておいてくれ。俺はこれから、門倉の家に張りつこうと思う」

「だからそれは無駄だって——」

「ローテーションを上手く考えておいてくれよ。若い連中には、また自由が丘で聞き込みをさせて、お前はここで頭を絞りながら係長の面倒を見る」

「厄介なことは俺に押しつけか？」西川が睨みつけてきた。

「若い連中が揃ってると、係長、また一席ぶつぜ？　それが若い奴らにいい影響を与えるとは思えねえな」

「——それは否定できない。じゃあ、よろしく」

沖田は牛尾を誘って追跡捜査係を出た。廊下を歩き出した途端、牛尾が大あくびをする。

沖田が振り向いたのを見て「すみません」とすぐに謝った。

「いや、眠くて当然だよ。二度寝しないと、労務管理的にも問題じゃねえかな」

「そうかもしれません」

「今日は、早めに上がるようにしようぜ。俺もさすがに眠い。ただ、門倉を捕捉できたら、眠気なんか吹っ飛んじまうかもしれねえな」

「それがベストですね」

ただし、ここから先が長くなる予感がしていた。門倉が何かを察知して、高跳びしてしまった可能性もあるのだ。真相は、すぐ手が届くところにあるはずなのに。

6

門倉の行方に関する手がかりはある。

西川は、麻衣と大竹を、大井町の不動産屋に派遣した。昨日沖田が聞き出した、門倉のマンションの管理会社である。管理会社なら当然、連絡先や勤務先を把握しているだろう。もちろん、その情報が今でも正しいかどうかは分からないが。

目黒南署の藍美と井村を、自由が丘の聞き込みに出動させた。二人にとっては「庭」のような街だから、何か情報を取ってくるかもしれない。

これで一人になれた——西川は、じっくり考える時間が欲しかった。追っていた二つの事件のうち、一つは何とか解決できるかもしれない。しかし、もう一つをどうするか……二つがつながっている？　しかしそのつながりは見えてこない。今は、「人」という細い糸が一本、つながっているだけなのだ。

じっくり考えるつもりが、そうもいかない。何か思いつく度に、京佳があれこれ言ってくるのだ。報告も入らないし、そんなに簡単に新事実が出て来るわけでもないのに……沖田の行動ペースを二倍にクロックアップすると、こんな風になるかもしれない。

最初に連絡をくれたのは麻衣だった。

「勤務先――勤務先として登録しているところが分かりました」声は弾《はず》んでいるが、「最高」というわけではない。彼女もここでの仕事にすっかり慣れて、小さなことでは一々感情を表に出さないようになった。

「どこだ？」

「ＰＫオフィス……アルファベット大文字のＰ、Ｋにカタカナでオフィスです」

「ちょっと待て。今、調べる」西川はパソコンのキーボードを叩いた。

「もう調べました」麻衣がストップをかける。「芸能事務所です」

「ちゃんとしたところなのか？」

「それが、開店休業状態みたいで……所属俳優のページに、誰も載っていないんですよ。そもそもホームページがずっと更新されていません」

「突っこんでみるか」

「やります」麻衣は積極的だった。

「やれるか？」

「まず電話を入れてみます。連絡が取れたら、適当な言い訳で面会を申しこみますから」

「チャレンジしてくれ。事件の関係で……と曖昧に言っておけば嘘にはならない。ただし、門倉の名前は出さないように」

「了解です」

よし、一歩前進だ。このPKオフィスという会社への事情聴取は進めることにして、他のメンバーはどう動かすか。自分はどうしても、PKオフィスに直接話を聴いてみたい。ただし、若い連中に任せるべきではないかという考えもあった――いや、ここはやはり自分で行こう。重要なポイントは自ら関わりたい。勝手だとは分かっているが、どうしても攻めていきたかった。

沖田たちは張り込み中。目黒南署の二人は、当てもない聞き込みの最中……どちらも、すぐには手を放せない仕事である。取り敢えずこちらの動きを教えて、互いにきちんと連絡を取り合うようにしよう。今回はいつもよりも大人数で動いているから、「チーム感」が強い。「自分だけ置いていかれた」感覚を持たせないようにするには、連絡を密にするしかない。

そう考えると、これまでの追跡捜査係はチーム仕事をしてきたとは言えない。自分と沖田が勝手に動き回って、他のメンバーが慌ててヘルプしてくれる感じだった。今回は、違う部署の人間も入り、チームで仕事をしている感覚が芽生《めば》えている。色々大変だが、新鮮な感じだった。

「では……」黙って出かけようと思ったが、京佳が係長席にいる。一応、声はかけないと。しかし詳しく話すと、いろいろ突っこまれそうで面倒だ。

タイミングよく、係長席の電話が鳴る。受話器を耳に押し当てた京佳が、急に眉間《みけん》に皺《しわ》を寄せる。ややこしい電話らしい——チャンスだ。西川はバッグを持ち、急いでコートを取って、「出ます」と大声で告げた。京佳が片方の耳でその声を聞き、さっと右手を挙げる。西川の出動よりもずっと大事な要件らしく、すぐに電話に集中してしまった。

よしよし……こういうややこしいことをいつまで続けなければならないのだろうと鬱陶《うっとう》しく思ったが、取り敢えずは脱出成功だ。

西川は大股《おおまた》で捜査一課の大部屋を歩き、廊下に出た。歩きながらコートを着こみ、そう言えば今日の最高気温は二十度を超える予報だったと思い出す。だったら脱いだ方がいいか……立ち止まらないとコートを脱ぐのに手間がかかる。まあ、このままでいいか。

何だか今日の俺は気負っている。沖田か京佳が乗り移ったような感じだった。

ＰＫオフィスは、五反田《ごたんだ》にある古びた雑居ビルに入っていた。いわゆるペンシルビルというやつで、ワンフロアに部屋が一つずつ、だろうか。芸能事務所というと、華やかな六本木や新宿あたりに大きな本社があるイメージなのだが。

麻衣と大竹はビルの出入り口で待っていた。大竹は既にコートを脱ぎ、腕にかけている。西川も、ＪＲの駅から急ぎ足で歩いてくるだけで額《ひたい》に汗が滲《にじ》むのを感じた。コートを脱ぎながら二人にうなずきかける。

「ちょっと調べたんですが」そう言ってスマートフォンを見る麻衣のコートはごく薄手で、色は淡いグリーンだ。刑事らしくない色遣いとも言えるが、春を先取りした感じは間違いなくある。「この事務所、俳優の黒岩辰起《くろいわたつき》が創設したんです」

「黒岩辰起って、あの黒岩辰起か」

「ええ」麻衣が苦笑した。「西川さん、芸能ネタに強くないのに、よく知ってますね」

「黒岩辰起ぐらい、分かるよ。黒澤《くろさわ》映画の常連で、日本映画の全盛時代を支えた人だ」

「その黒岩辰起は、五十歳を過ぎて映画の世界から身を引いて、舞台に注力するために劇団を始めました。それが『演劇集団鳥《とり》』です。その本拠地が、このＰＫオフィスということですね。劇団員はこのオフィスに所属して芸能活動を行っていたんですが、コロナ禍《か》で劇団の活動が停止してしまったようで……今はどうなっているか、よく分かりません」

「誰に話が聴ける？」

「事務局長という方が」

「了解」

三人で事情聴取は異例だが、大竹は極めて存在感が薄いから、実質二人でやるのと同じだろう。透明な存在になっていて、いざという時にぱっと動いて対処してくれるのは、非常に頼り甲斐《がい》がある。

がたがたと動くエレベーターで、七階まで上がる。エレベーターの前にはドアが一枚だけ。予想通り、ワンフロアに一部屋の造りなのだろう。

インタフォン――ではなくブザーしかない。それだけで、かなり古いビルで、アップデートもされていないことが分かる。

西川はブザーを鳴らしたが、反応はない。もう一度……もしかしたら壊れているのではないか？　鳴ったら外まで聞こえそうだが。西川は麻衣に目配せした。うなずき、一度肩を上下させた麻衣が、ドアをノックする。「はい」とすぐに返事があった。やはりブザーが壊れていたようだ。

麻衣がドアを開け、「失礼します」と言いながら顔を突っこんだ。

「ああ、どうぞ。今、ブザー鳴らしました？」部屋の中から聞こえる声は太く、よく通る。事務局長と言いながら実際は俳優で、舞台で鍛えた声かもしれない。

麻衣を先頭に事務所の中に入る――入ったが、西川はすぐに困惑することになった。あちこちに段ボール箱が積み重ねられ、迷路のようになっている。元々は柱もない、広い部屋のようだが。

「申し訳ないですね。ちょっと整理中なので」

「問題ないです」

「いったい何のお話ですか」事務局長は困ったように両手を広げたが、目は笑っている。

後ろめたいことはない――純粋に「訳が分からない」様子だ。「まあ、お座り下さい」

部屋の隅に、三人がけの大きなソファが二つあった。座る前に、まず名刺交換。西川は相手の名前、志賀直斗《しがなおと》を頭に叩きこんだ。六十歳ぐらいだろうか、半白になった髪を、耳が隠れるほどの長さに伸ばしている。シャープな顎、鋭い目。顔に皺は一本もない。まったく贅肉《ぜいにく》がついていないスリムな体形が、Tシャツにジーンズというシンプルなスタイルでさらに際立っていた。首にかけたタオルで額の汗を拭《ぬぐ》うと、ソファに腰を下ろす。それに合わせて三人も、向かいのソファに座った。

「こんな格好ですみませんね。いい機会なので、棚卸《たなおろ》しを始めまして」

「機会というのは……」西川は遠慮がちに訊ねた。劇団解散、そのために荷物を処理中？

「うちの劇団のこと、どれぐらいご存じか分かりませんが、コロナ禍以降は開店休業状態でしてね。劇団としての公演も、四年以上行っていないんですよ」

「演劇関係の人は大変だったみたいですね」

「そうなんです。それで、劇団の名前は残していますけど、所属の俳優さんは他の事務所に移籍してもらって」

「この劇団は……」

「存続してますよ。ただ、今は幽霊組織みたいなものですけど」志賀が皮肉っぽく言った。

「コロナ禍前までは、劇団員が中心になって、外部から脚本、演出の方を招いて公演をしていました。劇団の事務所――ここは、芝居《しばい》の公演についてはノウハウがあるんですけど、俳優さんが映画やテレビに出る時には、業務提携している事務所に交渉を任せているんですよ」

「よく……分からないシステムですが」西川は首を捻った。

「芸能界も、細かく分かれているんですよ。芝居が得意な事務所もあるし、テレビ出演の仕切りで力を発揮する事務所もある。小さい事務所が、大きい事務所に業務委託して、俳優さんの仕事を差配してもらうことも珍しくないです。しばらくそういう感じで、劇団としては仕事がなかったんですけど、ようやく公演を再開できる見こみが立ったので、その準備で……しばらく何もしていなかったのに、荷物は溜まるものですな」

「コロナ禍が収束する前から、普通に芝居なんかはやってましたよね？」劇場の感染予防などが大変だというニュースは西川も読んでいた。

「うちは、代表が慎重だったので……それに、芝居ができない間に、うちの所属の俳優たちが、テレビや映画で売れちゃったんですよ。公演のためには、大勢が一堂に揃うスケジュール調整が必要なんですけど、なかなか難しくて。それが今になってようやく、ということですね」

「今、代表は黒岩辰起さん……ではないですね」

「黒岩はもう、十五年も前に亡くなっていますよ」志賀が苦笑した。「今は、娘さんが代表です」

「娘さんも俳優さんですか？」

「いえ。黒岩のマネージャーを長年やっていて、その流れで代表に就任したんです」

「なるほど……実は、門倉さんのことなんです。門倉富美男さん」

「はいはい」軽くうなずいた後、志賀が急に感慨深い表情になった。「門倉君ねえ……元気かな」

「ここで働いていた、と聞いています。少なくとも五年前は」

「五年前は、確かにいましたよ」志賀が認めた。「その後辞めました。コロナ禍が始まってしばらくして——二〇二〇年の年末でした」

「それは、コロナのせいで？」

「そういうことです。要するに、仕事がなくなったんですよ。公演をやらなければ金が入らない、当然スタッフの給料も払えない。しばらくは内部留保を取り崩してやっていたんですけど、それもたち行かなくなりましてね。劇団の苦しい懐具合は皆分かっているから、五人いたスタッフのうち三人は辞めました」

「それでも、こんな一等地に事務所は構えているわけですね」

「ああ、ここは自社ビルです」志賀がさらりと言った。「黒岩が映画で儲けた金で買ったんですよ。まだ地価が馬鹿みたいに上がる前でね。黒岩の自宅もこの上の階でした。場所代がかからないし、家賃収入もあるから、劇団は何とか運営できていたんですよ」

「普通はなかなかそうはいかないですよね——劇団の経営は大変だと聞きますよ」

「そりゃあもちろん、大変ですよ」志賀が苦笑した。「黒岩は、こういうビルを手に入れるような先見の明……というか堅実さはあったんですけど、俳優さんですからね。劇団の運営には、まあ、金がかかった。舞台っていうのは、こだわればこだわるほど金が出ていくんですよ。青天井で」

「大変なんですね……それで、門倉さんなんですが、ご自分から辞められた？」

「ええ」

「彼は、いつからこちらに？」

「長いですよ。離れていた時期もあったけど、最初は……一九九〇年ぐらいだったかな。長野《ながの》出身で、上京して大学に通いながら、うちの劇団に籍を置いていました。当時は黒岩も健在で、毎年のように新人俳優のオーディションをやって、劇団員が増えていったんですよ」

「俳優さんですか……」意外な経歴を聞き、西川はかすかに動揺した。門倉のSNSなどをみた限りでは、そういうキャリアを匂わせる材料はなかった。

「まあ、『元』ですけどね」志賀が訂正した。「大学時代から六年か七年、頑張ってたんですよ。でもなかなか芽が出なくてね。舞台には出ていたんですけど、大きい役を任せられるわけではなくて、テレビや映画への出演もなかなか叶《かな》いませんでしたから。結局、九七年か九八年に、一度劇団を離れたんです。正確なデータが書いてある書類は、その辺に埋もれてますけど」志賀が段ボール箱の山に向けて手を振った。

九七年、九八年……門倉が富田から金を借りていた頃だ。劇団員としての活動が上手くいかず、金にも困っていたのだろうか。借りた額は確か八十万円――生活費だった可能性もある。

「その頃、門倉さんは金に困っていませんでしたか？」

「そりゃ困ってたでしょう」志賀が苦笑した。「売れない俳優は、誰でも大変です。実家がよほど裕福で、理解があるならともかく、そうでなければバイトして必死に生活費を稼いで、ぎりぎりのところでやっていくのが普通ですよ」

「大変な世界ですね――それで門倉さんですが、離れていた時期もあったという話ですよね？　つまり、一度辞めて戻ってきたということですか」

「そうそう。辞めてからいろいろあって……事件を起こしたりしてね」

「ええ」詐欺の件は、劇団にも知られていたのか。

「ただ、もう一度劇団に入れて欲しいって、土下座してきてね。二〇〇八年ぐらいだったかな？　結局舞台に立つ夢を諦められなかったんでしょう。代表――黒岩さんも娘さんも、それを許しちゃったんです。私はいかがなものかと思いましたけどねえ……それからまた五年ぐらい所属していたんですけど、やっぱり上手くいかなくてね。結婚することになって、家族のためにも夢は諦めると言って、普通に就職したはずです。ところが数年後に離婚して、仕事も辞めてしまって。俳優ではなくスタッフでいいから芝居に関わらせてくれって言ってきたんですよ。それが二〇一六年頃だったかな」

「ある意味、怒濤《どとう》の人生ですね」

「まあねえ」志賀が苦笑した。

「俳優を辞めて裏方に、ということですか。葛藤《かっとう》がありそうな感じですね」

「でしょうねえ」志賀がうなずく。「私のように最初から裏方の人間には分からない苦悩はあるでしょう。舞台でスポットライトを浴びていた人間が、俳優さんたちのスケジュールを管理したり、劇場との交渉をしたり……ただ、どういう形であっても芝居に関わりたいという気持ちが強いんでしょう。結局門倉君も、芝居に取り憑《つ》かれた男なんですよ」

「熱い人なんですか」写真をみた限りでは、そういう風には感じられない。俳優としても……あの凶暴な顔は、体温の低い悪役としてしか受け入れられないのではないだろうか。

「静かに熱い感じですね。でも、結局コロナで決定的なダメージを受けた。劇団が困っているのは分かっているし、そもそも一番大事な芝居を上演できない、自分も生活していかなくちゃいけないっていうことで、彼も辞めたんですよ」

「当時、どんな様子でした？」

「落ちこんでました。当たり前だけどね。彼はその頃、四十代の後半だったかな？　四十八？　コロナ禍がどうなるか分からないし、収束して戻ってきても五十代……いつまでも芝居の仕事ができるわけがないと思ってたんじゃないですかね」

「きついですね。就職したんですか？」

「いや、取り敢えずバイトで食いつなぐと言ってました。ほら、コロナ禍の時に、配達業務とか一気に広まったでしょう。体はきついけど、資格もなしですぐにできる仕事だから、それでいいかと……大変だろうなと思ったけどね。そんなに体力がある人間でもないし」

「それからずっと、そういうバイトを続けていたんでしょうか」それで普通にマンション暮らしができるだろうか。

「いや、その後は仕事が変わったはずですよ。コロナ禍が落ち着いてきた一昨年の暮れに、劇団の活動再開を視野に入れて、戻れる人には戻ってもらおうと思って、辞めたスタッフがどうしているか、確認したんです。ね。ただ、門倉君は、もうフルタイムで仕事をしていて、離れられないと言ってました」

「勤務先はどこですか？」

「ええとね」志賀が尻ポケットからスマートフォンを抜いた。画面を操作して調べていたが、ほどなく何かを見つけ出す。「ああ、MHインクとか言ってたな。聞いたことのない会社だけど、代表の人と二人でやってるって。その時は、代表の人が体調を崩していて、実質的に一人で会社を切り盛りしていたから、放《ほう》り出すわけにはいかないということでしたね」

「メールでもきたんですか？」聞きながら、西川は「MH」に引っかかっていた。「羽島正俊」のイニシャルではないか。羽島が会社を立ち上げていた？　ただし、架空の会社である可能性もある。

「ええ。昔のメールアドレスが生きていましてね。ああ、MHインクって、うちの近くなんだ……戸越銀座《とごしぎんざ》ですね。ああいうところにある会社ってことは、そんなに大きくはないのかな？　あの辺、ビジネス街じゃなくて完全な住宅街でしょう」

「そうですね……その住所、教えてもらえますか？」

西川は次の手がかりを手に入れた。


そのまま戸越銀座に転進し、MHインクについて調べる。所在地は、駅前の喧騒から少し離れた住宅街の中にある普通のマンション……オフィスビルでさえない。移動の途中で、麻衣がこの会社について検索してくれたが、ネットでは情報が引っかからなかった。今時、普通に活動している会社なら、ホームページやSNSを持っているはずだが、そういうのがないとなると……何らかのダミー会社かもしれない。そう言えば、羽島は今、何をして生計を立てているのかがはっきりしていなかった。何か怪しい仕事をやっていて、それに門倉が手を貸していた可能性もある。

古いマンションで、オートロックでもない。このまま二〇一号室のドアをノックすることもできるのだが、少し不安だ。三人しかいないと、取り逃がす恐れもある。まずは、本人がここにいるかどうかだが……西川は一気に勝負に出ることにした。沖田、それに目黒南署の二人に連絡を取り、現地に集合させる。食事は済ませてくるように、とも指示した。

午後一時前、三人がどこかで待ち合わせたように、揃ってやって来た。沖田は満足そうに、腹を突き出してゆっくりと歩いてくる。

「いやあ、ここはいいな。毎日違う店で飯を食って、半年ぐらいは持ちそうだ」

「呑気なこと言ってる場合か？」西川は時間節約で、交代で牛丼《ぎゅうどん》のランチを済ませただけだった。

「じゃあ、行くか」沖田がホールに入っていこうとする。

「待て待て」西川は止めた。「まず説明を聞けよ。周辺を調べたんだ。逃げる場所は二ヶ所ある」

一ヶ所は正面のホール。もう一ヶ所はベランダなのだが、ここが厄介だ。隣のマンションと隣接しており、そちらのマンションの非常階段とは、二メートルほどしか間隔が開いていない。飛び移れる距離だ。

「了解。じゃあ、俺と牛尾で隣のマンションの階段で待つ。お前は正面から声をかける。大竹と井村君は、道路で念の為に待機だな」

「俺、その件話したか？」西川は怖くなった。自分で考えていた通りの配置なのだ。

「いや」沖田がニヤリと笑う。「だけど、お前が考えてることぐらい、分かるよ」

「じゃあ、すぐに突っこもう」西川はうなずいた。「全員、スマートフォンをマナーモードに。発信はしないでくれ。当面、俺たち正面組が話をして、状況については、逐一《ちくいち》メッセージで報告する」

「よし、いこうか」沖田が両手を叩き合わせる。

「沖田、マナーモード」西川は指摘した。

「とっくにマナーモードにしてるよ。こんなことだろうと思ってさ」

沖田と気が合ってもしょうがないのだが……合わないよりはましだろう。

作戦開始だ、と西川は気を引き締めた。

7

沖田は、非常階段の手すり部分を盾にするようにして跪いた。鉄棒が縦に並んでいるだけで、向かいの部屋のベランダからは丸見えなのだが。

沖田は腕時計を見た。定められた予定時刻——西川がインタフォンを鳴らしたはずだ。ベランダと自分の時計を交互に見ながら待つ。一分後、麻衣からメッセージが入った。

在宅確認。門倉本人と認める。

短いメッセージに、沖田は希望と不安を同時に抱いた。門倉が数メートル先の空間にいるのはありがたい。しかし、「本人です」と簡単に認めたせいで、むしろ心配になる。門倉は追われていることは把握していないはずだが、警察に対して、そんなにあっさり正体を認めるとは……すぐに逃げる気だな、と沖田は推測した。

予想通り、窓がゆっくり、静かに開く。沖田はさらに身をかがめた。門倉がベランダに出て、縁《ふち》に手をかける。勢いをつけて一気に縁の上に乗り、こちらに飛び移ろうとした瞬間、沖田と目が合った。

「どこへ逃げる気だ！」沖田はつい声をかけた。ここで恐れさせて、室内に戻そう。その方が対処の選択肢《せんたくし》が広がるはずだ。

しかし門倉は、予想外の行動に出た。いきなり、真下へ飛び降りたのだ。門倉のマンションは、一階部分は全て狭い庭のようになっている。門倉は小さな三輪車と植木鉢を蹴飛ばすように着地し、道路側の門扉《もんぴ》を乗り越えて、転がるように道路に出た。

そこで大竹に捕まる。

容疑者ではないので、大竹は無理に投げ飛ばしたりしない。腕を殺し、動きを止めただけ。

「牛尾、行け！」沖田は低い声で命じた。柔道三段の牛尾が応援に入れば、確実に動きを押さえられるだろう。牛尾がダッシュで階段を降り始めた。それよりも、一階に飛び降りた方が早い——沖田は手すりに手をかけ、思い切って飛び降りた。何とか三輪車や植木鉢を外して着地したが、少しバランスを崩してしまい、腰に鋭い痛みが走る。これでは門扉は乗り越えられない。必死にたどり着いて調べると、内側からチェーンがかかっているが、鍵なしで外せる——慌ててチェーンを外して門扉を開け、道路に飛び出した。牛尾は既に大竹の応援に入り、二人がかりで門倉の両腕を押さえていた。門倉が喉の奥から「ああ！」と呻《うめ》きのような叫びのような声を上げたが、小柄だし、すっかり動きを封じられているのでどうしようもない。沖田は、腰の痛みに耐《た》えながら、慎重に門倉の前に立った。

「門倉富美男さんですね？　警視庁追跡捜査係の沖田です。古い事件を調べていて、あなたに話を聴きたいんですよ。三十年近く前の事件なんだけど、あなたが何らかの事情を知っているんじゃないかと思ってね。逮捕するわけじゃないし、手荒な真似はしたくないんで、抵抗しないと言ってくれないかな」

「三十年前……」しわがれた声で言って、門倉が顔を上げた。「それは……」

「あなた、富田幸樹さんを知ってますね？　それとも、もう忘れた？　あなたが八十万円を借りた相手ですよ」

「ああ……」門倉がうなずいた。

そこで沖田は、かすかな違和感を抱いた。これまで沖田は、多くの犯人を逮捕し、あるいは容疑者と目される人間から話を聴いてきた。会った時の相手の表情は――ほとんどが怒りか不安、悲しみだ。上手く逃げ切ったと思ったら警察に捕まってしまったという怒り、これからどうなるのかと怯《おび》える不安、これで人生も終わりかと嘆《なげ》く悲しみ。しかし今、沖田が見ているのは何かを諦めたような表情だった。何十年も背負ってきた重荷を下ろせる――つまり門倉のこの表情は、実質的な自白？

「放してやれ――逃げませんよね？」

「ああ」

大竹と牛尾が同時に手を放す。しかし二人は、門倉にぴたりとくっついたままだった。門倉がゆっくりと体を伸ばし、右、左と順番に腕を揉む。少し大袈裟な感じだった。

「三十年前の話以外にも、聴きたいことがあります。羽島正俊さんのこととか」

門倉が肩を上下させ、深呼吸した。探りを入れるように訊ねる。

「俺は逮捕される？」

「逮捕されるようなことをしましたか？」沖田は逆に訊ねた。

「――これから喋る。逮捕されていないなら、一度家に帰りたい」

「できればこのまま、警察署に行きたいですね。無駄な時間は使いたくない」

「全部話す。でも、家には行かせてくれ」

「何かあるんですか」

「……女だ」

「連絡を取る必要がある相手なら、電話でもメールでもして下さい。今はまだ、あなたにはそうする権利があります。ただ、相手が共犯者だったら話は別です。警察の動きを教えて、逃走の手助けをするのは許されません」

「そういうつもりじゃない」

「女性が家にいるんですか？」

「いや」

「だったら――」

「分かったよ」門倉が溜息をついた。「分かった。一緒に行く」

そこへ西川たちがやってきた。門倉が無事、というか抵抗もしていないので、ほっとした表情である。沖田は西川に向かってうなずきかけた。万事問題なし――問題がなさ過ぎて逆に不安になる。

しかし門倉は、やはり一切抵抗しないのだった。

門倉をどこへ連れて行くか、判断に悩んだが、結局目黒南署へ向かった。近くに所轄もあるのだが、取調室などを借りるために事情を説明するのが面倒臭い。目黒南署なら、五年前の強盗事件の「関連」ということで、すぐに取調室を使える。そもそも鳩山には詳しく事情を説明する必要もない。「話を聴きたい相手だから」と言えば、それで十分だろう。その辺、細かく話を聴きたがる京佳とは違う――鳩山の鷹揚《おうよう》さというかいい加減さが、今は懐かしかった。

門倉を取調室に入れて、牛尾と大竹に監視を任せ、鳩山と話をした。

「うちの事件じゃないだろう」鳩山が珍しく渋い表情を浮かべる。

「関係してくるかもしれないってことですよ」沖田は押した。「何が出てくるか分からない。ただ、本人は喋る気になっているから、すぐにやりたい。ちょいと取調室を借りますから」

「まあ……穏便にな」

「俺が穏便じゃなかったことがありますか？」

「うちの若い連中はどうする？」

「取り敢えず、取り調べの様子を見ていてもらいます。まだ強盗事件と関係があったと決まったわけじゃないですから」

「頼むぜ、おい」

「人の期待には応《こた》えますよ」

取調室には、沖田と西川が入ることにした。西川が記録係。他の五人は、モニターでその様子を確認することになった。途中、何か確認しなければならないことが出てきた場合は、すぐに動き出す。いつもの配置という感じだ。

取調室に入る前に、西川と打ち合わせをする。

「もう仏になってるのか？」直接門倉と話していない西川は懐疑的だった。

「いや、完落ちじゃない。でも、話す気はあるみたいだ」

「焦らずやろう。三十年前のことを完全に自供するには、相当の覚悟がいる」

「三十年間ずっと悩んでいて、こういうチャンスを待っていたのかもな」

「それなら、その辺の交番に駆けこんでたんじゃないのか？」西川が疑義を呈した。

「まさか。今まで、そんな容疑者、見たことあるか？」

「……ないな」西川が渋々認めた。

「たまたまこういうことがあって、一瞬で覚悟が固まったかもしれない。そういうこと、あるんじゃねえかな」

「そうだとしたら、俺たちがあまり遭遇したことのない容疑者ということになる。気をつけろよ」

「やばかったらお前が止めるだろう」

「人に頼るな」

「へいへい」

取調室に入り、門倉と改めて対峙する。小柄で痩《や》せた門倉は元気がなく、顔色も悪い。

「体調は？　悪くないですか」

「まあ、別に……」門倉が視線をテーブルに落としたまま答える。

「改めて、警視庁捜査一課追跡捜査係の沖田です。我々は今、二つの事件の再捜査をしていて、その件であなたに話を聴きたい。現時点ではあなたは何かの容疑者ではなく、逮捕されたわけでもない。任意の調べですから、話したくないなら話さなくても構いません。でも、できるだけ我々に協力してくれるとありがたい」

「話せるかどうか……」先ほどとは態度が微妙に変わっている。短い時間で、また気持ちが揺らいだのかもしれない。

「三十年前の話をします。正確には二十七年前、一九九七年の話だ。あなたは『演劇集団鳥』に所属していた。俳優の黒岩辰起さんが立ち上げた劇団で、あなたは俳優志望だったんですね」この辺の情報は、「演劇集団鳥」で調査した西川から聞き出していた。

「古い話だ」

「私ね、昔はよく映画を観《み》たんですよ。若い頃は、時間を見つけては映画館に通ってた。

それで、あなたが出ていた映画を思い出したんですよ。『冷温《れいおん》』って、黒岩辰起の最後の映画でしょう？　あなたは、黒岩さんを斬《き》り倒す若い侍の役で出ていた。あれは、劇団に入って何年目ぐらいですか」門倉のことをネットで調べたら、出演作として出てきた。そして本当に、この映画を観ていたことを思い出したのだ。そうすると、細かい場面が蘇《よみがえ》る、蘇る……人間の記憶は不思議なものだ。

「あれは……」まだテーブルに視線を落としたまま、門倉が言った。「七年目？　八年目？　初めての映画だった」

「記念すべきデビュー作品ですか。ああいうのは、やっぱりオーディションで？」

「いや、黒岩さんに連れていかれて、いきなり撮影ですよ。映画のクライマックスシーンだったんだけど、こっちは撮影のノウハウなんか全然分からなくて、監督に怒られ、何度も撮り直しになって……黒岩さんは全然庇《かば》ってくれなかったな」

「抜擢《ばってき》ですよね」

「俺、殺陣《たて》は自信があって。ただ、劇団では時代物をやることはほとんどなかったから、腕を見せるチャンスがなかった。でも黒岩さんは、それを覚えていてくれて、俺を現場へ引っ張ってくれたんだと思う」

「黒岩さんを斬る前に、立てかけてあった薙刀《なぎなた》を切るシーン、ありますよね。切られた薙刀が、全然飛ばないでその場に落ちるやつ。あれって、特殊撮影じゃないですよね？　あ

あいう切り方をすれば、多少は飛ぶんじゃないかな」

「監督が『絶対に飛ばすな』って言って、必死だったな。奇跡的に、一発で成功したけど」

「あれ、不思議な説得力があったんですよね。映画やドラマの殺陣って、見栄《みば》えを重視するというか、派手《はで》じゃないですか。でも、実際に人を斬ろうとする時は、あんなやり方はしないはずだ。確実に殺すための方法があるんですよね」

「あの時の監督も同じことを言ってましたよ」門倉が目を見開いた。「あなた、映画にも詳しいんですか？」

「いえいえ、たくさん観ていただけです」たまたま『冷温』を観ていてよかった。時代映画などほとんど観なかったのだが、黒岩の「最後の映像作品」と謳われていたことから、話のタネにと観に行ったのだった。「映画は、その一本だけですか」

「映画は、俺には向いてなかった」

「やはり舞台ですか」

「映像作品を演じ切るには、特殊な能力が必要だと思う。撮影って、物語の時間軸通りに進まないんですよ。ラストシーンを最初に撮って、次の撮影では頭に戻って——みたいなことは珍しくないから、頭が混乱してくるんです。監督の頭の中ではちゃんとつながっていて、それが理解できる人は自然に演じることができるけど、俺はあくまで舞台の人間だった。舞台は、リアルタイムで進んでいくでしょう？　だから最初から最後まで、自然な感じで演じていくことができるんです。俺にはそっちが合っていた」

「でも、辞められた。映画が公開された直後じゃないですか？　一九九七年の暮れ」

「ああ」

「どうしたんですか？」

「諦めた」門倉が肩をすくめた。「学生の時にオーディションに受かって劇団に入ったんだけど、最初の稽古《けいこ》の時に、自分が入ったのは間違いだと気がついた。何ていうか、レベルが違うんだ。先輩たちもそうだけど、同期で入った連中も……自然に芝居ができてるんだよ。秒でその世界に入りこめるっていうか。俺にはそれは無理だった」

「演じることに向いてないと？」

「有り体に言えば」門倉がうなずく。「自分でそれを認めるのに、七年かかった」

「それで、その後は詐欺で逮捕されている」

「それは——知ってるよな」門倉が溜息をつき、沖田の顔をちらりと見た。

「知ってますよ。あなたが誰かを庇って、事件の全容を供述しなかったことも。マル暴の指示だったんでしょう？」

「今さら言えねえよ」

「私も聴きません。捜査は既に終わっているし、私は詐欺捜査が専門ではないので。しかしあなたは、まだ芝居を諦めていなかった。服役《ふくえき》を終えて、二〇〇八年には劇団に戻ってきたでしょう。劇団側も、あなたが逮捕・服役していたことも分かっていて引き受けた。それは、これまでの縁があったからだと思います」苦労を共にしてきた仲間が犯罪に手を染め、しかし罪を償《つぐな》い……と判断したら、受け入れてもおかしくないだろう。世の中は、一度のミスも許さない、厳しい組織ばかりではないのだ。

「詐欺は……まあ、言い訳はしないよ。悪いことをしたのは分かってる。金に困ってやった——それだけのことだ」

「それは裁判で明らかになってますね」

「ええ」

「では、私もこれ以上は言いません。その後、五年ぐらいでまた辞めて、でも二〇一六年には、スタッフでもいいから関わらせて欲しいと劇団に戻ってきた」

「合ってる」門倉がうなずく。

「都合三回、劇団に所属していたわけですね。どの時代が一番苦しかったですか？　やはり、学生時代——最初の頃ですか？」

「バイトもフルでできなかったからね。俺、高校時代は悪かったんだ」

「聞いてますよ」

「警察ってのは、何でも丸裸にしちまうんだな」門倉が苦笑する。

「必要とあらば」

「実家との関係も良くなかったから、辛うじて引っかかった大学に入って、東京へ出てきた」

「家族と仲がよくなかったのに、よく金を出してくれましたね」大学にかかる費用は安くはないのに。

「厄介払いできてよかったって思ったんじゃねえかな」門倉が耳を引っ張った。「俺は……まあ、高校時代に悪かったのは確かだけど、それは楽しくてやってたわけじゃない。悪い友だちに誘われただけで、俺だって反省してたんだ。東京へ出てきて、そういう連中とは縁が切れたから、何か新しいことをやろうと思って、今まで全然縁がなかった芝居の世界に飛びこんだ。やったことがないものだったら、何でもよかったんだ」

「それで、お金に苦しんだ」

「学生時代もそうだし、卒業してからも……就職しないで、バイトしながらだったから、かつかつの生活で……その頃はバブル崩壊後で、いいバイトもなかった。同級生が、就職氷河期で苦労してた時期だったからね」

「そして、富田さんから金を借りた――八十万」

門倉がすっと背筋を伸ばした。いよいよ本番――ここから話がシビアな方向へ向かっていく。

「富田さんは普通のサラリーマンですけど、副業で闇金をやっていました。もちろん違法です。一九九六年頃から始めて、翌年――一九九七年の九月には殺されてしまいました。そして、富田さんの顧客リストにはあなたの名前がありました。八十万円、借りていましたね？」

「――ああ」掠《かす》れた声で門倉が認める。

「その金は返したんですか？　富田さんのリストでは、私たちはそこまで把握できていない」

「返してない」

「返さずに、どうしたんですか？」

「だから、返さなかった」

「返さずに、どうしたんです？」沖田は質問を繰り返した。

「分かってるんだろう？　あんたらが想像している通りだよ」門倉が苛ついた口調で言った。

「いえ、何も想像していません。あなたがやったこと、知っていることを教えて下さい。九七年の九月、何をしたんですか？」

「それは……」迷っている。覚悟は定まり、諦めたはずだが、話しているうちに気持ちが変わったのかもしれない。

「古い話です。しかもこの事件では、本当は関係ない人が逮捕されました。無罪判決を受けましたけど、人生の大事な時期を無駄にしてしまったんです。その人は今、人生を捨てたように生きています。もしも当時、真犯人が分かっていたら、こんなことにはならなかったかもしれない。今さら犯人が捕まっても、自分の名前がまた取り沙汰されるのは嫌だ、とまで言っているんですよ。どこまで追い詰められたら、あんなに無惨《むざん》な気持ちになるんでしょうね」

沖田は自分の残酷さを意識した。これは、真綿で門倉の首をじわじわと締めるような拷《ごう》問《もん》である。脅してはいないし、乱暴な言葉も使っていないが、確実に門倉の頭に恐怖を染みこませ、追いこんでいるはずだ。

沖田は言葉を切り、こちらに背を向けて記録席に座っている西川に視線を投げた。それに気づいたのか、西川が振り向き、軽くうなずく。このまま進め、か。

「自宅前であなたと会った時、あなたは何かを諦めていると思った。ようやく警察に事実を話せるので、肩の荷を下ろした――そんな印象を持ちました。どうなんですか？　あなたは三十年近く、何かを隠してきたんじゃないんですか？　その後オレオレ詐欺に手を出したのも、三十年近く前の富田事件が関係しているのでは？」

「俺は……」

「富田事件は、時効にはなっていません。今からでも犯人が判明すれば、警察は逮捕しなければならない。犯人は逃げ切ったと思って安心しているかもしれません。逆に、三十年近くもずっと苦しんできたかもしれない。もしもそうだったら、私は多少、肩の荷を下ろす手伝いができると思いますけどね。犯人に会えたら、そう言いますよ」

「本当にそんな手助けができると？」

「長年、そういう仕事をやってきました。人に話すと、急に気が楽になるようですよ。私は心理学者とかカウンセラーではないですけど、人の話を聴くプロです」

「俺がやったと言ったら――」

「聴きますよ」沖田はうなずいた。「ゼロから。こちらの推測はなし。相槌《あいづち》しか打ちません。好きなだけ話してもらって、その後で質問があれば確認します。話したいですか?」

「……話したい」

「最初から話しますか? それとも、こちらから何か聴きますか」

一つ深呼吸して、門倉が目を閉じた。しばしそのままにしていたが、ほどなくゆっくり目を開け、初めて沖田の顔を凝視《ぎょうし》した。

「あんたから聴いて下さい」

「そうですか。では、最初にこの質問に答えて下さい。富田幸樹さんを殺したのはあなたですか?」


取り調べは夕方まで続いた。その間、麻衣と牛尾が中心になって、逮捕状請求の手続きを進める。沖田はずっと門倉と話し続け、最後は声が嗄《しゃが》れてしまった。

夕方、門倉には殺人容疑での逮捕状が執行され、連絡を受けた新宿中央署から刑事たちが飛んできた。捜査の動きをまったく知らないままに、いきなり真犯人が出てきたと聞いて困惑していたが、その説明は麻衣と牛尾に任せることにした。ただし牛尾は、本部からやって来た京佳への報告に追われ、新宿中央署には行けなくなってしまったが。

京佳に掴まると面倒なので、沖田は西川と一緒に、この署で使っていた捜査本部——小さな会議室に籠った。いつの間に仕入れてきたのか、西川がペットボトルのお茶を渡してくれた。今日は暖かかったので、冷たいお茶がありがたい。沖田は一気に、ボトルの半分を飲んだ。西川はいつものように、妻のコーヒー。

「正直言って、富田事件が解決するとは思わなかった」西川が言った。

「正直だねえ」沖田はお茶をちびちび飲みながら応じた。

「供述がしっかりしているから逮捕はできたけど、これからの証拠固めは大変だぞ」

「分かってるよ。そもそも証拠があるかどうか……供述中心で攻めていくと、また同じ間違いを犯すかもしれない」

「うちには、先に失敗した先人の教訓がある。それを生かしていこう。それで、もう一つの案件はどうする？　まさかそっちに飛び火するとは思わなかったけど」

「ああ。本人は動けないにしても、事実関係は確認しよう」沖田は腕時計を見た。「面会時間はまだある。今日中に詰めよう」

「お前はやめておけ」

「何だと？」

「完全にエネルギー切れって顔をしてる。無理だよ」

「じゃあ、明日回しにするか？　それじゃ、もったいない」

「俺がやる」

「ああ？」

「俺が話す。お前は記録係——立ち会いでいてくれればいい」

「これは、俺が担当していた五年前の事件の関係なんだけど」

「どうでもいいじゃないか。解決すれば、誰が担当していても関係ない——敢えて手柄を誰にやるかと言えば、鳩山さんかな？」

「まさか」沖田は吐き捨てた。「あのオッサンは、適当な思いつきでこの仕事を振ってきただけだぜ」

「実は、何か分かっていて、敢えて若い連中の訓練としてこの仕事を振ってきたとか」

「有り得ねえ。あのオッサンが、そんな冴《さ》えを見せるわけがねえだろう」

「——だな」西川はうなずいた。「ちょっと余計な想像をした。行くぞ」

「見つからないようにな……ただ、ここの若い二人は連れていってやりたい」

「そんなに何人も、あの病室に入れないぞ」

「俺は外で待っててもいいよ。若い奴に、お前のテクニックを見せつけてやれ」

8

午後六時半、病院着。面会時間はあと一時間半ある。入院患者は夕食を終えてゆったりしている時間帯だ。羽島のベッドのテーブルには、料理がほとんど手つかずのままでトレーが置いてある……食べられる状態ではないのだろう。

看護師が食事を下げたところで、西川は目黒南署の藍美と井村を引き連れて病室に入った。沖田は廊下のベンチで待機している。これはあくまで任意の事情聴取、しかも相手は入院中という特殊な状況なので、証拠として採用できるかどうか分からない。沖田と相談して、事情聴取の様子を録画することにした。拒絶されたら、その時はその時で考える。

「またあんたか」羽島はげんなりした表情だった。

「何度もすみませんが、今日はご報告することもあります。その前に……今日お話しする様子を録画させてもらいたいんですが、構いませんか」

「何のために」

「念のためです。今後は、取り調べを録画する義務が出てきますし」

「取り調べ——俺は容疑者か？」

「今のところは違います」

「今のところ、ね。嫌な言い方だ」羽島が吐き捨てる。

「録画、いいですね？」西川は繰り返した。

「拒否してもどうせ撮影するんだろう？」

「拒否したら撮りませんよ。でも、協力して下さい」

「はいはい」羽島が溜息をついた。「お好きにどうぞ」

西川は振り返って、井村に合図した。井村がすぐに、三脚をセットしたビデオカメラを持って前に出る。西川が座っている丸椅子のすぐ横に設置し、画面を覗きこんだ。あの角度なら、ベッドで上体を起こした羽島の顔が、斜《なな》めからしっかり映っているだろう。

「大丈夫です」

井村が小声で言った。西川はうなずき、羽島の顔に視線を向けた。相変わらず顔色が悪い。本当なら、神経をすり減らす事情聴取など、とても無理だろう。今日も三人の他に看護師が一人病室に入り、モニターを監視している。今のところ、血圧が正常なのは分かる。相変わらず他のデータは、意味が分からないが。

「あなたを襲った門倉を逮捕しました。ただし、あなたを襲った容疑ではありません」

「あ、そう」羽島がさらりと言った。「だから？　俺には関係ないんだろう？」

「関係あることが分かりました」

「ああ？　何の話？」

「二十七年前のことです。あなたと富田幸樹さんの関係で」

「富田さんね……そんな大昔に死んだ人の話を今さら……何だよ」

「門倉が、富田さんを殺したことを自供しました。殺人容疑で逮捕したばかりです」

何も言わず、羽島が目を伏せた。組み合わせた両手が震えているが、動揺のためか、何らかの症状のためかは分からない。唇も震えていて、きちんと話ができるかどうか、西川は不安になった。

「あなたと富田さんは、二十七年前にベストソフトの同僚だった。富田さんは副業として闇金を始めて、あなたもそれに乗った。一緒に闇金をやっていたんですね」

「知らねえな」

「では——一九九七年、ベストソフトは、富田さんが闇金を始めたことを察知していた。もしも本当なら、会社にもダメージが及ぶかもしれない大問題です。その流れで、あなたも会社から事情聴取を受けた。その翌月に、あなたは会社を辞めています。辞めた理由を教えて下さい」

「忘れたよ。大昔の話——二十世紀の話だ。前世紀の話なんて、誰も覚えてないだろう」

「門倉さんは覚えていました」

「人を殺したら、簡単には忘れないいんじゃないの？」

「彼が人を殺したことを知っていたんですか？」

「あんたが今言ったんだよ」羽島が皮肉っぽく言った。

「失礼——とにかく、門倉はそう供述しています。門倉は当時、バイトしながら劇団で活動していて、常に金がない状態だった。生活費にも困るようになり、ついに闇金に手を出してしまったんです。利息は当然、とてつもなく高い。返せなくなった門倉は富田に泣きつきましたけど、富田は聞く耳を持たなかった。それで追いこまれた門倉は、富田を殺してしまったんです。誤認逮捕された野澤さんは、貸していた金のことで富田と激しく言い争っていました。それを陰で見ていた門倉は、野澤さんが富田と別れた後ですぐに近づき、返済の猶予《ゆうよ》を迫った。しかし富田は認めない。それどころか、金を返せないなら劇団に請求するとまで言い出した。門倉は役者としては芽が出ませんでしたけど、劇団には愛着を持っていた。だから、自分の借金のことは絶対に劇団に知られたくなかった。それでかっとなって、富田を殺してしまったんです。たまたま野澤さんが逮捕されて、無罪判決を受ける間に事件は風化してしまい、門倉さんに捜査の手が及ぶことはなかった」

「だから?」震える声で羽島が言った。「俺には関係ないでしょう」

「いや」

「何が言いたい?」

「あなたは、門倉が富田さんを襲う現場をたまたま見ていた。会社を辞めても、まだ富田さんと一緒に闇金をやっていたんですね。相棒を殺されたわけですが、あなたはそれを利用して金を儲けようと決めた。門倉を脅迫して、彼を金蔓《かねづる》にしようとした——その最初が、オレオレ詐欺だったわけです。彼に金を要求し、その金を払うために、門倉は犯罪に手を染めた。オレオレ詐欺で逮捕された時、あなたを黒幕だと明かさなかったのは、そうしたら自分が殺人犯だとバレてしまうからだ」

一気に喋って、西川は口をつぐんだ。羽島の震えが少し大きくなったように感じる。顔色はさらに悪くなり、まるで死体のようだ。

この男は地獄を見てきたのだろう。各地を転々とし、家族との折り合いが悪いまま、実家が襲われる事件が起き、そして今は、死を目前にしている。考えてみれば、この男だけではなく、富田事件の関係者は皆、ぼろぼろの人生を生きている。事件によってぼろぼろにされたとも言えるが、ろくなことをしていないからあんな事件に巻きこまれたとも言えるのではないか? そもそもの発端《ほったん》である富田という男とはまったく面識がないが、事件の記録をひっくり返してみた限り、一番ろくでもない人生を送ってきたのはあの男だ。自己責任とはいえ、最後は殺され、しかも三十年近く、事件の真相は闇に埋《う》もれたままだったのだ。

「富田さんを殺したのは門倉――この証言は信じていいと思います。だから富田さん殺しの捜査は進められるでしょう。問題はあなただ」

「俺は何も言わねえよ」

「だったら黙って、私の言うことを聞きますか？　あなたに喋ってもらった方がありがたいんですが」

「これは取り調べじゃねえだろう？　俺は逮捕されてない」

「その通りです」

「だったら、何も喋らねえよ」

「では……あなたは、ベストソフトを辞めた後、金に困って門倉を脅すようになった。劇団を辞めて収入源を断たれた門倉は、オレオレ詐欺に手を出してまであなたに金を渡していた――それは先ほど話した通りです。その後あなたは、大阪でディベロッパーの仕事に就き、さらにそこを辞めてから、福岡で広告会社に勤めていた。しかし広告会社の方は運営が上手くいかずにすぐに解散して、あなたは会社の金を持ち逃げした」

「何の話だよ」羽島が吐き捨て、次いで歯を食いしばった。

「昔の話――会社は既に解散していて、関係者もあなたの責任を追及する気はないようですから、安心して下さい。しかしその金——持ち逃げした二百万円では、あなたの生活は楽にならなかった。結局、頼ったのは豊かな実家だったんですね。しかし、あなたのお父さんは援助を拒否した。お父さんにすれば、あなたは出来の悪い息子で、一家で築いた財産を、一円たりとも譲《ゆず》る気はなかった。遺産相続の話を実際にしたかどうかは分かりませんが、仮にしていても、絶対に拒否していたでしょうね」

「人の家の事情に、勝手に首を突っこまないで欲しいね」

羽島が文句を言った。しかし声は低く、一気に元気がなくなっている。このまま話を続けられるかどうか、自信がなくなってきた。しかし羽島が急に勢いよく顔を上げ、西川を睨みつける。最後に残った力を振り絞った感じで、声にも張りが出てきた。

「俺はどうせ死ぬんだ。放っておいてくれねえか」

こちらの同情心に訴えようとしているのか……西川も冷血漢ではない。人の情けが理解できないわけではないし、必要なら手心を加えることもある。今の羽島の病状には同情するが、この手は止められない。犯罪者に責任を取らせる権利は警察官にはないが、真相を追及する義務がある。

「放っておけません。真相を知らなければいけないんです。あなたのお父さんは、あの時の怪我が原因で、今も寝たきりなんですよ。そして遺産はどんどん減っていく。ただでは治療はできないんです。お父さんが遺書を書いていたかどうかは分かりませんが、仮にあなたに遺産が渡るようになっていても、それは目減りする一方です」

「クソ！」羽島が吐き捨てた。「だから俺は、殺せと言ったんだ。中途半端なことをするから、こんなことになっちまったんだよ！」

「殺せと言った」

西川が低い声で繰り返すと、羽島が口を閉じた。決定的なミスに気づき、必死で対策を考えているに違いない。西川は彼の思考を邪魔しようとまくしたてた。

「門倉は、あなたの実家に押し入って金を盗み、お父さんを襲ったことを認めました。そしてそれは、あなたの指示によるものだと自供しました。あなたは三十年近く、ずっと門倉を脅していて、実家を襲ったのもその一環だった。しかし違うのは、今回は彼に分け前を与えたことですね。奪った金のうち、一千万円を門倉の取り分にした。金に困っていた門倉にすれば、干天の慈雨《じう》だったでしょう。しかもあなたと門倉は、その後は組んで仕事を始めた。ただしまともな仕事ではない。またもや特殊詐欺です。そのアジトは、戸越銀座で見つけましたよ。今、家宅捜索が入っています。証拠はいくらでも見つかるでしょう」

「クソ……」

「整理します。要するに、こういうことですね？」西川は両手を組み合わせた。話が佳境になると、つい出る癖《くせ》である。「あなたは二十七年間、門倉を食い物にしていた。そして五年前には、とうとう自分の実家に盗みに入らせ、父親に重傷を負わせた。その金の一部を門倉に渡し、今度は二人で特殊詐欺を始めた……門倉には、オレオレ詐欺をやっていた実績があるから、現代用にアップデートしたんでしょう。あなたはそれに乗っかった。だけど、どうしてですか？　金蔓として利用していればよかったのに、何故《なぜ》一緒に裏の商売を？」

「俺だっていろいろ考えるさ」しわがれ声で羽島が言った。

「例えば？」

「この病気だ。コロナ前から調子が悪くなって、将来が不安になった。親父の金はあっても、どこまで持つか……あんたも、そういうことは考えるだろう」

「考えることはある」ただし、羽島のようにマイナス方向へ向くことはあまりない。今一番気になっているのが、妻が計画している喫茶店の出店計画だ。時折、こんな呑気なことを真剣に考えていていいのかと疑問に思うこともあるのだが。

「俺は、年金を払っていない。保険にも入っていない。そういう人生だったから……今まではそれでよかった。だけど病気になって、これから先どうするか、考えたわけだよ。頼りになるのは、結局現金だけだ。稼ぐだけ稼いで、あとはどこかに引っこんで、静かに死ぬのさ。一人で死ぬなら海外がいいと思ってたけど、もう、どうしようもないだろう」

「どうしてそういう……」西川は言いかけて言葉を呑んだ。

「ああ？」

「いや、何でもない」無軌道な人生を送った？　それは間違いないのだが、わざわざ指摘する必要はあるまい。刑事には、容疑者の人生を断罪する権利はないのだ。ただ事件を捜査するだけ。

「俺は……どうでもいい人生だと思っていた。親父を見ていて、金の計算だけしているような人生に意味はないと思って、家を飛び出した。それからは、その日が面白ければいいと思って暮らしてきたけど、そんなのは、四十代までだな。俺には何もなかった……何も成し遂《と》げていないし、家族もいない。金もない。どんどん追いこまれていく感覚だった。このまま死ぬと思った時、最後に人生を立て直そうと思ったんだよ」

　悪銭を使って。その発想が、既に常人とはまったく違っているのだが、これも西川は指摘しなかった。どんなに稼いでも、もう生活を、人生を立て直すことはできない。

「それで、立て直せましたか」余計なことは言うまいと思っていたが、つい皮肉っぽく聞いてしまった。

「病気には勝てねえよ」羽島が吐き捨てる。「しょうがねえ。後は死ぬだけだ」

「まだ生きてもらわないと」

「ああ？」

「あなたには、この三十年間やったことを、全て話してもらいます。その上で、五年前の強盗事件の主犯として、きちんと取り調べを受けてもらう」

「俺は入院中なんだぞ」

「逮捕されると思いましたか？　警察から見た逮捕の要件は、かなり厳しいんです。逃亡の恐れ、証拠隠滅の恐れがあること、容疑を否認していること……そういう条件が揃った時に、逮捕状の請求が認められます。あなたは今のところ、逃亡の恐れはない。証拠を隠滅しようとしても、一緒にビジネスをやっていた門倉は逮捕されました。もう一人、あなたたちとつるんでいた橋場組の君津も、警察の監視下にある。証拠隠滅は、実質的に不可能です」

「クソ」

「ついでに容疑も認めれば、逮捕はありません。入院したままでも、自宅で静養したままでもいい。その状態で、我々は任意の取り調べを続けるだけです。ただし、責任は取ってもらう」

「結局そこかよ」

「それが法律です」

「もうすぐ死ぬ人間を、そこまで追いこむのか？」

「それは捜査には関係ありません。捜査対象者に話を聴ける限りは、捜査を続けます。つまり、あなたが生きている限りは。ドクターストップがかからない限りは」

「そこまでやるのかよ」羽島がぽかんと口を開けた。

「仕事です——本格的に話をする前に、一つ、聴かせてくれませんか？　門倉さんは、どうしてこの病室であなたに暴行したんですか？」

「一緒に仕事するようになって、奴は自分が俺と対等になったと思ったんだろう。文句を言うようになった。この前も金の話で揉めて……そういうことだよ」

「門倉さんが、あなたに心を許していたと思いますか？　ずっと脅されて、金蔓にされていたんですよ」

「あれから何年経ってると思ってるんだよ」

「時効にはなっていません。だから門倉さんは逮捕されました。これは私の想像ですが、富田さん殺しは、門倉さんの単独犯行ですか？」

「ああ？」

「富田さんが死んで、利益を得る人は誰でしょう。富田さんから金を借りて返していない人は、何人もいた。回収できれば、利率を考えてかなりの収入になる。そして、富田さんと一緒に仕事をしていたのは誰か——」

「俺がやらせたって言うのか！」羽島が声を張り上げたが、視線はすぐに下を向いてしまう。

「あなたは、自分の実家に盗みに入るよう、門倉に指示した。門倉は、そういうのは初めてではなかったと供述しているんですよ。借りた金をなかったことにする——たった八十万円ですが、それで人生を狂わせる人もいるんですね」

「俺は何もしていない！」

「それは、これからゆっくり確かめましょう。時間はある」

「時間は……ないぜ」羽島が、蒼白い顔に笑みを浮かべた。「残念だったな。あんたは真相に辿《たど》り着けない。俺が死んだら、そこで捜査は終わりだ」

「いや、終わらない。犯人が分かれば、被疑者死亡のまま送検——起訴すべき相手がいないから不起訴処分にはなるが、警察的には事件は解決したことになる」

「俺が自殺したら、これ以上話は聴けない。捜査は終わりだ。何も分からない」

「あなたは自殺しない」西川は言い切った。「私はあなたのことをよく知らない。しかし、今日会って話して、一つだけ分かったことがあります。あなたは自分の人生に執着している。できるだけ長く生きたいと思っている。だからこそ、父親を襲ってまで金を奪い、違法行為に手を染めても、老後の資金を確保しようとした。行為自体は褒められたものではないですが、生に執着する気持ちは、私にも理解できます。私だって、長生きして豊かに暮らしたいですからね。そして生に執着する人間は、自ら命を断つ可能性は低い。あなたは生きますよ。寿命まで生きます。それまで、私たちとつき合ってもらいますよ」


廊下に出ると、西川は立ち上がって肩を二度、上下させた。ひどく疲れている——肩が凝《こ》っていたが、思い切り伸びをするのは病院に相応《ふさわ》しい行為とは思えなかった。

「どうだ？」ベンチから立ち上がった沖田がゆっくり近づいて来た。

「下で話そう」

まだ入院患者に面会できる時間なので、待合室にもぽつぽつと見舞い客がいる。西川たちは、人気がない隅の方へ移動した。

「否認はしなかった」

「認めたのか？」

「否認しなかったとだけだ。五年前の件については、無意識のうちに半ば認めた。録音が残っているから、これを元に突っこめる。まあ……いつまで取り調べができるかは分からないがな」

「体が持たないだろう」沖田はうなずいた。「だけど、それはしょうがねえな。大車輪で、二十七年前の事件と五年前の事件を調べよう」

「二十七年前の事件も、羽島が黒幕だったかもしれない」

西川が推測を話し始めると、沖田はすぐに納得した。

「筋は通る――奴が利益を総取りしようとしたっていうことだろう？」

「ああ」

「一緒に闇金をやっていた相方が殺された。奴らから金を借りていた人にすれば、結構なショックだっただろうな。金を返さないつもりで開き直っていた人間も、ビビって返す気になったかもしれねえ」

「そうだな――だけど、そういうことは言わないだろう」西川は渋い表情を浮かべた。

「言わなくても攻めるさ。羽島は間もなく死ぬだろうが、死ぬ瞬間に、クソみたいな人生だったと後悔させることはできる」

「リンチは、警察の仕事じゃないぞ」西川は厳しい表情で言った。

「リンチじゃねえよ。捜査していて、結果的に相手に嫌な思いをさせることはある。それを積極的に活用しようってだけだ。しかし……全員悪人だったな」

「ああ。とんでもない悪人ばかりが絡んだ事件だった」

「野澤さんにとっては、ひどい災難だよ」

「話しに行くんだろう?」

「もちろん」沖田はうなずいたが、表情が冴えない。「野澤さんは、聞きたくもないだろうけどな」


沖田はまた、野澤と会っていた。場所は野澤の自宅……コーヒーを土産《みやげ》に持ってきていた。今日は一人。若い連中に経験を積ませることも大事だが、経験しなくてもいいこともある。どうせ、刑事を続けていけば、厳しいことはいくらでもあるのだ。

夕方、野澤は窓から射《さ》しこむ夕日の中で、真っ赤に燃えるようだった。燃えると言うか、燃え尽《つ》きそうな感じ。沖田が渡したコーヒーを受け取ったものの元気はなく、溜息をつくばかりだった。

「あの件だよね」野澤が切り出した。「ニュースで見た。まさか、真犯人が見つかるとは思ってもいなかったよ」

「難しい捜査でした」沖田は認めた。「偶然もあって、何とか解決できました。これで、野澤さんの名誉は完全に回復できると思います」

「どうだかね」野澤が、コーヒーカップを持ち上げて口元まで持っていこうとして、手を止めた。結局飲まずにゆっくりと下ろし、フローリングの床にカップを直《じか》に置く。まるで、沖田がコーヒーに毒を盛っていて、殺されるのではないかと恐れるように。「新聞やテレビでは俺の名前は出てないけど、俺だって分かるような書き方はしてるよね」

「事件が事件だけに、そうなるのは仕方ないと思います」二十七年前の事件を紹介し、「逮捕された人が無罪判決を受けた」という事実関係は、どの新聞も書いていた。テレビのニュースでは、二十七年前の事件現場の様子を繰り返し放送している。「でも、名前は出ていませんから。人が物を忘れるスピードは恐ろしいですよ。一ヶ月前の事件でも、あっという間に忘れられる」

「俺は見てないけど、ネットで俺の名前が取り沙汰されてるんじゃないかな」

その通り……沖田たちは確認していた。面白おかしく「無罪で賠償金を勝ち取った人間」「何もしないで一億もらった男」などと揶揄《やゆ》されている。ひどい言い草だが、止める手段はない。野澤は積極的にそういうものは見ていないようで、今後もそうであって欲しいと沖田は思った。ネットの噂話やSNSは、見なければ存在しない。どんなにひどいことを書かれ、糾弾《きゅうだん》されても、それがリアルな世界に飛び出してくることはまずないのだ。

「わざわざ何度も来てもらって申し訳ないけど、警察は俺に構うほど暇じゃないでしょう。俺はもう、社会からこぼれ落ちてる。警察が、金を使って守るような人間じゃない。税金は、もっと有意義なことに使ってくれよ」

そう言われて、沖田は何も反論できなかった。情けないが、警察の中にもそういう声はある。野澤を誤認逮捕して長年身柄を拘束したのは、大きなミスだ。しかし裁判では無罪になり、警察は時間を奪われた分の損失、それに精神的・肉体的な苦痛に対して賠償金を支払い、組織として謝罪している。警察としてはやるべきことはやったではないか——。

釈然としないものの、そういう理屈は沖田も分かっている。分かっていても、警察としてこれで終わりにしていいかどうか、疑問を抱いたままだった。完全に一人の人間の人生を狂わせてしまい、その詫《わ》びが一億円の賠償金と謝罪だけ……。

「俺が謝罪しても、何にもならないとは思います。俺は警察の代表ではなく、単なる現場の刑事です。そんな人間に謝られたくないですよね」

「あなたが頭を下げることはないよ。まあ……こういう人生もあるでしょう。逮捕されなかったらどうなっていたかは、考えますけどね。あの人と結婚していたかもしれない。だけど結婚生活が地獄みたいになっていた可能性もある。子どもが悪いことをして、親としてその責任を取らなければならなかったかもしれない。親の介護で、人生の予定がおかしくなっていたかもしれない。俺はね、解放されてからずっと、物事を悲観的に考えてますよ。自分の人生がもっとひどい物だったかもしれないと想像すると、少しは気が楽になる。まだましじゃないかって……そんなことを考えて、もう還暦《かんれき》ですよ。何という人生か——でも、こういう愚痴《ぐち》をあなたにはこぼしたくない。言えば言うほど、嫌な気分になりますからね」

「でも、何か喋りたいことがあったら、いつでも連絡して下さい」実は今日、野澤と会う前に、沖田は総合支援課と相談をしてきた。総合支援課は、犯罪被害者やその家族、加害者の家族に余計な危害が及ばないようにケアする部署で、警察の中にあって最も警察らしくない組織と言われている。しかし、こういうことを話すには適当な連中……支援課の中でも強硬派として知られる柿谷晶《かきやあきら》に相談したのだが、彼女を悩ませてしまっただけだった。「かつての容疑者」というだけで「現在何らかの事件に巻きこまれているわけではない」人間に対しては、支援課もフォローが難しいというのだ。柿谷は「前例がないから」ということで人の相談を蹴るような人間ではないが、さすがにこういう件の判断は困難だろう。

結局沖田は、野澤にどう対応するか、答えを見つけられないままだった。野澤が、この件に触れられるのを本気で嫌がっていることだけは間違いない――自分が属する警察という組織が、一人の人間の人生を滅茶苦茶にしてしまった事実を嚙み締めるしかなかった。

野澤のアパートを出て、永山駅の方へ歩き出した瞬間、歩道に佇《たたず》む西川に気づいた。三月になったが、夕方になると冷えこむ天気予報だったせいか、今日はコートを着こんでいる。ちょど夕日が背後から当たって、後光のようになっている――何が後光だよ、と沖田は鼻を鳴らした。

「こんなところで何してる」沖田はぶっきらぼうに訊ねた。

「上手くいかなかっただろう」

「――まあな」嘘をつくわけにもいかず、沖田は正直に答えた。「それでお前は？　何しにここへ来たんだ。野澤さんとは接点がないだろう」

「きつい仕事をした——しかも実りのない仕事をした後、一人で家まで帰るのはきついよな」

「そんなの、今まで何十回あったことか」沖田は肩をすくめた。

「だろうな。でも、今回みたいなことはなかっただろう？　少なくとも俺は経験していない」

「無罪になること自体が少ないからだよ」

沖田は駅に向かって歩き出した。西川も踵を返す。狭い歩道で、二人並んで駅を目指す。

「捜査は、だいたい目処《めど》がついてきたじゃないか」

西川が言ったので、沖田はうなずいた。門倉を逮捕して既に十日。供述を元にして、富田事件の外枠は埋まってきた。物証がないのは痛いが、門倉が所属していた劇団のスタッフが、借金の悩みを打ち明けられていたと証言し、補足材料になっている。検察も、起訴は問題ないだろうという判断だった。

五年前の羽島家強盗事件についても、門倉は実行犯だと自供しており、現場の様子の供述などから、こちらも間違いないだろうと判断していた。富田事件で起訴された後、五年前の事件で逮捕され、さらに取り調べを受けることになる。問題は、この事件で門倉が「羽島に言われてやった」と供述しているのに対して、羽島が否定を続けていることである。病状は安定して退院して、任意の取り調べが続いているものの、自分の罪は一切認めようとしない。時間切れを狙っているのだろうが、警察としても門倉の供述を裏づける材料がない。奪われた一億円以上の金が見つかっていないのが痛かった。おそらく、現金のままでどこかに隠しているのだろう。口座などを経由すれば金の流れは追えるのだが、現金の保管場所や移動について調べるのは困難である。

逃げ切り――沖田はそれも覚悟していた。全ての事件が解決するわけではないし、どうしようもないことだってあるのだ。

「どうしようもないこともあるぞ」西川が、沖田の頭の中を読んだように言った。

「分かってるよ」

「まあ……軽く呑んでいこうか」西川が明るい声で言った。「駅ビルに何かあるだろう。そんな顔で、響子さんのところへ帰らない方がいい」

「余計なお世話だ」

「呑まないのか？」

「まあ……打ち上げみたいなものか。残念会でもあるけど」

春の異動で京佳がどこかへ行くのではないかと期待していたのだが、結局異動はなかった。理由は分からない。今回、二件の事件を解決したことは彼女にとって大きなプラスになったはずだが、人事が決まるタイミングは、解決よりも前だったのだろう。まあ、秋の人事に期待するしかない。

「人事はしょうがない。とにかく、軽く行こう」

「駅ビルにはあまり店が入ってないんだけど……他にもないからな。まあ、しょうがない。つき合ってやるよ」

「逆だろう」西川が笑った。「ま、反省会だな」

「俺には反省するようなことはねえよ」沖田は強気に言った。仮に反省していても、人に話すようなことではない。特に西川には。

本書はハルキ文庫の書き下ろしです。

本作品はフィクションであり、登場する人物、団体名などは架空のものであり、現実のものとは関係ありません。

ハルキ文庫

と5-17

全悪《ぜんあく》 警視庁追跡捜査係《けいしちょうついせきそうさがかり》

著者 堂場瞬一《どうばしゅんいち》

2025年1月18日第一刷発行

発行者 角川春樹

発行所 株式会社角川春樹事務所
〒102-0074 東京都千代田区九段南2-1-30 イタリア文化会館

電話 03(3263)5247(編集)
03(3263)5881(営業)

印刷・製本 中央精版印刷株式会社

フォーマット・デザイン 芦澤泰偉
表紙イラストレーション 門坂 流

ISBN978-4-7584-4689-1 C0193 ©2025 Dôba Shunichi Printed in Japan
http://www.kadokawaharuki.co.jp/ [営業]
fanmail@kadokawaharuki.co.jp [編集] ご意見・ご感想をお寄せください。

全悪
警視庁追跡捜査係
堂場瞬一
ハルキ文庫
角川春樹事務所